ALICE ANN WONDER

LOVING THE ENEMY

IMPRESS

© privat

Alice Ann Wonder, bürgerlich Anika Pätzold, wurde 1990 in Arnstadt geboren. Schon früh konnte sie ihr erstes Lieblingsbuch auswendig aufsagen. Seit 2019 veröffentlicht sie selbst Romane. Sie reist gern quer durch die Welt – am liebsten dorthin, wo es warm ist – hört jeden Tag Hörbuch und liebt es, zu tanzen.

Lovers don't finally meet somewhere.
They're in each other all along.

– Rumi

1

Wie alles begann …

LAINY

Freitag. Eigentlich sollte Lainy jetzt zusammen mit ihren drei besten Freundinnen in den Flieger nach Saint-Tropez steigen. Wie jedes Jahr in den Semesterferien machten sie eine fast drei-wöchige Luxusreise. Nur war Lainy dieses Mal nicht dabei. Sie hatte vor zwei Monaten ihren heimlichen Nebenjob als Hostess verloren und jetzt konnte sie sich diesen Trip schon gar nicht mehr leisten. Das durfte allerdings niemand wissen. Im Gegensatz zu ihren Freunden hatte Lainy nämlich keine reichen Eltern, die ihr solche Reisen oder das College spendierten. Allein dank ihres Stipendiums konnte sie sich das Studium am Gladwell Hills überhaupt leisten. Aber auch davon hatten Megan, Elizabeth und Cathy keinen Schimmer. Lainys Freundinnen brachten wenig Verständnis für jemanden auf, der zwei Saisons hintereinander die gleichen Schuhe trug, oder für Schnäppchen, günstiges Fast Food oder All-inclusive-Urlaube – es verstand sich von selbst, dass sie ihnen nichts von ihrer Herkunft erzählen durfte, wenn sie weiterhin von ihnen geachtet werden wollte.

»Das geht gar nicht!«, um es mit Megans Worten zu sagen.

Lainy wusste, dass es so wirkte, als wären ihre Freunde ziemlich oberflächlich, und in mancher Hinsicht traf das vielleicht auch zu – aber wenn man sie besser kannte, waren sie nett.

Die letzten drei Jahre zusammen mit ihnen am College waren die besten gewesen, die Lainy bisher erlebt hatte.

Sie wollte endlich weg aus South Carado, weg von ihrem im Selbstmitleid versinkenden Dad und weg von den engstirnigen Kleinstadtbürgern, die den ganzen Tag lang nichts Besseres zu tun hatten, als sich über ihre Nachbarn das Maul zu zerreißen.

Das Gladwell Hills war ihr Ticket raus aus dieser zermürbenden Einöde gewesen, die sie achtzehn Jahre lang ihr Leben genannt hatte – bis heute zumindest.

»Macht jede Menge Fotos für mich, okay?«

Nervös strich Lainy sich eine Haarsträhne aus dem Gesicht, während sie ihr schönstes Lächeln aufsetzte.

»Check einfach mein Instagram, du weißt doch, dass ich täglich poste!«, empfahl ihr Megan, bevor sie ihren Lipgloss nachzog. Das zarte Rosa passte hervorragend zu ihren hellblonden Haaren. Sie war wie ein Barbie-Verschnitt, von Kopf bis Fuß stets perfekt gestylt. Wenn sie irgendetwas Pinkes trug, erinnerte sie Lainy jedes Mal an Reese Witherspoon in *Natürlich Blond*.

»Hast ja recht«, erwiderte Lainy und stöhnte innerlich, denn Megan informierte sie mindestens zweimal am Tag über ihren aktuellen Followerstand.

Megan lächelte zufrieden und hakte sich bei Elizabeth unter.

»Wollen wir?«, fragte Cathy erwartungsvoll, woraufhin Megan nickte.

»Alles klar, dann macht's mal gut! Trinkt ein Gläschen Schampus für mich mit!«, verkündete Lainy etwas gestelzt.

»Viel Spaß auf der Beerdigung!«

Elizabeth tätschelte Lainys Schulter. Dabei schien ihr zu entgehen, dass das Wörtchen »Spaß« in diesem Zusammenhang etwas unpassend war. Aber da Lainys Tante Agatha ja nicht wirklich gestorben war, konnte ihr das eigentlich auch egal sein.

»Danke.«

»Ja genau, wir sind in Gedanken bei dir, Süße! Du schaffst das schon!«

Megan schüttelte ihr Haar auf und zwinkerte Lainy zu. »So, ihr Lieben, jetzt müssen wir aber! Toi, toi, toi, Herzchen!«

»Küsschen!«

Lainy erwiderte Cathys Luftkuss, winkte und lächelte noch einmal, bevor sich die drei Grazien umdrehten und auf die Rolltreppe zusteuerten. Das wäre erledigt. Gut, dass Lainy inzwischen so eine überzeugende Lügnerin geworden war. Seitdem sie sich vor ihren Freundinnen und vor allen übrigen Studenten des Gladwell Hills als reich ausgab, fiel es ihr auch in anderen Situationen zunehmend leichter, in verschiedene Rollen zu schlüpfen. Das war auch bei dem Hostessenjob ziemlich hilfreich gewesen.

Hin und wieder gab es zwar Momente, in denen ihr Gewissen sie eines Besseren belehren wollte, aber die hielten meist nur sehr kurz an. Immerhin spielten doch alle von Zeit zu Zeit irgendjemandem etwas vor ...

Lainy warf einen Blick auf ihre Cartier-Armbanduhr. Zwanzig Minuten zu Fuß, bis sie wieder am Hills war, zehn Minuten fürs Zusammensuchen ihrer Sachen, fünfzehn Minuten bis zum Diner, um das Auto abzuholen ... Wenn alles gut ging, sollte sie gegen neunzehn Uhr in South Carado sein.

»Oh, Verzeihung!«

Ein dumpfer Schmerz an ihrer Schulter – dann plumpste sie unkontrolliert auf den Boden.

»Aua«, hörte sie sich rufen, bevor sie realisierte, was da gerade passiert war.

Ein blonder, großer Typ in Bambus-Flipflops reichte ihr lächelnd seine Hand.

»Danke, geht schon«, entgegnete sie, ohne auf seine Geste einzugehen, und richtete sie sich aus eigener Kraft wieder auf.

»Sorry, hab dich gar nicht gesehen! Tut mir wirklich leid«, entschuldigte sich der Anrempler. Aus dem Augenwinkel sah Lainy, dass rechts hinter ihm auf dem Boden etwas Schwarzes lag. Ihre

Geldbörse! Der Unbekannte hatte offensichtlich ihren Blick verfolgt, denn noch ehe Lainy sich bücken konnte, um danach zu greifen, hatte er sie bereits aufgehoben. Als sie nach ihrem Portemonnaie griff, berührten sich ihre Finger und die des Fremden. Ein Lächeln huschte über seine Lippen.

»Danke«, murmelte sie.

»Gern.«

Der blonde Typ sah ziemlich gut aus. Die Haut gebräunt, ein markantes Gesicht und samtige braune Augen. Lainy schätzte ihn auf Anfang zwanzig.

»Darf ich dich auf einen Kaffee einladen?«, fragte er mit einem breiten Lächeln, das seine geraden weißen Zähne zum Vorschein brachte.

Der typische Sonnyboy-Look, dachte Lainy, während sie die Lippen zusammenpresste und die Achseln hob. Diese Art von Männern gab es hier zuhauf. So war das in Savannah eben.

»Kein Bedarf«, antwortete sie knapp und bahnte sich schnurstracks ihren Weg an ihm vorbei und raus aus der Flughafenhalle.

Ein Mann in ihrem Leben war das Letzte, was sie im Moment gebrauchen konnte!

***

Als sie nach einem zwanzigminütigen Fußmarsch wieder in ihrem Studentenzimmer ankam, waren ihre restlichen Sachen schnell gepackt. Die große Reisetasche hatte sie schon vorbereitet, ihre Handtasche mit ihrem Handy, Geldbörse, Taschentüchern, Schlüssel, einem Make-up-Notfallset und ihre Kopfhörer hatte sie bereits bei sich. Fehlten also nur noch ihr Proviant aus dem Kühlschrank und ihre kurze Lederjacke.

In South Carado war es um diese Jahreszeit zwar noch heißer als sonst, aber am Abend konnte es mitunter schon ein bisschen frisch werden – sicher war sicher!

Nachdem Lainy all ihre alten Kleidungsstücke nach und nach verbannt hatte, war die Lederjacke so ziemlich das einzige Teil gewesen, das bleiben durfte. Ein Relikt aus einem vergangenen Leben. Lainy wusste auch nicht genau, warum sie es nicht übers Herz gebracht hatte, sie wie die anderen Sachen einfach zu entsorgen. Das war schon manchmal seltsam mit der Vergangenheit. Eigentlich wollte man sie gerne abschütteln. Doch dann gab es da, irgendwo ganz tief in einem, einen Teil, der sich wie ein verrückt gewordener Gremlin daran klammerte und einfach nicht loslassen wollte.

Lainy ließ einen letzten Blick durch ihr Zimmer schweifen, um sicherzugehen, dass sie an alles gedacht hatte: Heizung aus, Fenster zu, Licht aus. Dann eilte sie nach unten.

Die Reisetasche hinter sich – zum Glück hatte es vor einer Woche eine mit Rollen im Sonderangebot gegeben – verließ sie mit großen Schritten den Campus.

***

Am Diner um die Ecke ließ sie sich von der Aushilfe Betty den Schlüssel für Michaels Wagen geben, denn so war es abgemacht.

»Ich soll dir liebe Grüße ausrichten.«

Betty grinste und händigte ihr neben dem Schlüssel noch einen zusammengefalteten Zettel aus.

»Danke, Betty.«

Lainy verabschiedete sich mit einem kurzen Handzeichen und einem Lächeln. Sie musste sich sputen, wenn sie die Fähre nach South Carado noch erwischen wollte.

Sie war während ihrer gesamten bisherigen Zeit am College nicht ein Mal zu Hause gewesen. Es war nicht so, dass sie ihren Dad nicht liebte, aber seit ihre Mom ihn verlassen hatte, war er einfach unmöglich geworden.

Wenn er nicht arbeitete, sah er den ganzen Tag fern und

beschwerte sich darüber, wie unfair die Politik, die Welt und das Leben waren. Für den ultimativen Leidenskick leerte er dann mindestens noch eine halbe Flasche Bourbon, nur um am nächsten Tag mit einem Kater morgens zur Arbeit zu fahren und sich nach Feierabend darüber zu beklagen, wie anstrengend es war, sich in diesem Zustand durch so eine harte Schicht quälen zu müssen. Und dann ging das ganze Spiel vom Vorabend wieder von vorne los.

Dabei war er kein schlechter Mensch. Immerhin rettete er jeden Tag Menschenleben – so wie ein richtiger Held. Bis zwei Tage vor ihrem sechzehnten Geburtstag hatte auch Lainy immer Rettungssanitäterin werden wollen. Dann war ihre Mom urplötzlich und ohne Vorwarnung an einem Sonntagmittag mit einem Typen namens Hardy Ashfield durchgebrannt. Das war der Auslöser für die außerordentlich hingebungsvolle Flodder- und Depriphase ihres Dads gewesen. Nach ungefähr vier oder fünf Monaten war es Lainy zunehmend schwerer gefallen, ihre Bewunderung für ihn weiterhin aufrechtzuerhalten. Hätte er sich doch bloß nach einer kurzen Phase der Trauer wieder in den Griff bekommen, hätte weitergemacht, so wie das die Leute normalerweise nach einem Schicksalsschlag taten.

Trotz allem hätte sie ihn vermutlich mal anrufen sollen. Aber mit dem Aufschieben von vermeintlich unangenehmen Dingen war das so eine Sache ... irgendwann zog man es schon allein deshalb nicht mehr in Betracht, aktiv zu werden, weil man so lange gewartet hatte. Lainy hoffte inständig, er würde ihr nicht gleich die Tür vor der Nase zuschlagen. Denn – wo hätte sie sonst hingehen sollen?

Das hieß, wenn sie überhaupt ankam. Sie war natürlich froh, dass Michael von *Double Burger & Cross Fries* ihr seinen klapprigen gelben Honda für die dreistündige Fahrt nach Highfield geliehen hatte. Allerdings machte das Auto schon seit zwanzig Minuten äußerst seltsame Geräusche. Fast so, als würde er irgendwann in nächster Zeit entweder explodieren oder anderweitig den Geist aufgeben. Michael hatte sich wahrscheinlich innerlich längst von ihm verabschiedet. Kein Wunder, dass es ihm nichts ausmachte, ihn an jemanden mit wenig Fahrerfahrung auszuleihen.

Michael wusste als Einziger darüber Bescheid, dass Lainys Familie nicht so wohlhabend war, wie sie es hier in Radding allen vorschwindelte.

Als Lainy sich in ihrem ersten Collegejahr allein rausgeschlichen hatte, um sich statt der täglichen Jumbosalate und grünen Kale-Smoothies klammheimlich eine große Portion Pommes zu kaufen, hatte er gerade Nachtschicht im *Double Burger & Cross Fries* gehabt.

Es war angenehm gewesen, mal nicht so tun zu müssen, als wäre sie ein superreiches It-Girl, und mit Michael hatte sie sich auf Anhieb gut verstanden. Vielleicht weil er – genau wie sie – aus einer Kleinstadt kam, in der die wenigsten Einwohner je etwas von Christian Louboutin oder Pierre Cardin gehört hatten.

In dieser Nacht hatte Lainy auch Harold Black kennengelernt. Black war natürlich nur sein Deckname. Seinen richtigen wusste sie bis heute nicht und er war ihr auch egal. Was zählte, war, dass er ihr mit seinem Jobangebot damals den Arsch gerettet hatte.

Das Geld, das sie bis dahin für das Korrekturlesen der Hausarbeiten von anderen Studenten bekommen hatte, war zwar nicht schlecht gewesen, aber es hätte auf Dauer keinesfalls gereicht, um mit dem ausschweifenden Lebensstil ihrer drei neuen Freundinnen mitzuhalten. Lainy hatte kurzzeitig schon überlegt den Ring ihrer Urgroßmutter zur Pfandleihe zu bringen. So verzweifelt war sie gewesen und alles bloß, weil sie unbedingt dazugehören wollte.

Dieses Leben, das Cathy, Elizabeth und Megan führten, war das komplette Gegenteil von ihrem und genau das hatte sie magisch angezogen.

Natürlich war es auch anstrengend, vorzugeben eine ganz andere Person zu sein, aber Lainy war gewillt das alles auszuhalten für ein Stück vom Glück.

Immerhin hatte es Zeiten gegeben, in denen ihre Familie auch mal reich gewesen war. Lainy erinnerte sich noch gut daran, wie es sich angefühlt hatte, zu Geburtstagen viele Geschenke zu bekommen statt nur einen feuchten Kuss zusammen mit einem Muffin, in dem eine einzelne, dünne Kerze steckte.

»Pass doch auf!«

Ein lauter Ruf riss sie aus ihren Gedanken. Eilig schaute sie nach links. Ein älterer Herr mit Schnauzbart funkelte sie von seinem Fahrrad aus böse an, woraufhin Lainy entschuldigend die Hand hob.

Hätte sie doch bloß diesen verfluchten Job nicht verloren!

Wäre sie ruhig geblieben, als ihr der gut aussehende Mr Connetti bei einem ihrer Dates zu nah gekommen war, würde sie jetzt in der Business-Class Richtung Saint-Tropez sitzen!

Aber das hatte sie nicht gekonnt. Stattdessen war sie vollkommen ausgeflippt, hatte ihm eine Ohrfeige verpasst und war, so schnell sie ihre Füße getragen hatten, abgehauen. Das war ausreichend für eine fristlose Kündigung von Mr Black gewesen. Dabei hatte er ihr eine Woche zuvor noch gesagt, sie sei eines seiner beliebtesten Mädchen und er sehr froh sie in seinem Team zu haben. Einen Bonus am Monatsende hatte sie auch bekommen sollen.

Aber sie hatte es mal wieder versaut, und zwar auf ganzer Linie. Lainy hatte den besten Job, den sie je gehabt hatte, verloren. Und wenn ihre Freunde doch noch irgendwie herausfanden, dass es bei ihr in der Familie gar keinen plötzlichen Todesfall gegeben hatte, dann konnte sie einpacken. Denn dann war sie für alle Zeiten erledigt, was ihr gesellschaftliches Ansehen am Gladwell Hills Elite College anging.

Cathy war neulich eh schon misstrauisch geworden, als Lainy

wieder einmal ein geplantes Essen in einem Drei-Sterne-Restaurant wegen Magenbeschwerden hatte sausen lassen.

Jetzt mal nicht den Teufel an der Wand, sprach ihr ihre innere Stimme gut zu, während sie den Blinker setzte.

Lainy atmete auf und fühlte, wie die Anspannung der vergangenen Wochen von ihr abfiel. Die Stimme hatte recht. Es gab keinen Grund, sich Sorgen zu machen. Sie würde nach Hause fahren, die Zeit dort mit Lernen verbringen und einfach hoffen, dass die acht Wochen so schnell wie möglich rumgingen. Und wenn sie wieder zurück war, würde sie Harold Black auf Knien anflehen ihr noch eine Chance zu geben.

Lainys Blick fiel auf ihre Armbanduhr – sie musste einen Zahn zulegen, denn ihre Fähre legte in weniger als drei Stunden ab und sie musste noch ein Ticket kaufen. Also trat sie aufs Gas und gab ein stummes Stoßgebet in Richtung Himmel, dass das Knarzen aus der Motorhaube nichts Schlimmes zu bedeuten hatte.

Zweieinhalb Stunden später erreichte sie den Anlegeplatz gerade noch rechtzeitig.

Michaels Auto und auch sein Navi hatten sie nicht im Stich gelassen. Das war hoffentlich ein gutes Zeichen.

2

LAINY

Lainy nahm auf einer der schmalen Holzbänke auf dem Fährenoberdeck Platz. Alles hatte geklappt, sie würde noch im Hellen ankommen. Gedankenversunken suchte sie in ihrer Handtasche nach ihrem … nach ihrem … Wo zur Hölle? Sie hatte es doch bei sich gehabt … ganz sicher … am Flughafen, als sie ihre Mails gecheckt hatte, kurz vor der Verabschiedung von Megan, Elizabeth und Cathy … da hatte sie noch aufs Display geschaut … dann hatte sie es wieder in ihre Tasche gesteckt!

Ihr Herz raste. Als wäre sie ein Maulwurf auf Steroiden, gruben sich ihre Hände ohne Unterlass immer tiefer in das Innere ihrer Handtasche. Dabei war sie nicht einmal besonders geräumig: Seitenfächer, Reißverschluss … Das durfte nicht wahr sein!

Plötzlich fiel es ihr wie Schuppen von den Augen: Das Handy musste ihr runtergefallen sein! Bei ihrem Zusammenprall mit diesem Surfertypen! Lainy versuchte das Bild von dem anthrazitfarbenen Gussboden in der Empfangshalle noch einmal im Geiste zu rekonstruieren – aber außer an ihren Geldbeutel konnte sie sich an nichts erinnern, das auf dem Fußboden gelegen hatte.

Voller Verzweiflung kippte sie den gesamten Inhalt der Tasche auf ihren Schoß. Nichts! Jedenfalls nichts, das nach einem Samsung Note 8 aussah. Hätte sie nicht mindestens eine halbe Dose Festiger in ihren Haaren, würde sie sie sich jetzt raufen! Aber wie eine Vogelscheuche auszusehen konnte sie zusätzlich zu diesem Dilemma jetzt nicht auch noch gebrauchen …

»Miss – Ihr Ticket, bitte!«

Ein schmächtiger Mann in dunkelblauer Uniform wackelte auffordernd mit seinen Fingern vor Lainys Nase. Merkte er denn nicht, dass sie gerade Wichtigeres zu tun hatte? Als sie ihn böse anfunkelte, räusperte er sich und machte ungeduldig einen Schritt nach hinten. Zumindest hatte sie noch ihr Geld und all ihre Ausweise. Sie schnappte nach Luft. Kein Nachteil war so groß, dass er nicht auch einen Vorteil mit sich brachte – man musste ihn nur erkennen! Es war nur ein Handy. Sie würde sich einfach ein neues kaufen, wenn sie angekommen war. Alle ihre Daten waren in der Cloud gespeichert. Halb so wild!

Lainy lächelte angestrengt, als sie dem Kontrolleur schließlich ihren zerknitterten Fährenschein überreichte. Ohne genauer hinzusehen, stempelte er ihn ab und zog weiter.

Es war entsetzlich, einen so wichtigen und persönlichen Gegenstand zu verlieren. Gerade für Lainy, denn sie hatte oft das Gefühl, dass die Dinge, die sie besaß, eine Art Erweiterung von ihr selbst waren. Hinzu kam, dass es gerade der denkbar ungünstigste Zeitpunkt war, um sich ein neues Smartphone kaufen zu müssen. Sie atmete tief ein und stöhnte leise. Ihr Leben fühlte sich im Moment gerade alles andere als rosig an.

Als der Dampfer ein lautes Hupgeräusch ausstieß, fiel Lainys Blick hinaus aufs Wasser. Die Wellen führten unbekümmert ihren Tanz auf, vollkommen sorgenfrei. Es musste schön sein, ein so unbeschwerter Teil der Welt zu sein. Alle wesentlichen Dinge des Lebens waren einfach.

Ein schwermütiges Seufzen kam über ihre Lippen, bevor sie beschloss sich ein bisschen die Beine zu vertreten. Die Fähre war nicht ausgebucht, deshalb konnte sie problemlos von einer Seite auf die andere gehen und sich an jeden beliebigen Platz am Geländer stellen, um Richtung Horizont zu sehen. Hätte sie ihr Handy nicht verloren, könnte sie jetzt Musik hören oder ein Hörbuch. Aber in diesen Genuss kam sie gerade nicht. Tja. Pech gehabt, Elaine. So einfach war das.

***

Gefühlte fünf Stunden später legte die Fähre endlich in South Carado an. Vom Anlegeplatz waren es noch ungefähr dreißig Minuten zu Fuß bis zu ihrem Elternhaus. Auf dem Weg dorthin müsste sie an Barneys Supermarkt vorbeikommen. Das hieß, sofern es ihn noch gab. In drei Jahren konnte viel passieren. Immerhin war er früher schon nicht sonderlich gut besucht gewesen. Hätte sie ihren Dad vorher informieren sollen, dass sie kommen würde? Was, wenn er nicht da war?

Mach dich nicht lächerlich, Harry geht nie irgendwohin, natürlich wird er da sein!, beruhigte sie etwas in ihrem Inneren. *Gut, also los!* Entschlossenen Schrittes lief sie am Straßenrand entlang, während ihr der Schweiß an allen möglichen Stellen vom Körper hinunterrann. Im Vergleich zu der Hitze hier konnte man das Wetter in Savannah bestenfalls als mild bezeichnen.

»Soll ich dich irgendwohin mitnehmen?«

Ein schwarzer Truck kam plötzlich neben ihr zum Stehen. Die Stimme des Fahrers kam Lainy irgendwie bekannt vor.

»Dan?«

Zögerlich näherte sie sich dem Wagen, um die Person auf dem Fahrersitz besser erkennen zu können.

»Elaine? Wow, du hast dich ganz schön verändert! Ich hätte dich fast nicht wiedererkannt!«

»Ja, war lange nicht mehr hier«, murmelte sie und wünschte sich augenblicklich die Anonymität der Großstadt zurück.

»Da wird sich Marty aber freuen! Seit du weg bist, hat er Monica und mich bestimmt ein Jahr lang jeden Tag nach dir gefragt. Mittlerweile sind wir bei einmal die Woche angelangt. Du weißt ja, wie er ist …«

Lainy war überrascht, dass Dans Ton gar nicht vorwurfsvoll klang. Damit hätte sie gerechnet, denn sie hatte natürlich gewusst, dass Marty nicht verstehen würde, dass sie von heute auf morgen nicht mehr Teil seines Lebens war. Sie hatte damals damit gerechnet, dass ihn das vollkommen aus der Bahn werfen würde – und trotzdem war sie gegangen.

»Ja, ich weiß, wie er ist«, antwortete sie und deutete ein Lächeln an. Dieses Gespräch war ihr reichlich unangenehm, dabei war es doch ihr gutes Recht gewesen, von hier zu verschwinden.

Wöchentliche Anrufe oder Karten zu Geburtstagen und Weihnachten waren nicht ihr Ding. Sie mochte Verabschiedungen lieber kurz und schmerzlos – wozu sich lange quälen?

Abgesehen von ihren familiären Verhältnissen war South Carado ein Paradies zum Aufwachsen gewesen. Ihre Eltern hatten sich nie Sorgen machen müssen, dass ihr etwas geschah, denn die Kleinstadt war bekannt für ihre Idylle. Es war damals nicht viel los gewesen und Lainy bezweifelte, dass sich das geändert hatte, aber abgesehen von dem tragischen Verkehrsunfall ihrer früheren Nachbarin Christina Higson konnte sie sich an keinen schwerwiegenden Vorfall erinnern. Sie seufzte leise bei dem Gedanken an Christina. Die untersetzte Mitvierzigerin, die immer ein bisschen zu schrill gekleidet gewesen war, hatte sie früher oft zum Kaffee und Kuchen zu sich eingeladen. Da hatte sie es sich nicht nehmen lassen, Lainy von ihren zahlreichen Liebschaften zu erzählen und sie eindringlich davor zu warnen, ihr Herz an »den Falschen« zu verschenken. »Ein Bruch in jungen Jahren heilt nur sehr schwer«, hatte sie ihr eingebläut. Sie solle stets auf der Hut sein, besonders vor denen, mit diesem speziellen Funkeln in den Augen oder einem ganz besonderen Lächeln. Lainy hatte nur genickt, denn das Thema war ihr einfach nur peinlich gewesen damals.

»Steigst du jetzt ein?«

Dan sah sie mit großen Augen an. Dabei schossen ihr Bilder in den Kopf, die ihn, Monica, Marty und sie zeigten, wie sie einen Sommer zusammen zelten gewesen waren. Monica hatte irgendwann so einen ekelhaften Ausschlag bekommen. Eine Allergie auf eine Pflanze, an deren Namen Lainy sich nicht mehr erinnern konnte. Und Marty und sie hatten die tollsten Buden aus heruntergefallenen Ästen und Blättern gebaut. Abends hatten sie dann alle stundenlang zusammen am Feuer gesessen und Dans lahmen Gruselgeschichten gelauscht. Das war ein schöner Ausflug gewesen. Vielleicht der beste, den sie je erlebt hatte.

»Wieso nicht?«, entgegnete sie und hievte ihren Koffer auf die Ladefläche des Trucks, ehe sie einstieg.

»Neu?«

»Allerdings! Monica hat mir schon seit Längerem damit in den Ohren gelegen, dass wir ein anderes Auto brauchen. Mir ist's zwar nicht gerade leichtgefallen, mich von unserem alten zu trennen, aber inzwischen habe ich den hier schon ganz gern.«

Dan schlug zweimal mit der flachen Hand auf die vordere Ablagefläche des Pick-ups.

»Sieht gut aus. Ziemlich geräumig«, bestätigte Lainy, während sie einen Blick auf die Rückbank warf.

»Weiß dein alter Herr, dass du kommst?«

Dan sah sie nicht an, als er ihr die Frage stellte. Darüber war Lainy ganz froh, denn so bemerkte er nicht, dass sich ihre Hand auf dem Schoß unwillkürlich zu einer Faust ballte.

»Ist ne Überraschung«, sagte sie leise und vergrub ihre Nägel noch ein bisschen fester in ihrem Fleisch – so lange, bis es schmerzte.

»Ach so.«

Dan nickte, schielte einen Moment lang zu ihr hinüber, sagte dann jedoch nichts weiter.

Anscheinend war mit Lainys Dad alles in Ordnung, sonst hätte Dan sicherlich irgendwas erwähnt. Das war gut. Sie hatte es sich nämlich bisher verboten, darüber nachzudenken, dass er in der Zwischenzeit womöglich unheilbar krank geworden war und ihr deshalb die Flucht nach Savannah auf ewig vorwerfen würde.

»Kannst du kurz bei Barneys anhalten?«, bat Lainy Dan, während die rot-gelbe Anzeigentafel so grell wie eh und je an der Abzweigung zur Louisiana Road blinkte.

Offensichtlich hatte sich hier tatsächlich nicht viel verändert. Hoffentlich traf das nicht auch auf Barneys Sortiment zu! Als Lainy das letzte Mal in dem Laden gewesen war, hatte es nur diese klobigen Wegwerfhandys mit Tasten so groß wie Ein-Cent-Stücke gegeben.

»Sicher.«

Nachdem Dan den Truck direkt vor dem Laden geparkt hatte, sprang Lainy hastig heraus.

»Nur die Ruhe, ich hab Zeit, brauchst dich nicht hetzen!«, rief Dan ihr hinterher, nett, wie er nun einmal war. Wahrscheinlich war Lainy deswegen früher schon viel lieber bei ihm und seiner Familie zu Hause gewesen als bei ihrer eigenen. Erst recht nachdem ihre Mom nicht mehr da gewesen war.

Akribisch suchte sie jeden Winkel des Geschäfts ab. Barneys konnte man wohl am ehesten als Tante-Emma-Laden bezeichnen: Hier gab es einfach alles! Hervorragend schlecht sortiert, verstand sich. Als Lainy sich der Kasse näherte, fielen ihr sofort die schwarzen Wegwerfhandys ins Auge.

»Entschuldigung, sind das die einzigen Modelle, die Sie führen?«

Der korpulente Mann hinter dem Tresen sah Lainy an, als würde sie ihm gerade eine Pistole an den Kopf halten. Als sein Blick nach einigen Sekunden von ihrem Gesicht hinunter zu ihren Brüsten wanderte, wurde Lainy ungeduldig.

»Also?«

Sie versuchte Blickkontakt mit ihm aufzunehmen.

»Ja, äh, tut mir leid, so etwas führen wir hier nicht. Nur das, was dort ist.«

Er deutete auf die Wegwerfhandys, die hinter ihm im Regal hingen.

»Gibt es hier im Ort noch ein anderes Geschäft, das welche hat?«

Viel Hoffnung hatte sie nicht, aber möglich wäre es ja.

»Nicht dass ich wüsste.«

Lainy seufzte kaum hörbar, ehe sie »Dann nehm ich so eins« antwortete und auf das in der Mitte zeigte. Das sah irgendwie ein bisschen kleiner aus als die anderen. Aber womöglich täuschte sie sich auch. Zumindest lagen die Dinger in ihrer Preisklasse.

»Und noch eine Prepaidkarte für dreißig Dollar, bitte.«

Nicht gerade ein Schnäppchen, aber ohne Guthaben nützte ihr dieses schicke Schätzchen reichlich wenig.

Noch ehe der Angestellte ihr das Wechselgeld für den Kauf ihres neuen Begleiters geben konnte, hatte sie bereits die Verpackung aufgerissen, die SIM-Karte eingelegt und die Nummer ihres richtigen Handys gewählt. Vielleicht hatte es ja jemand gefunden und am Flughafen abgegeben …

»Hallo – am Apparat der schönsten Frau, die ich in meinem ganzen Leben je gesehen habe – mit wem spreche ich?«

Was zum …?

»Wer ist da? Haben Sie mein Handy gefunden?«

»Ich hätte es dir ja noch hinterhergebracht, aber du warst vorhin so was von schnell weg und ich musste meinen Flieger erwischen …«

»Danke fürs Aufbewahren, das ist wirklich nett. Kannst du's mir zusenden?«

»Logo, wird allerdings ein Weilchen dauern, bis es ankommt. Bin gerade auf dem Weg nach Bali.«

Großartig! Lainy seufzte und verdrehte die Augen.

»Ähm, hör zu, ich ruf dich wieder an. Kann grad nicht länger sprechen. Pass bitte weiterhin gut auf mein Handy auf, ja?«

»Nichts würde ich lieber tun! Ich bedauere zwar deinen momentanen Verlust, aber hey – es geschieht nichts ohne Grund, stimmt's?«

Er lachte.

»Dieser Spruch gehört zu den dämlichsten, die es gibt«, entgegnete Lainy genervt.

Aber es wunderte sie nicht, dass jemand wie er ihn benutzte.

»Na, na ... warum denn so verbittert?«

»Ich bin nicht verbittert!«

»Wenn du das sagst ...«

»Pass einfach drauf auf, okay? Ich melde mich so schnell wie möglich, dann können wir den Versand besprechen!«

»Aber klar doch! Ich werd nicht länger als zwölf Sekunden brauchen, bis ich zum Hörer greife, wenn du anrufst – zu jeder erdenklichen Tages- und Nachtzeit!«

»Bis dann«, erwiderte Lainy und unterdrückte ein Stöhnen.

Wenigstens brauchte sie sich jetzt keine Gedanken mehr um die zusätzlichen Ausgaben für ein neues Smartphone zu machen.

»Hier, Ihr Wechselgeld!«

Der Kassenwart grinste sie an.

Lainy nahm die zwei Scheine und das Kleingeld bereitwillig entgegen. Dabei ignorierte sie das dreiste Glotzen von Barneys Mitarbeiter des Monats – so stand es auf einer kleinen runden Plakette, die er an der Brusttasche seiner Uniform angebracht hatte. Als sie auf den Ausgang zusteuerte, fiel ihr Blick auf eine Anzeige, die direkt neben der Tür hing. Darauf stand in Großbuchstaben: »Aushilfskraft gesucht!«

»Ist das noch aktuell?«, erkundigte sie sich bei dem Angestellten.

»Ist es.«

»Ich hätte den Job gern!«

Der Kassierer kratzte sich verlegen am Kopf.

»Äh, ja dann ... schreiben Sie mir Ihre Nummer auf ... ich, äh ... ich geb sie meinem Boss, der ruft Sie dann an.«

Lainy schmunzelte. Wenn sie hier anfing, würde sein schönes Abzeichen schneller, als er gucken konnte, an ihrer Brust haften.

Mit großen Schritten steuerte sie erneut die Kasse an, schnappte sich einen Kugelschreiber vom Tresen und kritzelte ihre neue Nummer auf die Rückseite des Kassenzettels.

»Vor Dienstag wird das aber nichts mit dem Anruf, der Boss ist nämlich grad im Urlaub, hab ich ganz vergessen ...«, bemerkte der Mitarbeiter.

»Okay«, antwortete Lainy und drehte sich noch im Gehen um. Viel zu spät bemerkte sie, dass ihr auf einmal jemand im Weg stand. Ihr Kopf stieß an harte Brustmuskeln, während ihr rechter Fuß auf den des zugehörigen Besitzers trat.

»Hast du Tomaten auf den Augen, Kleine?«

Cole Cunningham!

Diesen dunklen Lockenkopf, gepaart mit dem wohl dämlichsten Grinsen der Welt, würde sie überall wiedererkennen!

Der Tag wurde immer besser! Das war dieser verfluchte Ort hier ...

»Aus dem Weg, Cunningham«, gab sie mürrisch von sich, aber Cole rührte sich nicht von der Stelle. Stattdessen musterte er sie von oben bis unten.

»Wen haben wir denn da? Elaine Wigmore! Hätte dich kaum wiedererkannt! Mannomann, Savannah scheint dir gut zu bekommen! Nur an deinen Manieren müssen wir noch arbeiten!«

Cole rieb sich das Kinn, während er seinen Blick noch einmal an Lainy rauf- und wieder runtergleiten ließ.

Woher wusste der Typ eigentlich, dass sie in Savannah studierte?

»Lass mich durch«, drängte sie ihn genervt und weil Cole noch immer nichts dergleichen tat, legte sie ihre Hand auf seinen unteren Bauch und schob ihn mit aller Kraft zur Seite.

Der Kerl hatte ganz schöne Muskeln. Lainy konnte sich nicht daran erinnern, ihn früher je bei einem der Sportteams gesehen zu haben.

Als sie aus dem Laden hechtete, drückte ihr die Schwüle wie eine unsichtbare Wand ins Gesicht und vertrieb damit auf der Stelle alle Erinnerungen an den damaligen Cole Cunningham aus ihrem Kopf. Wieso dachte sie überhaupt über ihn nach?

***

»Hast du alles, was du brauchst?«

Dan sah Lainy freundlich an, als sie wieder neben ihn auf den Beifahrersitz kletterte.

»So ziemlich«, antwortete sie und befestigte ihren Gurt.

»Alles klar, dann bringe ich dich jetzt zu deinem Vater.«

»Schön«, würde sie darauf eigentlich gerne entgegen. Oder: »Ich kann es kaum erwarten.« Aber das wäre gelogen. Dafür spürte sie eine leichte Welle der Panik in ihrem Inneren heranrollen. Ihre Ausmaße waren nicht riesig und auszuhalten, aber jeder, der schon mal gesurft hatte, wusste, wie unberechenbar Wellen sein konnten …

3

LAINY

Es war gar nicht so leicht, einen Klingelknopf zu betätigen, wenn einem das Wasser bis zum Hals stand und die Hand unkontrolliert zitterte. Aber sie konnte das. Sie musste. Schließlich war sie jetzt hier.

Das Haus sah aus, wie sie es in Erinnerung hatte. Die weiße Farbe blätterte an manchen Stellen von den Wänden ab. Die Wiese im Vorgarten hatte einen neuen Haarschnitt dringend nötig und die Fensterscheiben sahen aus, als wären sie schon längere Zeit nicht mehr geputzt worden. Ansonsten war alles noch so, wie sie es in Erinnerung hatte.

Also dann …

Obwohl sie es war, die das Klingelgeräusch ausgelöst hatte, erschrak sie sich für den Bruchteil einer Sekunde, als sie das laute Schrillen hörte.

»Jungs, ich hab doch gesagt, ich will keine Kekse …«

Wow, der Mann da vor ihr, mit akkurat getrimmtem Bart, sauberem Hemd und klaren Augen, sollte ihr Vater sein?

»Hi, Dad«, presste Lainy hervor.

Er sah anders aus. Sie hatte eher erwartet, dass er ihr mit zwanzig Kilo mehr auf den Rippen, in einem dreckigen Unterhemd und Zigarette im Mundwinkel die Tür öffnen würde.

»Lainy – bist du das?«

Ihr Dad schlug sich die Hände vor den Mund und zog sie kurz danach blitzschnell an sich.

»Mein Engel, ist das schön! Lass dich ansehen!«

Lainy war irgendwie ganz perplex. Sie hätte ja mit allem gerechnet: dass er sie anschreien würde und sagte, sie solle wieder verschwinden, oder dass er ihr ohne ein Wort die Tür vor der Nase zuschlagen würde, wenn er sie sah. Aber das …?

»Entschuldige, dass ich erst jetzt komme«, stammelte sie. Dabei wagte sie es kaum, länger als zwei Sekunden Blickkontakt mit ihm aufzunehmen.

»Du brauchst dich nicht zu entschuldigen! Ich bin so froh, dass du da bist. Komm rein, bitte.«

Er griff mit der einen Hand nach ihrem Koffer und mit der anderen nach ihrem Oberarm. Dann zog er sie hinter sich her ins Haus.

»Mein Mädchen, komm noch mal her!«

Seine erneute Umarmung war weniger zaghaft und dauerte noch länger an als die vorherige. Lainy brauchte einige Sekunden, bis sie sie erwidern konnte. Es fühlte sich merkwürdig an. Sie konnte sich nicht daran erinnern, wann sie sich das letzte Mal umarmt hatten.

»Meine Güte, du siehst hinreißend aus! So erwachsen. Ich wünschte, deine Mutter könnte dich jetzt sehen …«

»Dad, bitte …«, ermahnte Lainy ihn, denn sie wollte nicht über sie sprechen. Und noch weniger wollte sie, dass *er* über sie sprach, denn die Vergangenheit hatte Lainy gelehrt, dass das nie gut endete. Allerdings war sie nicht sicher, wie viele Gemeinsamkeiten der Mann, den sie hier vor sich hatte, noch mit dem von früher hatte.

»Du hast dich aber auch ganz schön verändert, Dad.«

Jetzt traute sie sich das erste Mal ihm so richtig in die Augen zu sehen.

Fast etwas verlegen drückte er die Lippen aufeinander und zog einen Mundwinkel leicht nach oben.

»Ja, das war auch bitter nötig. Nachdem du nach Radding gezogen bist, ging es mir nicht gut. Es wurde alles noch … schlimmer als vorher.« Er stieß ein schwermütiges Seufzen aus. »Irgendwann kam der Moment, da musste ich mich fragen, wie viele Male ich noch die Grenze meines persönlichen Tiefpunktes überschreiten kann, ohne dabei draufzugehen. Ich hab dich schrecklich vermisst, Lainy. So sehr ...«

»Dad, es ...«

Er legte einen Finger auf ihren Mund, um sie zum Schweigen zu bringen.

»Lass mich bitte ausreden.«

Lainy hatte sich eigentlich nur entschuldigen wollen – richtig. Jetzt, wo sie hier war, fraß sie das schlechte Gewissen, das sonst lediglich von Zeit zu Zeit an ihr nagte, beinahe auf.

»Ich hätte es dir nicht verübelt, wenn du mich nie wieder hättest sehen wollen. Ich war ein lausiger Vater während der letzten Jahre, nachdem deine Mutter ...«

Er holte Luft und setzte dann noch einmal von Neuem und mit kräftigerer Stimme an: »Nachdem deine Mutter uns verlassen hat.«

Lainy schluckte. Zum ersten Mal klang es so, als hätte er es wirklich akzeptiert: keine Beschimpfungen, kein Fluchen, keine Schuldzuweisungen. War das wirklich ihr Vater?

»Hast du vielleicht ein Glas Wasser?«, fragte sie, um das Thema zu wechseln. Obwohl sie positiv überrascht von ihm und seinen Worten war, brauchte sie eine Pause von den Selbstoffenbarungen. Zu viel Sentimentalität war nämlich nichts für sie. Das war schon immer so gewesen. Lainy schätzte, deshalb kam sie auch so gut mit Marty zurecht. Früher jedenfalls.

»Sicher, ich hol dir was. Setz dich doch solange ins Wohnzimmer!«

»Nein danke, ich bleibe lieber stehen. Ich würde mich gleich eh erst mal gern frisch machen ...«

Sie fuhr sich mit einem Taschentuch über den Nacken und

anschließend noch einmal über die Stirn, um sich den Schweiß abzuwischen.

»Ja, ja … na klar. Einen Moment, ich bin gleich wieder da!«

Lainy sah ihrem Vater nach, wie er im Esszimmer verschwand. Erst jetzt bemerkte sie, dass er all ihre Familienbilder wieder aufgehängt hatte. Irgendwie freute sie das ein bisschen.

»Weißt du, ich hab da so ein Programm mitgemacht …«

»Was?«

Sie konnte die Worte, die er ihr von der Küche aus zurief, sehr schlecht verstehen. Also ging sie bis zum Türrahmen.

»Ich hab da so ein Programm mitgemacht«, wiederholte er. »Da bringen die einem bei, dass man immer einen Tag nach dem anderen angehen muss. Nicht zu weit in die Zukunft sehen oder sich von der Vergangenheit vereinnahmen lassen, verstehst du? Das hat mir wirklich geholfen.«

»Das ist klasse, Dad!«, erwiderte Lainy mit brüchiger Stimme. Sie fand diesen neuen Dad 2.0 schon toll, aber irgendetwas in ihr wollte dem Frieden noch nicht so richtig trauen. Vielleicht auch deshalb, weil es sie verunsicherte, ihn gar nicht (mehr) richtig einschätzen zu können.

»Ich bin jetzt ein ganz neuer Mensch!«

Als er ihr freudestrahlend ein volles Glas Mineralwasser überreichte, versuchte sie sich an einem Lächeln. Aber das fiel ihr schwer, *sehr schwer*.

»Danke, Dad. Ich geh dann jetzt erst mal nach oben«, erklärte sie, nachdem sie das Glas geleert hatte.

Lainy konnte die Enttäuschung von dem Gesichtsausdruck ihres Vaters ablesen.

»Handtücher sind immer noch in der untersten Schublade im Badezimmerschrank.«

Sie nickte.

»Warte, ich helfe dir mit dem Koffer!«

»Geht schon, da ist nicht viel drin, den kann ich schon selbst die Treppen hinauftragen.«

Seitdem du mich mit sechzehn im Stich gelassen hast, bin ich es nämlich gewohnt, Dinge alleine zu regeln, fügte eine Stimme in ihrem Kopf hinzu. Womöglich hatte der Sonnyboy-Typ auf Bali recht und sie war tatsächlich ein wenig verbittert ...

Seufzend bugsierte sie den unhandlichen Koffer die Treppen in den ersten Stock hinauf.

***

Es war mehr als komisch, plötzlich wieder in ihrem alten Kinderzimmer zu sein. Alles kam ihr auf einmal so klein vor. Dabei waren doch gerade einmal drei und nicht zehn Jahre vergangen, seit sie das letzte Mal hier gewesen war.

Alles war sauber und ordentlich ... und das obwohl sie sich noch genau daran erinnern konnte, dass sie ein ziemliches Chaos hinterlassen hatte, als sie ausgezogen war. Dass ihr Dad *The Smiths* und *The Cure* an den Wänden hängen lassen hatte, erstaunte sie. Lainy hätte schwören können, dass er sie abreißen würde, sobald sie aus dem Haus war. So oft, wie er sich über diese »furchtbare, ohrenbetäubende Musik« beschwert hatte.

Wie abgöttisch hatte sie diese Bands geliebt! Bei der Lautstärke, in der sie früher stets aus ihrem Zimmer gedröhnt hatten, konnte Lainy nachvollziehen, dass ihr Dad sich darüber aufgeregt hatte. Außerdem hatte sie schon immer gerne Lieder, die ihr besonders gut gefielen, in Endlosschleife gehört. Eben so lange, bis sie sie nicht mehr mochte – und das konnte dauern. Bei dem Gedanken, wie sie hier im Teenageralter zu *How Soon Is Now* rumgesprungen war und getanzt hatte, glitt ein Schmunzeln über ihre Lippen. Lainys Blick fiel in den schmalen Spiegel über der Kommode. Sie hatte sich wirklich ganz schön verändert: Ihre Haare waren länger und dunkelblond statt braun. Den tiefschwarzen Lidschatten und die orangefarbenen Katzenaugenkontaktlinsen, die sie getragen hatte, um ihre grünen Iriden zu überdecken, ersetzten nun ein feiner Lidstrich und Wimperntusche. Ihre Piercings und schwarzen Klamotten hatte sie gegen High Heels und farbenfrohe Designerkleidung getauscht. Schon komisch, wo sie sich über aufgetakelte Tussis früher immer lustig gemacht hatte. Nun war sie selbst eine geworden ...

Das Schrillen der Klingel unterbrach ihren Gedankenstrom. Lainy hörte Schritte, einige Sekunden später ertönt die Stimme ihres Dads: »Kleine, Marty ist hier!«

Die Tür fiel ins Schloss. Kurze Zeit später trampelte jemand die Treppen hinauf. Ohne anzuklopfen, stürmte Marty in ihr Zimmer und umarmte sie so fest, dass sie kaum noch Luft bekam.

»Marty, hey – ich ersticke gleich!«

Marty lockerte seinen Griff ein wenig, hielt sie jedoch weiterhin eng umschlungen. Er war größer geworden – aber sein Geruch war noch genauso, wie Lainy ihn in Erinnerung hatte. Pfefferminz und AXE Alaska Duschgel. Nach etwa einer Minute versuchte sie sich schließlich von ihm zu lösen.

»Ich freu mich auch dich zu sehen«, sagte sie, während sie ihn eine halbe Armlänge von sich wegschob.

»Warum hast du dich dann nie bei mir gemeldet?«

Lainy hatte geahnt, dass Marty ihr diese oder eine ähnliche Frage stellen würde. Doch jetzt, wo es so weit war, hatte sie keine Ahnung, welche Antwort sie ihm geben sollte. Denn für ihn hatte sie sich sorgfältig eine zurechtgelegt. Dummerweise konnte sie sich gerade an keine der Varianten mehr erinnern. Stattdessen klopfte ihr Herz stärker als gewöhnlich und sie hatte einen Kloß im Hals.

Marty umarmte sonst nie jemanden. Nicht einmal seine Eltern.

Als er noch klein gewesen war, hatten Dan und Monica angenommen, er sei einfach nur introvertiert. Er konnte sich stundenlang mit sich selbst beschäftigen und tauchte dabei gänzlich in seine eigene Welt ab.

Lainy konnte sich noch gut an die Phase erinnern, in der Marty jeden Tag aufs Neue seine dreißig, vierzig Matchbox-Autos in einer bestimmten Reihenfolge aufgebaut hatte. Die hatte dann niemand anfassen oder gar die Anordnung ändern dürfen, sonst war er vollkommen ausgerastet.

Es hatte sie beeindruckt, dass Marty sich die Position jedes einzelnen Wagens merken konnte, denn immerhin war er damals erst vier Jahre alt gewesen.

Irgendwann war es dann aber doch aufgefallen, dass ihn sehr viel mehr als lediglich sein Eigensinn oder die Vorliebe, Dinge auf eine ganz bestimmte Weise zu tun, von anderen Kindern unterschied.

Marty war im Kindergarten und auch in der Grundschule nicht sonderlich gut zurechtgekommen, weil er echte Schwierigkeiten hatte, Beziehungen zu anderen Menschen aufzubauen. Außerdem nahm er immer alles wörtlich und flippte auch, als er schon deutlich älter war, immer noch aus, wenn jemand seine täglichen Routinen oder seine Ordnung durcheinanderbrachte. Das hatte ihn zu einem gefundenen Fressen für Hänseleien jeglicher Art gemacht.

In der Mittelstufe war es dann etwas besser geworden. Vermutlich auch weil Lainy häufig mit ihm geübt hatte, wie man sich in bestimmten Situationen verhalten musste oder was es bedeutete, wenn jemand diesen oder jenen Gesichtsausdruck machte. Oder dass ein Ausspruch wie »Du kannst mir mal den Buckel runterrutschen« nicht wirklich eine Aufforderung dazu war, sich auf jemanden draufzusetzen und seinen Rücken als Rutsche zu benutzen.

Lainy war für so was natürlich nicht geschult worden – sie war ja auch kein Verhaltenstherapeut oder so –, aber es war ihr besonders leicht gelungen, zu Marty eine Verbindung aufzubauen. Deshalb hatte sie es auch so viel Überwindung gekostet, ohne ein Wort der

Verabschiedung abzuhauen, nachdem sie den Platz am Gladwell Hills bekommen hatte. Marty hätte nie verstanden, warum sie dort und nicht hier in der Nähe irgendwo studieren wollte. Und sie hätte es nicht ertragen, sich trotz seines Protests von ihm abzuwenden und zu gehen. Lainy war der Überzeugung gewesen, das hätte ihm das Herz gebrochen – und ihres gleich mit. Einfach gar nichts zu sagen und einen sauberen Schnitt zu machen war ihr da sehr viel rücksichtsvoller vorgekommen.

Doch jetzt, als er da so vor ihr stand und sie mit seinen großen braunen Augen fragend ansah, war sie sich nicht mehr sicher, ob das wirklich die richtige Entscheidung gewesen war.

Lainy biss sich auf die Innenseite ihrer Wange. *Komm schon, Elaine, jetzt sag irgendwas*, forderte sie ihre innere Stimme auf. Sie atmete tief ein und wieder aus. Dann entschloss sie sich für das, was der Wahrheit am nächsten kam. »Ich hatte Angst, dass du mich zu sehr vermissen würdest, wenn ich anrufe ... weil ich ja nicht zurückgekommen wäre ...«, erklärte sie zaghaft.

Marty musterte sie einen Moment, dann kniff er die Augen zusammen und entgegnete entschlossen: »Du lügst.«

Lainy schluckte. Dieses kleine Monster. Gut, er war nicht mehr so klein, aber in diesem Augenblick fand sie wirklich, dass die Bezeichnung immer noch angemessen war.

Obwohl er selten richtiglag, wenn es darum ging zu erraten, wie sich jemand in bestimmten Situationen fühlte, hatte er einen ausgesprochen feinen Sinn dafür festzustellen, ob jemand flunkerte oder nicht. Das hatte sie wohl vergessen.

Seufzend fügte sie hinzu: »Na schön, vielleicht habe ich mich nicht gemeldet, weil ich Angst hatte, dass ich *dich* zu sehr vermissen würde, okay?«

Martys Gesichtsausdruck entspannte sich. Scheinbar waren das genau die Worte, die er hatte hören wollen.

»Wusste ich's doch.«

Er sah Lainy triumphierend an, woraufhin sie ihm über seine dunkelbraunen kurzen Haare wuschelte, denn das mochte er überhaupt nicht. Aber Strafe musste sein!

»Ey, lass das!«

»Nö, wieso sollte ich?«

Weil Lainy immer noch sehr viel stärker war als er, fiel es ihr leicht, ihn zu Boden zu ringen und ihm eine ordentliche Abreibung in Form von Kopfrubbeln zu verpassen. Dabei hielt sie seinen lächerlich leichten Hieben natürlich – wie früher auch schon – stand.

»Wenn du nicht sofort von mir runtergehst, dann ...«

»Dann was?«, fragte sie kichernd, während sie schließlich von ihm abließ und mit einem breiten Grinsen im Gesicht aufstand.

Marty zog sich sein beim Kampf hochgerutschtes T-Shirt wieder ein Stück runter, ehe auch er aufstand.

»Du bist eine unmögliche Person, weißt du das eigentlich?«

»Allerdings«, gab Lainy lachend zurück und klopfte ihm auf die Schulter, woraufhin er abrupt zurückwich.

»Schon klar, nicht anfassen, hab's kapiert.«

Sie setzte sich auf ihr Bett und blickte ihn erwartungsvoll an.

»Also, warum bist du hier? Was gibt's Neues?«

Lainy wusste natürlich, dass er sie sehen wollte, aber trotz allem wäre Marty nicht Marty, wenn er ohne irgendeine Mission oder eine brandheiße Verschwörungstheorie zu ihr gekommen wäre.

Marty ging zum Fenster und lehnte sich ans Brett. Während er einen unsichtbaren Punkt an der gegenüberliegenden Wand fixierte, fragte er: »Kommst du nachher mit zu dem Autorennen am alten Wasserturm?«

»Ich soll mit *dir* zu einem Autorennen gehen?«, wiederholte Lainy ungläubig die Worte des Monsters.

»Das habe ich doch gerade gesagt! Bist du inzwischen schwerhörig geworden?«, erkundigte Marty sich ohne jeden Anflug von Sarkasmus oder Ironie in der Stimme.

»Und was willst du bei diesem Autorennen?«, entgegnete Lainy und verkniff sich das Augenrollen.

»Das siehst du dann.«

Was war bloß in ihn gefahren? Lainy kannte diese Art von Autorennen. Ein kläglicher Versuch der jungen Erwachsenen aus der Gegend, die gähnende Langeweile hier in dem Kaff zu ertragen. Sehr zum Leidwesen der örtlichen Polizei. Jedenfalls waren solche Freizeitbeschäftigungen normalerweise nichts, was Marty interessierte.

»Du weißt aber schon, dass dort mehrere kleine Gruppen von Menschen sein werden? Und laute Motoren? Und grölende Typen, die rauchen und trinken und die sehr wahrscheinlich zu fortgeschrittener Stunde randalieren werden?«

Lainy wollte Marty nicht bevormunden oder ihm Angst einjagen, immerhin war er schon siebzehn und konnte selbst entscheiden, was er wollte und was nicht. Aber die Idee, zu einem illegalen Autorennen zu gehen, kam ihr mehr als wagemutig vor. Zumindest im Zusammenhang mit Marty und seinen Vorlieben für Ruhe, dem Alleinsein und dem Einhalten von Gesetzen und Regeln.

»Es ist aber wichtig, dass ich heute Abend dorthin gehe.«

Lainy beobachtete, wie Marty mit seinem rechten Zeigefinger am Nagelhäutchen seines Daumens knibbelte – ein deutlicher Hinweis, dass er nervös war.

»Und du willst mir nicht sagen warum?«, bohrte sie nach.

Er schüttelt vehement den Kopf.

»Nun …«, begann sie langsam, »ich fürchte, dann kann ich dich auch nicht begleiten.«

Ihre Blicke trafen sich. Sie spürte, dass er abwägte, ob er auf ihren Manipulationsversuch eingehen oder auf Risiko spielen sollte.

»Du musst mitkommen, du bist mir was schuldig!«

Abrupt drehte sich Marty um und sah mit steifer Haltung aus dem Fenster.

Was sollte sie darauf sagen? So ein Totschlagargument hatte sie dem kleinen Monster gar nicht zugetraut.

»Okay …«, stöhnte sie schließlich. »Wann willst du los?«

»Jetzt.«

Ohne sie noch einmal anzusehen, stiefelte Marty aus ihrem Zimmer, die Treppe hinunter. Lainy hörte, wie die Haustür ins Schloss fiel. Eilig sprang sie vom Bett auf und lief ihm mit großen Schritten hinterher.

»Alles in Ordnung?«, rief ihr Vater aus dem Wohnzimmer, als er ihr Getrampel auf der Treppe hörte.

»Ja, alles okay. Ich geh noch mal raus. Bis später!«

4

LAINY

»Marty! Jetzt warte doch mal!«

Dafür dass er so schlaksig war und eine Abneigung gegen sämtliche sportliche Betätigungen hatte, lief er erstaunlich schnell. Lainy hatte richtig Mühe, hinter ihm herzukommen. Sie hätte ihre flachen Schuhe anziehen sollen! Der straffe Fußmarsch und der sandige Untergrund am Wasserturm waren auf jeden Fall zwei überzeugende Argumente für das Tragen von Sneakers. Aber da musste sie jetzt wohl durch. Genau wie ihre rot-goldenen Katy-Perry-High-Heels.

»Warum rennst du denn so?«

Endlich hatte sie ihn eingeholt, dabei keuchte sie und war noch verschwitzter als vorhin bei ihrer Ankunft.

Lainy war froh, dass sie sich heute Morgen für die kurze Leinenshorts statt für die enge Röhrenjeans entschieden hatte. Hier in South Carado musste sie ja niemanden beeindrucken.

»Das Rennen geht in zwanzig Minuten los … ich muss vorher noch was aufbauen«, erklärte Marty ihr hechelnd.

»Okay, ich frag gar nicht erst was …«, stöhnte Lainy und rollte mit den Augen.

Sie freute sich ja wirklich mit Marty Zeit zu verbringen, aber sie hatte kein gutes Gefühl bei der Aktion. Es wäre nicht das erste Mal, dass er für seine *Projekte* Dinge in Kauf nahm, die er sonst nicht tolerieren würde, was früher meistens damit geendet hatte, dass er vollkommen fertig gewesen und drei Tage danach nur noch zum

Pinkeln und Duschen aus seinem Zimmer gekommen war. Normalerweise hätte Lainy deshalb jetzt alles darangesetzt, ihn von seinem Plan abzuhalten. Aber Marty hatte recht, sie schuldete ihm etwas. Deshalb hielt sie den Mund und lief schwer atmend neben ihm her in Richtung Wasserturm.

***

Die Bäume in South Carado waren riesig und wunderschön. So sehr Lainy diesen Ort und die meisten seiner Bewohner auch verabscheute, so gern hatte sie die Natur. Die tief hängenden, alten Eichen, deren knochige Äste überall mit spanischem Moos ummantelt waren, hatten für sie schon immer etwas zutiefst Uriges und auch Romantisches ausgestrahlt.

»Wusstest du, dass die Verbrechensrate in South Carado in den letzten vier Jahren um zwanzig Prozent gesunken ist?«

Marty verlangsamte seinen Stechschritt und beäugte sie fragend. »Äh, nein, das wusste ich nicht.«

Lainy stellte absichtlich keine Gegenfrage, da sie ahnte, dass er ihr gleich mehr dazu erzählen würde. Wenn sie Glück hatte, in einem Zehn-Minuten-Vortrag – wenn sie Pech hatte, den gesamten restlichen Abend über. Also wartete sie.

Jedoch sprach Marty – zu ihrer großen Überraschung – nicht weiter.

»Was willst du damit sagen?«, wollte sie schließlich wissen, als er auch nach zwei Minuten noch keine Anstalten gemacht hatte, sich zu erklären. Marty hatte zwischenzeitlich den Blick wieder gänzlich nach vorn gerichtet, als er »Das erfährst du gleich« in einem beängstigend verschwörerischen Ton von sich gab und einen Gang zulegte.

Sport brauchte Lainy heute jedenfalls nicht mehr zu machen, so viel stand fest.

Als sie am Haus des alten Earl vorbeikamen, staunte sie nicht schlecht, als sie den riesigen Rhododendronstrauch erblickte. Seine pinkfarbenen Knospen waren noch nicht aufgegangen, aber man konnte erkennen, dass sie so langsam daran dachten. Wie konnte ein Strauch dieser Art in drei Jahren nur so unglaublich stark in die Höhe geschossen sein? Ihr geläuterter Vater, der fast erwachsene Marty, dieser monströse Strauch ... das alles machte Lainy die Jahre, in denen sie nicht hier gewesen war, auf schmerzliche Weise bewusst. Es war ihre Entscheidung gewesen, diesem Ort den Rücken zu kehren, und sie hatte es nie bereut. Und doch fragte sie sich nun, was ihr deswegen alles entgangen war: Martys sechzehnter Geburtstag zum Beispiel oder der Tag, an dem ihr Vater wieder beschlossen hatte Teil der Gesellschaft zu werden. Hätte er ihr diese Entscheidung mitgeteilt, nachdem er sie gefällt hatte, und hätte sie gebeten mit ihm neue Kleidung und einen funktionierenden Rasierer einkaufen zu gehen oder wäre er eines Morgens einfach in ihr Zimmer spaziert und hätte ihr sein neues Ich präsentiert?

Als Lainy und Marty um die Ecke bogen, kamen sie an der einzigen Tankstelle im Ort vorbei. Lainys Blick fiel auf Martys Rücken. Er war ebenso stark nass geschwitzt wie sie. Ein kühles Wasser war sicher eine gute Idee!

»Warte mal, ich kaufe uns schnell was zu trinken«, sagte sie.

»Ich komme mit«, verkündete Marty.

Lainy wunderte sich über die Entschlossenheit in seiner Stimme. Wollte er ihr etwa einen Gefallen tun?

»Ich dachte, du hasst Tankstellen?!«, kommentierte sie und dachte an Martys frühere Abneigung gegen den Benzingestank und die eng angeordneten Regale. »Meinetwegen brauchst du nicht mitkommen, ich beeile mich.«

»Ich komme mit«, beharrte Marty.

***

»Willst du noch Gummibärchen oder Bonbons?«

Es war eine alte Babysitterangewohnheit, ihn das zu fragen.

»Die sind schlecht für die Zähne. Außerdem bin ich kein Kind mehr! Ich brauche nichts Süßes, das meine Laune hebt, ich habe gelernt meine Emotionen ohne äußere Stimuli zu regenerieren.«

»Okay, okay, Einstein, ich hab ja nur gefragt.«

Kopfschüttelnd und ein wenig genervt ging Lainy zur Kasse und bezahlte. Martys Besserwisserei hatte sie schon mehr als einmal zur Weißglut getrieben, deshalb hatte sie es sich irgendwann angewöhnt, im Stillen bis zehn zu zählen und dann dreimal tief ein- und wieder auszuatmen, bevor sie sich auf eine hitzige Unterhaltung über seine Unhöflichkeit mit ihm einließ. Lainy hatte natürlich immer gewusst, dass Marty nichts dafür konnte, aber sie hatte die Hoffnung auf kleine Verbesserungen noch nicht aufgegeben.

»Alter, schau mal, wer da ist! Mr Nimm-mir-ja-nicht-meine-Sachen-weg-sonst-verkriech-ich-mich-eine-Woche-lang-bei-Mami-und-Daddy-und-komm-nicht-mehr-aus-dem-Haus ... Uhhhh!«, grölte Cody Michaels, während er den Laden betrat.

In Windeseile stellte sich Lainy schützend vor Marty.

»Wenn du nicht sofort dein Schandmaul hältst, hast du gleich meine Wasserflasche in deinem Gesicht!«, fuhr sie ihn wütend an.

Dieser ekelhafte Schönling hatte in der Highschool gleich zweimal versucht Marty eine Klodusche zu verpassen. Es war ihr unverständlich, wie man so gemein und verkorkst sein konnte, um jemandem solche Folter zuzumuten, noch dazu einem Schwächeren, der drei Jahre jünger war.

»Oooh, kommt dir Mami jetzt zu Hilfe? Fängt da jemand etwa gleich an zu weinen? Wo hatte Mami denn dein Fläschchen?«

Cody deutete ein Augenreiben an. Ein blonder Typ, der dicht hinter ihm in den Laden gekommen war und der mindestens eine genauso dämliche Visage hatte, fing an zu lachen. Noch ehe Lainy dem etwas entgegensetzen konnte, betrat Cole Cunningham die Tankstelle.

Er trug eine Lederjacke und darunter ein schwarzes Muskelshirt – und das obwohl es immer noch unsagbar heiß war. Sein Blick streifte Martys Gesicht und dann das ihre. Die beiden Idioten gackerten noch. Was Cole anging, so schien es, als habe er die Situation im Bruchteil einer Sekunde erfasst. Cody sah Coles Hand nicht kommen, bevor sie ihn auf dem Hinterkopf traf.

»Was dauert das denn so lange? Haltet ihr hier drin ein Kaffeekränzchen? Was bitte ist so schwierig daran, ein Sixpack Bier zu kaufen, ihr Hohlbirnen?«, maßregelte Cole die zwei in scharfem Ton.

Beide zuckten kurz zusammen, als sie seine Stimme vernahmen. Es war unverkennbar, dass er das Sagen hatte. *Genau wie früher*, dachte Lainy bei sich.

»Mach dich mal locker«, brummte der Typ neben Cody. »Mr Spasti hat uns abgelenkt.«

»Hör auf ihn so zu nennen, du Arschloch!«, blaffte Lainy ihn an.

Es vergingen einige Sekunden, in denen der Typ darauf zu warten schien, dass Cole ihm zu Hilfe kam. Doch das tat er nicht. Stattdessen befahl er: »Genau, *Arschloch* – hol mir lieber mein Bier!«, und gab dem Typen einen unsanften Schubser in Richtung Kühlfach.

»Machst du dich lustig über mich?«, fragte Lainy, die Hände in die Hüften gestemmt.

Wieso klang ihre Stimme auf einmal so unsicher?

Abermals musterte Cole sie mit einem Blick, der Lainy glauben ließ, er wolle sie damit ausziehen. Es war dreist – aber das passte ja zu ihm.

Damals an der Highschool hatte es dieses Gerücht gegeben, dass er mit jedem Mädchen aus seiner Stufe schon mal was gehabt hatte. Das hatte wohl irgendeine Wette sein sollen oder so.

»Das würde ich nie wagen, Ms Wigmore«, entgegnete er grinsend, während er einen Kaugummi aus seiner rechten Hosentasche zog und ihn sich langsam in den Mund steckte.

»Marty, wir gehen!« Bestimmt und ohne sich noch einmal umzudrehen, zog Lainy Marty am Zipfel seines T-Shirts hinter sich aus der Tankstelle.

»Beim nächsten Mal gibst du einen aus, Elaine!«, hörte sie Coles Stimme hinter sich rufen.

Es war deutlich angenehmer gewesen, als er sie noch ignoriert hatte. Was war auf einmal los mit ihm?

»Was für Schwachmaten«, stieß sie aus, als Marty und sie wieder auf dem Bürgersteig waren.

»Cole ist eigentlich ganz nett«, bemerkte Marty emotionslos.

Lainy stutzte. Hatte sie sich da eben verhört?

»Wo kommt *das* denn jetzt her?«, fragte sie verwundert. »Ich dachte, du kannst Typen wie ihn nicht ausstehen.«

Marty zuckte arglos mit den Schultern.

»Er hat mir in dem Sommer, als du weggegangen bist, Basketballspielen beigebracht. Und das Jahr darauf hat er mich ab und zu mit zum Winsons-See genommen und dort haben wir zusammen ein Baumhaus gebaut.«

Lainy blieb wie angewurzelt stehen.

»Wie bitte?«, echote sie in einem Ton, den sie selbst nicht wiedererkannte. Das, was Marty ihr da gerade erzählt hatte, konnte sie einfach nicht glauben. Warum sollte ausgerechnet Cole so etwas tun? Bevor sie nach Radding gezogen war, hatte er weder sie noch Marty je eines Blickes gewürdigt.

Marty stöhnte genervt, bevor er entgegnete: »Du solltest dir am Montag unbedingt einen Ohrenarzttermin geben lassen.«

***

»Hattest du keine Angst?«, wollte Lainy von Marty wissen, nachdem sie sich wieder etwas gefasst hatte. Inzwischen hatten sie den alten Wasserturm erreicht, aber außer ihnen schien es niemanden zu interessieren, pünktlich zur vereinbarten Uhrzeit für den Startschuss des illegalen Autorennens zu sein.

»Angst vor was?«

Marty kramte etwas Schwarzes aus seiner Hosentasche hervor. Hörte er ihr überhaupt zu?

»Na vor Cunningham!«, sagte Lainy mit Nachdruck.

»Wieso sollte ich Angst vor Cole haben?«, fragte Marty, ohne zu ihr aufzusehen, während er neben ihr herlief.

»Vielleicht weil du dich normalerweise unwohl in Gesellschaft von Menschen fühlst, die du nicht kennst?«

Oder vielleicht weil Cole der größte Draufgänger im Umkreis von hundert Meilen ist …

»Aber ich kenne ihn doch.«

Eins, zwei, drei, vier, fünf … Lainy holte tief Luft, bevor sie sagte: »Ja, *jetzt* – offensichtlich! Aber früher hattet ihr doch nie etwas miteinander zu tun! Ich verstehe nicht, wieso er dir aus heiterem Himmel einfach anbietet dein Freund zu sein! Da stimmt doch was nicht!«

Marty schien es nicht zu stören, dass Lainy sich aufregte, denn er antwortete ruhig und gelassen, so als wäre nichts dabei: »Ich habe *ihn* gefragt, ob wir uns anfreunden können, nicht umgekehrt.«

»Und da hat er natürlich gleich, ohne zu zögern, zugestimmt?!«

Jeder außer Marty hätte den Sarkasmus aus ihrer Stimme herausgehört.

»Ja, das hat er.«

Lainy schnaubte. Dass man ihm immer alles erst aus der Nase ziehen musste, wenn man mal wirklich etwas von ihm wissen wollte, machte sie verrückt.

Mittlerweile waren sie vor einer Anhäufung von kleinen Felsbrocken angekommen. Marty nahm den schwarzen Gegenstand und platzierte ihn in einer Einbuchtung auf dem obersten Stein.

»Was zur Hölle machst du da eigentlich?«

»Ich positioniere meine 1080-HD-Minikamera im richtigen Winkel, sodass sie die ideale Position hat, um das Rennen aufzuzeichnen«, erklärte Marty stolz.

Als Lainy ihn nach dem Grund dafür fragte, schwoll seine Brust noch ein kleines bisschen mehr an.

»Wenn sie losfahren, rufe ich die Polizei, damit sie herkommen und die Gesetzesbrecher auf frischer Tat ertappen! Wenn übermorgen, spätestens aber am Montag nichts davon in der Zeitung steht, habe ich den Beweis, dass der Polizeichef Amtsmissbrauch betreibt.«

Marty schob die Kamera noch ein Stückchen nach links und nickte zufrieden.

Es war nicht das erste Mal, dass er ihr einen verrückten Plan oder eine seiner abstrusen Theorien vorgestellt hatte. Zugegeben – in der Vergangenheit hatte er mit einigen seiner Vermutungen richtiggelegen, aber diese kam ihr doch sehr abwegig vor.

»Hast du dich etwa deswegen mit Cole angefreundet?«

Coles Vater, Tony Cunningham, war nämlich vor genau vier Jahren zum Polizeichef von South Carado befördert worden. Jetzt verstand Lainy auch, was es mit Martys Kommentar bezüglich der rückläufigen Verbrecherrate auf sich hatte ...

»Schon möglich.«

Das sah ihm überhaupt nicht ähnlich.

»Ich dachte, du hasst es zu lügen?!«, bemerkte Lainy scharf.

»Tue ich auch. Aber Cole hat mich ja nicht direkt nach dem Grund für meinen Freundschaftsvorschlag gefragt. Also habe ich ihn auch nicht angelogen. Ich habe ihm gesagt, dass ich mit ihm befreundet sein will, und das stimmt. Wie sollte ich sonst an genauere Informationen zu seinem Vater kommen?«

Ohne ihre Reaktion abzuwarten, lief Marty einmal um die Steine herum, den Blick stur auf die Kamera gerichtet.

»Marty«, sie hielt ihn am Ärmel seines T-Shirts fest, damit er stehen blieb, »du hast doch nicht etwa vor Tony Cunningham zu observieren?«

Lainy hoffte inständig, dass sie mit ihrer Vermutung falschlag.

»Willst du etwa noch mal so einen Ärger bekommen wie bei Ethel damals?«

Ethel war lange Zeit ihre Briefträgerin gewesen. Marty wohnte zwei Häuser neben ihr. Jedenfalls hatte Marty seinerzeit herausgefunden, dass die gute Ethel um Weihnachten herum stets einige Grußkarten mit Geld darin in ihrer eigenen Tasche hatte verschwinden lassen. Allerdings war es Marty nie gelungen, die Schlussfolgerungen aus seinen täglichen Bespitzelungen zu beweisen. Irgendwann wollte er Ethel die Chance geben, sich zu stellen, doch diese Konfrontation – im Zuge des Glaubens an Ehrlichkeit und Ehrgefühl – hatte schließlich mit einer Stalkinganzeige für Marty geendet.

»Soll das eine rhetorische Frage sein?«, erkundigte sich Marty.

Noch ehe Lainy Zeit zum Überlegen fand, wie sie dem kleinen Monster noch mehr Informationen über sein Vorhaben entlocken konnte, wurden sie von lauten Motorgeräuschen aufgeschreckt.

»Komm, lass uns hier abhauen!«, rief sie Marty zu, der jetzt wieder an seiner High-Tech-Kamera herumwerkelte.

»Bin gleich fertig, noch eine Sekunde.«

Es war unglaublich, wie viel Vertrauen dieser Junge darin hatte, dass ihm das Universum wohlgesonnen war. Wenn die Raser sie hier entdeckten, während sie dabei waren, sie auszuspionieren, wären sie erledigt. E-r-l-e-d-i-g-t!

»Jetzt komm endlich!«, zischte sie ungeduldig.

Fünf getunte Sportwagen drehten etwa dreihundert Meter von ihnen entfernt in einer Senke ihre Runden. Dabei schossen Teile des feinkörnigen Sandbodens in meterhohen Fontänen vom Boden hoch.

Lainy hielt sich die Hand als Sichtschutz vor den grellen Sonnenstrahlen vor die Stirn. Auf der verrosteten Tribüne am Wegesrand saßen bereits einige Leute. Sie nahm an, dass es vor allem Schüler aus der Oberstufe und ein paar schaulustige Rocker von Brendans

Gang waren. Ganz unten, vor der ersten Bank, fiel ihr ein Rücken auf, der in eine schwarze Lederjacke gehüllt war. Sie kniff die Augen zusammen, um erkennen zu können, ob es der war, von dem sie dachte, dass er es war.

Plötzlich ertönte hinter ihnen ein ohrenbetäubend lautes, brummendes Geräusch. Lainy wirbelte herum. Zwei Motocrossräder rasten direkt auf die Felsformation zu, an der Marty noch immer mit seiner Kamera zugange war. In brenzligen Situationen war das eine seiner schlechtesten Eigenschaften: Wenn ihn etwas interessierte, klinkte er sich vollständig aus seiner Umgebung aus ...

Im Bruchteil einer Sekunde malte Lainy sich aus, was passieren würde, wenn er aus seiner Trance erwachte und feststellte, dass die Motorräder jetzt nur wenige Meter neben ihm ihre Kreise zogen.

Diese verdammten Idioten!

»Marty!«, schrie sie, obwohl sie wusste, dass es nahezu aussichtslos war, ihn jetzt noch aus der Einkreisung zu befreien.

Als Lainy zurücklief, erkannte sie die blonden Haare wieder, die zu dem unsympathischen Typen von der Tankstelle gehörten. Marty hatte zwischenzeitlich hochgeschaut. Lainy konnte die Panik in seinen Augen sehen, während die Maschinen ihm näher und näher kamen. Scheiße. Sie fuchtelte wild mit den Händen und versuchte die beiden Arschlöcher davonzujagen. Leider blieb die Aktion ohne Erfolg. Lainy sah Marty an, dass es nicht mehr lange dauern würde, bis er hysterisch wurde, hyperventilierte oder das Bewusstsein verlor. Verflucht, was sollte sie denn jetzt machen? Noch ehe sie den Gedanken zu Ende denken konnte, verdrehte Marty die Augen nach oben und geriet ins Wanken. Das war ihr Zeichen. Ohne nachzudenken, rannte sie los. Sie konnte nicht zulassen, dass er umkippte und mit dem Kopf auf dem harten Boden oder gar den Felsen aufschlagen würde. Erschrocken von ihrem mangelnden Respekt vor den fahrenden Motocrossrädern blieb einer der Rowdys stehen.

Gerade noch rechtzeitig kam Lainy bei Marty an, um ihn bei seinem nächsten Taumeln behutsam in ihre Arme gleiten zu lassen.

»Es ist alles okay, niemand tut dir was. Ich bin da.«

Sie wusste nicht, ob ihre Worte zu ihm durchdrangen. Sie hoffte es. Er hatte die Augen halb geöffnet, seine Arme zuckten. »Das ist eine sehr spezielle Form der Panikattacke, die im schlimmsten Fall zur Ohnmacht führen kann«, erinnerte sie sich an die Worte des Notarztes, als Marty das erste Mal so einen Anfall gehabt hatte. Es war sein Geburtstag gewesen und er war nicht mit der Enge der Hüpfburg zurechtgekommen, in die Dan und Monica ihn unbedingt hatten hineinzwängen wollen. Dan hatte so etwas wie »Komm, Junge, du wirst sehen, wie viel Spaß das macht, wenn du erst mal drin bist!« gesagt.

»Seht ihr nicht, was ihr angerichtet habt? Haut endlich ab!«, brüllte Lainy die Jungs auf den Motorrädern an. Inzwischen war auch der zweite zum Stehen gekommen. Ihre Gesichter waren fahl, fast kreidebleich.

»Ihr sollt abhauen, hab ich gesagt!«, rief Lainy abermals.

Endlich hörten sie und verschwanden.

Wie konnte sie Marty jetzt nach Hause schaffen? Dan und Monica würden ganz bestimmt ausflippen, wenn sie sie jetzt anriefe und preisgab, wo sie waren. Lainy wusste, dass alles, was Marty jetzt brauchte, Ruhe, seine vertraute Umgebung und sein Bett waren. Vielleicht konnte sie ihn einfach zu sich schleifen? Das wäre das Beste! Er übernachtete bei ihr und morgen wäre alles wieder in Ordnung.

»Marty, hey ... Kannst du laufen? Hör zu, du musst mir ein bisschen helfen, sonst schaffe ich das nicht.«

Marty hob und senkte den Kopf, was wohl ein Nicken sein sollte. Dann richtete er sich – mit aller Kraft – auf. Lainy half ihm dabei, indem sie seinen Arm über ihre Schulter legte. Nachdem sie schlurfend die ersten drei Schritte zurückgelegt hatten, sah sie ein, dass sie mit ihren Zehn-Zentimeter-High-Heels und Marty im Arm nicht weit kommen würde. Blieb also nur eine Möglichkeit: die Schuhe ausziehen, sie hinter dem Haufen Felsbrocken verstecken und hoffen, dass sie morgen noch da waren. In ihrer Clutch war jedenfalls kein Platz für sie.

»Kannst du kurz allein stehen? Ich bin sofort wieder bei dir!«

Marty presste ein winselndes und wenig überzeugendes »Hm« hervor. Vielleicht war es besser, die Heels von hier aus hinter die Steine zu werfen. Nur für den Fall, dass er sich doch nicht ohne sie als Stütze auf den Beinen halten konnte.

»Brauchst du Hilfe?«

5

LAINY

Natürlich war *er* es! Wie sollte es auch anderes sein! Cole Cunningham stand mit freiem Oberkörper vor ihr und beäugte sie mit einem Blick, der keinen Zweifel an seiner Herabwürdigung ließ.

»Wir kommen zurecht!«, entgegnete Lainy, bemüht sein Sixpack nicht zu sehr anzustarren.

Ohne Cole noch mehr von ihrer Aufmerksamkeit zukommen zu lassen, zog sie Marty im Schneckentempo hinter sich her.

Nach zwei Schritten knickte sie um. Diese blöden Schuhe! Sie bückte sich – wobei sie ganz schön achtgeben musste, damit sie mit Marty im Arm nicht das Gleichgewicht verlor – und löste die Riemchen.

»Pass auf, ich mach dir einen Vorschlag: Du nimmst deine Designerlatschen – damit ich mir nicht länger mit ansehen muss, dass du ja gar nicht darin laufen kannst – und ich schnappe mir das Sensibelchen.«

Am liebsten hätte Lainy Cole eine Antwort, die ihm Hören und Sehen vergehen ließe, auf seine dreisten Worte an den Kopf geknallt. Aber in ihrer momentanen Lage, mit schon zwei oder drei Blasen an den Füßen und dem für seine Statur erschreckend schweren Marty in ihrem Arm, gestand sie sich ein, dass es äußerst dumm wäre, Coles Angebot abzulehnen. Sie hoffte nur, dass sie keiner sehen würde, wie sie ausgerechnet mit ihm durch die Stadt lief.

Lainy atmete tief ein und wieder aus, bevor sie »In Ordnung« murmelte.

»Komm her, Kumpel!«

Mit einem Ruck nahm Cole ihr Marty ab und warf ihn sich wie einen nassen Kartoffelsack über die Schulter. Dann lächelte er sie neckisch an und ging los.

Während sie auf der wenig befahrenen Hauptstraße entlangliefen, schossen Lainy tausend Gedanken durch den Kopf. Wieso hatte Cole sich überhaupt auf die Freundschaft mit Marty eingelassen? Was bezweckte er damit? Und warum war Marty dermaßen überzeugt davon, dass Coles Vater etwas Unrechtes tat?

Leider war gerade nicht der richtige Zeitpunkt, um ihre Neugier zu befriedigen. Aber zumindest ein bisschen Klarheit würde sie sich verschaffen.

»Weshalb bist du eigentlich zu uns gekommen?«, fragte sie, während sie kurz zu ihm rüberschielte.

»Cody und Jace meinten, dass Marty oben auf dem Hügel einen Herzinfarkt hatte. Da wollte ich mal nachsehen, ob das stimmt.«

»Und, haben dir deine tollen Freunde auch erzählt, dass sie für seinen Zustand verantwortlich sind?«

»Das sind nicht meine Freunde«, antwortete Cole so ruhig, dass es Lainy schon wieder verdächtig vorkam.

»Hältst du mich für blöd?«, entgegnete sie. »Ihr seid doch vorhin zusammen an der Tankstelle gewesen.«

»Na und? Bist *du* denn mit jedem befreundet, mit dem du dich temporär am selben Ort aufhältst, weil ihr kurzzeitig das gleiche Ziel verfolgt?«

Lainy schnappte nach Luft. Scheinbar hatte Cole mehr Grips in der Birne, als sie bisher angenommen hatte.

»Wir müssen aufpassen, dass uns keiner sieht«, sagte sie, um vom Thema abzulenken.

Cole bog eine Augenbraue nach oben, als er grinsend antwortete: »Keine Sorge, ich hab schon auf dem Schirm, dass Daddy böse wird, wenn er erfährt, dass du dich mit dem Feind abgibst.«

»Was du nicht sagst!«, fuhr Lainy Cole an. »Ich bin dir dankbar, dass du uns hilfst, aber solche Kommentare kannst du dir echt sparen!«

In ihr brodelte es gewaltig. Es war ein Fehler gewesen, ausgerechnet von diesem großkotzigen Angeber Hilfe anzunehmen! Was hatte sie sich nur dabei gedacht?

»Schon gut, Prinzessin«, entgegnete Cole beschwichtigend, »war doch bloß Spaß.«

Cole schaute zu ihr rüber und lächelte, als er hinzufügte: »Ist doch alles schon so lange her ... Diese ganze Fehde ist doch lachhaft! Du und ich – die nächsten Generationen –, wir haben damit weder etwas zu schaffen noch tragen wir die Schuld an dem, was damals passiert ist.«

War das Stirnrunzeln in seinem Gesicht etwa echt oder war er nur ein guter Schauspieler?

»Du hast leicht reden«, murmelte Lainy. »Deine Familie hat auch nicht alles verloren, was sie je besaß.«

Lainys und Coles Großväter hatten die Baumwollfabrik zusammen gegründet. Sie hatten sie mit ihren eigenen Händen erbaut: Stein für Stein. Jahrzehntelang hatten sie geschuftet, weil ihre Nachfahren es einmal besser haben sollten als sie selbst. Sie hatten die Baumwollernte mithilfe einer verbesserten Entkörnungsmaschine in South Carado revolutioniert und ihre harte Arbeit hatte sich ausgezahlt: die Wigmores und die Cunninghams waren irgendwann zu den reichsten Familien des Staates aufgestiegen. Bis zu diesem einen Tag ...

»Die Cunninghams sind die gierigsten Menschen, die mir je untergekommen sind. Verdammt mögen diese elenden Verräter sein! Der Herr wird sie richten!«

Das war das Mantra ihres Großvaters gewesen, seit jenem Tag, an dem er davon erfahren hatte, dass seinem Sohn das Unternehmen aus den Händen geglitten war, für das er sein Leben lang Blut und Wasser geschwitzt hatte. Margarete Cunningham hatte es an sich gerissen. Mit hinterhältigen Taktiken und Mitteln, zu denen ihr Vater niemals gegriffen hätte – trotz aller Differenzen.

»Schmollst du etwa?«

Cole sah Lainy belustigt an, woraufhin sie energisch mit dem Kopf schüttelte.

»War nur in Gedanken.«

»Na dann.«

Er strich sich eine seiner Locken aus dem Gesicht. Sie waren stellenweise nass vom Schweiß und klebten ihm an der Stirn. Ohne es zu wollen, fuhr Lainys Blick von seinem Gesicht hinab zu seinem nackten Oberkörper. Die Brustmuskeln bewegten sich beim Gehen und sahen dabei irgendwie ...

»Das macht dann zehn Dollar fürs Anstarren.«

Erschrocken wandte sie sich ab. So ein Mist. Cole hatte ihr Glotzen also bemerkt. Wie peinlich!

»Ganz schön billig«, entgegnete sie kess. »Passt zu dir!«

Statt einen Gegenangriff zu starten, begann Cole herzlich zu lachen. Wäre er nicht ausgerechnet Cole Cunningham, hätte sie sogar gesagt, dass es ein schönes Lachen war.

»Du gibst also zu, dass du mich heiß findest?«

Lainy rollte mit den Augen und stöhnte.

»Ach ja – *so* sehr?«

Er leckte sich die Lippen und wackelte auf anzügliche Weise mit seinen Brauen.

»Du bist echt unglaublich!«, bemerkte Lainy und tat dabei so, als wäre sie ganz schön genervt von seinen blöden Sprüchen. Denn das war sie doch auch – oder etwa nicht?

»Danke, Miss Wigmore, das sagt man mir oft!«

Coles halb verbeugende Geste sah so albern aus, dass sie unwillkürlich lachen musste.

»Das meinte ich *nicht* im positiven Sinne!«, schob sie nach, als sie sich wieder beruhigt hatte.

Auf einmal kam Coles Hand ihrem Gesicht gefährlich nahe. Sie wich ein Stück zurück – genau wie Marty, wenn er Angst hatte, jemand könnte zu nah in seine sichere Zone eindringen. Aber Cole ließ sich davon nicht verunsichern. Als er einen kleinen Ast aus Lainys Haar zog, atmete sie erleichtert auf. Keine Ahnung, was sie dachte, was er stattdessen vorgehabt hatte.

»Woher willst du denn wissen, dass ich nicht unglaublich bin, du hast mich doch noch gar nicht ausprobiert.«

Coles verführerisches Grinsen, zusammen mit dem Blitzen in seinen blauen Augen, sorgte dafür, dass Lainy sich an ihrer Spucke verschluckte. Sie hustete und hustete und wünschte, der Erdboden würde sich auftun und sie verschlingen. Jetzt dachte er sicherlich, er hätte sie aus der Fassung gebracht. Von wegen!

Sie zuckte zusammen, als er ihr mit seiner freien Hand sanft auf den Rücken klopfte.

Nachdem sie sich wieder beruhigt hatte, sagte sie: »Es geht schon!«

Lainy sprach die Worte absichtlich barsch aus, denn sie wollte nicht, dass er da irgendetwas fehlinterpretierte. Cole Cunningham sollte nicht denken, er hätte so eine Wirkung auf sie!

»Ich würde dir ja was zu trinken anbieten, aber ich habe leider nichts dabei«, erklärte er, kurz bevor sie in die Adams Road – Lainys Straße – abbogen. Ein Blick auf ihre Uhr verriet ihr, dass es bereits halb zehn war. Sie hoffte, ihr Dad saß schon in seinem Fernsehsessel und war eingeschlafen.

»Mach dir keine Umstände, wir sind ja gleich da.«

Ein Seufzer der Erleichterung drängte sich aus ihren Nasenlöchern.

»Marty? Geht's dir schon besser?«, fragte sie behutsam und beugte sich während des Gehens ein bisschen nach unten, um ihm in die Augen sehen zu können.

»Alles okidoki. Bin nur müde.«

Eine Antwort, die aus mehr als nur einem Wort oder einem Brummen bestand – das war schon mal gut!

»Willst du bei mir übernachten?«

Es war ausgeschlossen, dass Marty ihnen auf die Frage, wo er herkomme und was passiert sei, eine fünf Minuten vorher einstudierte Lüge auftischen könnte. Dazu war er einfach nicht der Typ.

»Ich will in meinem eigenen Bett schlafen«, antwortete Marty.

Also blieb nur reinschleichen und hoffen, dass er keinem begegnete.

»Okay.«

Seine Entscheidung. Wenn es das war, was er wollte ...

»Dann vielen Dank!«, sagte Lainy zu Cole. »Ich übernehme dann jetzt.«

Cole zuckte mit den Schultern.

»Klar.«

Sie griff nach Martys Hand, nachdem Cole ihn heruntergelassen hatte. Arm in Arm, er bei ihr untergehakt, gingen sie zu seiner Haustür.

»Du kannst morgen vorbeikommen, wenn du willst«, schlug sie Marty vor. Sie wusste natürlich, dass das eigentlich überflüssig war, denn wenn Marty zu ihr kommen wollte, dann tat er das so oder so, egal ob sie es wollte oder nicht. Aber in diesem Augenblick erschien es ihr wie eine nette Geste, auch wenn er sie vermutlich gar nicht bemerkte.

»Soll ich noch mit reinkommen?«, erkundigte sie sich.

Vielleicht könnte sie auf diesem Wege einen möglichen elterlichen »Na-wie-war-dein-Abend?«-Angriff abfangen und anstelle von Marty antworten, während er schon hoch in sein Zimmer ging.

»Nein, ich will jetzt schlafen. Bis morgen.«

Also gut.

Lainy blieb noch einen Moment lang stehen, nachdem Marty reingegangen und die Tür ins Schloss gefallen war. Auf dem Weg zurück zur Straße fiel ihr die nach Farben geordnete Bepflanzung im Vorgarten von Martys Eltern auf, die – im Gegensatz zu ihrem Dad – den Rasen mit der Nagelschere zu schneiden pflegten.

Nach einigen Schritten entdeckte sie Cole, der im Schatten einer großen Eiche am Wegesrand stand. Warum war er noch da?

»Ist alles klar bei ihm?«

Cole legte den Kopf schief und sah sie interessiert an.

»Er kommt zurecht. Danke für deine Hilfe«, gab Lainy zurück und vermied es, ihm zu lange in die blauen Augen zu sehen.

»Und wie wär's, wenn ich dich auf einen Drink einlade, hm, um den Schock zu verdauen?«

Er lächelte und kratzte sich am Hinterkopf, während er auf Lainys Antwort wartete.

Sie wusste auch nicht genau weshalb, aber nachdem er die Einladung ausgesprochen hatte, stieg ein Kichern in ihr auf. Vielleicht war es das Gefühl von Absurdität bei dem Gedanken daran, dass ein Cunningham sie, eine Wigmore, zu einem »Drink« einlud. Oder aber sie stand noch unter Schock, weil Marty vorhin in echter Gefahr gewesen war und weil es sie umgebracht hätte, wenn ihm irgendetwas zugestoßen wäre.

»Ich weiß zwar nicht, was daran so witzig sein soll, aber die lachende Elaine gefällt mir tausend Mal besser als die kratzbürstige Miss Wigmore.«

Cole zog seine tief sitzende Hose ein Stückchen hoch und wischte sich anschließend einige Schweißperlen von seiner Brust. Elaine – so nannte sie sonst niemand.

»Du kennst also doch meinen Vornamen«, entgegnete sie und lief an ihm vorbei.

»Ich kann dich den gesamten Abend über bei deinem Vornamen nennen, wenn du mit mir ausgehst.«

»Jetzt sind wir also schon beim Ausgehen?«, erwiderte sie. »Ich dachte, es ginge lediglich um einen Drink.«

Da war es wieder – dieses verflixte Grinsen, das seine Grübchen hervortreten ließ.

Was war bloß los mit ihr? Flirtete sie etwa?

»Nenn es, wie du willst. Mir sind Worte nicht so wichtig. Ich steh mehr auf das, worauf es wirklich ankommt.«

Coles Grinsen wurde immer anzüglicher – doch aus irgendeinem Grund sorgte das nicht dafür, dass Lainy flüchten wollte. Stattdessen blieb sie stehen und verschränkte die Arme vor der Brust.

»Und das wäre?«

»Wäre doch langweilig, die Pointe schon vorwegzunehmen. Geh mit mir aus! Abhauen kannst du dann immer noch«, sagte er in selbstsicherem Ton. »Ich werd dich nicht aufhalten, wenn du gehen willst. Versprochen.«

»Ein Drink«, hörte Lainy sich sagen.

Sie musste vollkommen den Verstand verloren haben!

6

LAINY

Melodys Rock-'n'-Rolla-Bar gehörte nicht gerade zu den besten Etablissements in der Gegend, aber es war vermutlich der einzige Ort, an dem sie nicht auf irgendeinen neugierigen Nachbarn treffen würden.

Wer sich hier herumtrieb, gehörte definitiv nicht zu den Leuten, die jeden Sonntag zum Gottesdienst in die Kirche und dann zum Vereinstreffen gingen. Die Bar war düster, die Einrichtung heruntergekommen und aus der Jukebox ertönte *Should I Stay or Should I Go* von *The Clash*. Vielleicht war das ein Wink mit dem großen Zaunpfahl des Universums.

Cole beugte sich zu Lainy hinunter, dabei strich sein warmer Atem über ihr Ohr.

»Was willst du trinken?«

Sie sah sich um. An einer Tafel hinter der Theke stand in großen Lettern

Heute 2 für 1: Rum-Cola - Captain Morgan Special ***

Ein Getränk würde ihr nichts anhaben. Danach würde sie den Abend abbrechen und nach Hause gehen. Sie hatte nämlich keine Lust, vor Cole irgendwelche Familiengeheimnisse auszuplaudern – nur weil sie im beschwipsten Zustand nicht ihre Klappe halten konnte.

»Rum-Cola!«

Ihr Begleiter sah sie skeptisch an.

»Du gehst aber ran – ich dachte, wir trinken nur ne Cola«, kommentierte er ihre Wahl.

Dieses Mal hielt Lainy Coles Blick stand.

»Ich bin ein großes Mädchen!«

Sein Mundwinkel zuckte nach oben. Nach einer gefühlten Minute nickte er schließlich.

Lainy beobachtete ihn dabei, wie er sich an zwei Männern vorbeidrängte, die den Weg zur Bar versperrten. Als die umherstehenden Gäste ihn gänzlich verbargen, schaute sie sich um. Die meisten Sitzplätze waren frei, da der Großteil der Leute entweder an der Theke oder hinten bei den Dartscheiben und Billardtischen stand.

Sie entschied sich für den Sitzplatz, der dem Ausgang am nächsten war. Nur für den Fall, dass sie schnell die Flucht ergreifen musste.

Keine zwei Minuten später kam Cole mit zwei Gläsern zurück. Der Inhalt der beiden sah gleich aus.

»Ich dachte, du wolltest es ruhig angehen lassen«, zog sie ihn auf, als er sich neben sie setzte.

»Ich passe mich dir nur an.«

Er grinste und hob sein Glas zum Anstoßen.

»Auf die Wigmores und die Cunninghams – mögen sich alle zukünftigen Generationen ein Beispiel an uns nehmen!«, verkündete er.

Der erste Schluck verriet Lainy gleich, dass es eine weise Entscheidung gewesen war, bisher nie Rum getrunken zu haben. Trotz der Süße der Cola schmeckte das Gemisch furchtbar. Sie verzog angewidert das Gesicht.

»So übel?«

Jetzt, wo Cole dicht neben ihr saß, fiel Lainy zum ersten Mal auf, dass das Blau seiner Augen von Nahem noch viel intensiver wahr.

»Ja, lecker ist eindeutig anders!«, erwiderte sie lächelnd.

Warum eigentlich? Er hatte nichts Lustiges gesagt. Sie hatte auch nichts Lustiges gesagt. Wieso also lächelte sie ihn gerade an, als wäre er jemand, mit dem sie gern zusammen war?

»Sag mal«, begann sie langsam, »wie kommt es eigentlich, dass du dich mit Marty angefreundet hast?«

Cole lehnte sich lässig an die Rückbank.

»Wieso denn nicht?«

»Komm schon«, drängte Lainy und nahm noch einen Schluck von ihrem Getränk. Diesmal einen größeren, denn es wurde gerade einer ihrer Lieblingssongs gespielt: *Wolf Like Me* von *TV on the Radio*. Allmählich begann sie sich wohlzufühlen. Cole nach der mysteriösen Freundschaft mit Marty auszufragen war außerdem ein halbwegs vernünftiger Grund, der ihr Treffen mit ihm rechtfertigte. Wahrscheinlich hatte ihr Unterbewusstsein genau das im Sinn gehabt, als sie zugesagt hatte.

»Ich glaube dir nicht, dass du dich einfach so, weil du gerade nichts Besseres zu tun hattest, mit ihm angefreundet hast!«

Cole sah sie amüsiert an und nahm ebenfalls einen Schluck Rum-Cola, bevor er antwortete.

»Warum nicht? Hältst du mich für *so* einen miesen Typen?«

Tat sie das? Ja, vermutlich schon. Wenn man ihr Familiendrama und sein Verhalten während der Schulzeit bedachte, war das doch kein Wunder! Wie könnte sie etwas anderes annehmen?

»Du hast dir während der letzten paar Jahre nicht gerade Mühe gegeben, einen guten Eindruck zu vermitteln …«

Sie grinste verschmitzt und nippte an ihrem Drink. Mittlerweile kam er ihr gar nicht mehr so übel vor.

»Soweit ich mich erinnern kann«, bemerkte Cole, »warst du während der letzten drei Jahre kein Zeuge der Geschehnisse in South Carado.«

Nach dem Aussprechen dieser Worte quetschte er die Zitronenscheibe vom Rand seines Glases aus und ließ den Saft hineinlaufen.

Lainy schluckte. Wieso hatte er so genau auf dem Schirm, wie lange sie schon nicht mehr hier war?

»Es ist unwahrscheinlich, dass Menschen sich wirklich verändern. Vielleicht oberflächlich, wenn es die Umstände erfordern, doch im Kern bleiben sie dieselben«, sagte sie.

Cole nickte lächelnd vor sich hin und schwenkte sein Glas. Sie wollte sich schon darüber freuen, dass er ihr offensichtlich einmal zustimmte, als er plötzlich den Kopf hob und sie so durchdringend wie noch nie zuvor ansah.

»Weißt du, Elaine, manchmal sagen die Dinge, die man von sich gibt, sehr viel mehr über einen selbst aus als über andere.«

Genervt verdrehte sie die Augen.

»Hast du heute Morgen einen Besser-Leben-Sammelband gefrühstückt?«

»Autsch, das hat gesessen! Du kannst ganz schön austeilen, hat dir das schon mal jemand gesagt?« Cole stellte sein Glas auf dem Tisch ab. »Ich hol mir noch nen Drink, mein angekratztes Ego braucht jetzt erst mal ein bisschen Linderung.«

So gern sie es auch verhindert hätte: Sie konnte nicht anders – sie musste grinsen.

»Bring mir auch noch einen mit«, rief sie, nachdem sie den Rest aus ihrem Glas mit einem Zug geleert hatte. Irgendwie war der Abend doch ganz unterhaltsam. Einen Drink mehr konnte sie noch vertragen. Danach würde sie auf jeden Fall gehen.

»Es ist angerichtet!«, erklärte Cole nach wenigen Minuten, als er mit den Drinks in den Händen zurück an ihren Tisch kam.

Mit einer übertriebenen Geste stellte er die zwei Gläser ab. Lainy rutschte ein Stückchen weiter in Richtung Fenster, damit genügend Platz zwischen ihnen war, als er sich hinsetzte. Sicher war sicher.

»Man könnte dich wegen Erregung öffentlichen Ärgernisses verhaften«, kommentierte sie mit Blick auf Coles nackte Oberarme, die er halb verschränkt auf dem Tisch abstützte. »Wo ist dein Shirt?«

Um nicht länger auf seine Muskeln starren zu müssen, forcierte Lainy nun eine schlanke Brünette im Minirock und knallroten Cowboyboots, die auf der winzigen Tanzfläche am Ende der Bar ihre Hüften kreisen ließ.

»Hab ich auf der Tribüne beim Wasserturm liegen lassen.«

»Oh!«, entfuhr es ihr. Etwas Besseres fiel ihr darauf gerade nicht ein. »Um noch mal auf Marty zurückzukommen ...«, sagte sie und nahm einen Schluck aus ihrem Glas. »Du musst mir zumindest *einen* nachvollziehbaren Grund nennen, wieso du dich auf ihn eingelassen hast! Die ganze Sache kommt mir immer noch ganz schön merkwürdig vor!«

Cole kämmte sich mit einer Hand durch seine Locken.

»Schätze, er hat mir irgendwie leidgetan. Schließlich hat der arme Kerl von einem Tag auf den anderen seine einzige Freundin verloren. Einsamkeit ist ne Bitch.«

»Er hat dir leidgetan?«, wiederholte Lainy, nur um sicherzugehen, dass sie sich nicht verhört hatte.

Cole lehnte sich zu ihr und taxierte sie. Es musste am Alkohol liegen, dass ihr sein Blick in diesem Moment so hypnotisierend vorkam. Vollkommen unerwartet nahm er ihre Hand und legte sie auf die Mitte seiner nackten Brust.

»Zweifelst du etwa daran, dass auch die Cunninghams ein lebendiges, pulsierendes Herz in der Brust haben?« Er presste ihre Hand so fest gegen seinen Körper, dass sie seinen Herzschlag spüren konnte.

»Ich versichere dir, Elaine – es ist da.«

Lainy wurde auf einmal ganz heiß. Während Cole sie noch immer fest im Griff hatte, raunte er ihr ins Ohr: »Überrascht?«

Lainy schluckte. Obwohl er ihre Hand jetzt losgelassen hatte, bewegte sie sie kein Stück von seiner Brust weg. Sie hatte nicht gedacht, dass seine Haut so weich war.

Cole lehnte sich zurück und sorgte damit für etwas Abstand zwischen ihren Oberkörpern. Abrupt ließ Lainy ihre Hand sinken, was dazu führte, dass wieder dieses freche Lächeln seine Lippen umspielte.

Sein intensiver Blick sorgte für ein Kribbeln in Lainys Brust. Sie hätte gern etwas gesagt, aber ihr Kopf schien auf einmal wie leer gefegt.

»Ich glaube, wir sind gar nicht so verschieden ... du und ich«, bemerkte er, während er seine Augen in ihre vergrub. »Wir sind auf der Suche ... unaufhörlich und um jeden Preis.« Trotz der lauten Musik saß Cole immer noch nah genug bei ihr, dass sie seine gedämpfte Stimme hören konnte.

»Auf der Suche wonach?«, hauchte sie. Denn nichts auf der Welt interessiere Lainy im Augenblick mehr als das, was Cole Cunningham als Nächstes sagen würde.

»Auf der Suche nach einem Ausweg aus dieser zermürbenden Welt.« Er hielt inne. Lainy hatte das Gefühl, ihren Herzschlag überall im Körper zu spüren, als er sich wieder vorlehnte, bis er ganz nah an ihrem Ohr war.

»Wir wollen uns selbst loslassen, unsere bis zur Perfektion einstudierte Rolle vergessen und mal vollkommen ausrasten ... wenn auch nur für ne verfickte Sekunde.«

Ein Gänsehautschauer lief ihr über den Rücken, als Cole mit seiner Nasenspitze an ihrer Ohrmuschel entlangfuhr.

Erst als jemand den Namen »Cunningham« rief, erwachte Lainy aus dem tranceähnlichen Zustand, in den sie seine tiefe Stimme, ohne es zu merken, hineinmanövriert hatte.

»Du bist nicht mein Typ«, sprudelten die Worte viel zu schnell aus ihr heraus. Als Cole sich zurücklehnte, verschwand auch die Hitzewelle, die kurzzeitig über ihr Gesicht bis hin zu ihrem Hals gelaufen war.

»Zu dumm. Ich dachte, du stehst auf mich.«

Sein Ton war ernst, sein Gesichtsausdruck amüsiert – wie sollte sie das deuten?

Weil Lainy mit dieser Frage im Moment nicht weiterkam, schaute sie sich um. Wer war es wohl gewesen, der Cole da eben erkannt und seinen Namen ausgesprochen hatte? Hatte er sie zusammen gesehen? Sie konnte niemanden erspähen, der sie im Visier hatte.

»Ach, Mike, Alter, mach dir deswegen keinen Kopf! Tony sieht darüber hinweg – die Wahlen stehen bald an! Glaub mir, das ist Kleinkram für den, das interessiert ihn nicht im Geringsten. Wir haben hier schon seit Jahren Narrenfreiheit«, tönte erneut eine Männerstimme von irgendwoher an der Bar.

Lainy reckte sich, machte sich so groß wie möglich, um erkennen zu können, wer da gerade gesprochen hatte. In der Unterhaltung ging es eindeutig um Tony Cunningham – Coles Vater!

»Alles in Ordnung bei dir?«, fragte Cole verwundert.

»Ja, klar. Ich muss nur mal zur Toilette.«

»Du läufst mir doch nicht gerade weg, oder?«

»Kannst du auch mal einen Satz sagen, ohne zu flirten?«

»Was ist so schlimm daran? Würde dir nicht schaden mal darauf einzugehen, so mies, wie du immer drauf bist«, brüllte er hinterher, als sie sich zwischen den Menschentrauben hindurchmanövrierte.

Idiot, dachte Lainy kopfschüttelnd und schmunzelte.

Sie musste tatsächlich mal aufs Klo. Also entschied sie sich dort zuerst hinzugehen. Anschließend konnte sie immer noch Ausschau nach denjenigen halten, die sich eben über die Machenschaften des Polizeichefs ausgetauscht hatten.

***

Auf ihrem Weg zurück zur Bar sprach sie ein Typ mit Lederjacke an. Das Dreieck an seinem linken Ärmel deutete darauf hin, dass er zu Brendans Rockergang gehörte. Von denen sollte man sich lieber fernhalten. Das wusste jeder in South Carado. Allerdings sah der Kerl verdammt gut aus – viel besser als Cole Cunningham! – und in einem Raum voller Menschen fühlte Lainy sich sicher – warum also nicht darauf eingehen? Sollte Cole ruhig ein bisschen auf sie warten nach seinem dämlichen Kommentar.

»Was willst du trinken?«

»Rum-Cola!«

An das Getränk hatte sie sich ja nun bereits gewöhnt.

»Warte hier, Süße, bin gleich zurück!«

***

»Wow, der ist ganz schön stark!«

»Ist ein doppelter! Ich war so frei – du wirkst durstig.«

Der Rocker-Typ grinste Lainy an. Er hatte grüne Augen, trug seinen Bart gestutzt und war von kräftiger Statur. Sie schätze ihn auf Mitte dreißig.

»Prost, meine Schöne!«

»Prost!«, erwiderte sie und stieß mit dem bärtigen Unbekannten an.

»Ich bin übrigens Louis. Und wie heißt du? Kommst mir irgendwie bekannt vor ... Ich glaub, ich hab dich hier schon mal gesehen.«

Lainy zuckte mit den Schultern.

»Möglich.«

»Sieht mir gar nicht ähnlich eine Frau wie dich zu vergessen.«

Wie Lainy sie hasste – diese flachen Anmachsprüche! Der konnte sich glatt mit Cole messen!

»Willst du ne Runde Billard spielen?«, fragte sie und nahm einen großen Schluck aus ihrem Glas.

»Nichts lieber als das«, brummte Louis und grinste.

***

Lainy lehnte sich nach unten und stieß die nächste Kugel an. Volltreffer!

»Spielen kannst du also auch noch? Die Nacht wird immer besser! Verrätst du mir jetzt endlich deinen Namen?«

Der Rocker stand am Rand des Tisches, den Queue auf dem Boden abgestützt, die Augen unentwegt auf Lainy gerichtet.

Unbeirrt nahm sie die nächste Kugel ins Visier und stieß kräftig zu. Die kleine Auszeit von Cole Cunningham tat ihr gerade ziemlich gut. Wobei sie vermutlich schon gleich mal wieder zurück zu ihm sollte ... allzu unhöflich wollte sie nämlich auch nicht sein.

»Du hast abgelost!«, verkündete sie freudestrahlend.

Triumphierend stellte sie den Queue in die Ecke und ihr leeres Glas auf den Tisch nahe der Wand.

»Danke für das Spiel ... und für den Drink«, sagte sie und nickte dem Rocker zu.

Huch – ganz schön rutschig der Boden. Fast wäre sie gefallen.

»Immer mit der Ruhe, der Spaß fängt doch gerade erst an, Süße.«

Auf einmal stand Louis hinter ihr, packte sie an den Hüften und zog sie an sich.

»Hey, nimm deine Finger weg!«, stieß sie aus. Das Reden fühlte sich plötzlich so anstrengend an ...

»Wieso denn so schüchtern?«, raunte der Rocker und gab ihr einen Klaps auf den Po.

»Du sollst mich in Ruhe lassen, hab ich gesagt!«

Lainy versuchte sich mit aller Kraft von ihm loszureißen, aber es gelang ihr nicht. Die übrigen herumstehenden Rocker schien das nicht zu stören. Einige feixten Louis sogar zu. Warum keiner der anderen Gäste eingriff, konnte sie nicht sagen, denn ihr wurde von Minute zu Minute schummriger. Unterdessen hatte sie das Gefühl, Louis' Hände waren plötzlich überall an ihrem Körper.

»Nimm deine ... Dreckspfoten ... weg ...«, murmelte sie.

Plötzlich fehlte ihr selbst die Kraft zum Sprechen.

»Hast du nicht gehört, Wichser? Du sollst die Finger von ihr lassen!«

Die Stimme kam Lainy bekannt vor, aber sie schaffte es nicht mehr, ihre Augen offenzuhalten. Sie fühlte sich wie in Watte gepackt und weit, weit weg von allem, was gerade passierte ...

***

Lainy blinzelte ein paar Mal, als sie erneut Coles Stimme hörte.

»Die frische Luft wird dir guttun. Willst du was trinken? Ich hab dir ein Wasser mitgenommen.«

Langsam kam sie wieder zu sich. Moment, wieso konnte sie plötzlich schweben?

»Immer mit der Ruhe, du kleiner Wagehals. Mach langsam!«

Sie rieb sich die Augen. Das brannte ... Sie hatte ganz vergessen, dass sie geschminkt war. Irgendwann klärte sich das Bild dann schließlich doch, ebenso wie ihr Geist.

Sie bemerkte, dass sie nicht einfach über dem Boden schwebte, sondern das Cole sie wie ein kleines Kind im Arm trug. Hätte Lainy die Kraft dazu gehabt, sie hätte protestiert und sich so schnell wie möglich aus dieser misslichen Lage befreit – aber ihre Gliedmaßen fühlten sich wie Pudding an. Außerdem war sie gerade wirklich froh ihn zu sehen. Trotzdem, einen Versuch war es wert!

»Kannst du mich bitte runterlassen?«

»Ich glaube nicht, dass das eine gute Idee ist.«

Lainy wollte ihn ansehen, aber ihr Kopf war dafür in einer denkbar ungünstigen Position, sodass sie versehentlich mit der Nase an seinen Hals stieß. Er roch gut: herb, aber auch frisch, ein bisschen nach Duschgel und Schweiß.

»Das kannst du mich schon selbst entscheiden lassen«, grummelte sie.

»Wie du willst, Miss Wigmore.«

Cole setzte sie behutsam ab. Die Straße fühlte sich uneben an. Lainy versuchte sich an einem Schritt, doch ihre Beine wollten ihr nicht so recht gehorchen.

»Warum kann ich nicht ...?«

»Roofys … wahrscheinlich Rohypnol oder so n Scheiß«, erklärte Cole zähneknirschend. »Wundert mich ehrlich gesagt, dass du überhaupt schon wieder halbwegs fit bist. Normalerweise dauert das sehr viel länger. War wahrscheinlich was Gestrecktes.«

Cole packte Lainy und hob sie im Nu wieder hoch. Als hätte sie das schon tausendmal gemacht, schlang sie die Arme um seinen Hals, damit sie sich besser festhalten konnte.

»Louis hat mir Drogen ins Getränk getan?«

»Hat er.«

Lainy bemerkte, wie Coles Kiefer zuckte. Sie rechnete damit, jetzt irgendeinen fiesen Kommentar von ihm zu hören – wie zum Beispiel, dass sie selbst schuld war, weil sie sich darauf eingelassen hatte, mit diesem Rocker zu flirten. Doch es kam nichts dergleichen.

»Dieses Schwein!«, empörte sie sich mit krächzender Stimme. »Wer weiß, mit wie vielen Mädels der genau dieselbe Nummer schon abgezogen hat!«

Sie wollte gar nicht daran denken. Lainy kannte eine aus dem College, der genau so etwas schon einmal passiert war. Tess hatte während des Erzählens dieser Erfahrung noch immer vollkommen außer sich gewirkt und nicht so, als hätte sie den Jahre zurückliegenden Vorfall bereits verarbeitet.

»Den werde ich anzeigen«, murmelte Lainy in die Nacht hinein.

»Ich glaube nicht, dass das was bringt«, entgegnete Cole, als sie um die nächste Ecke bogen.

»Was? Wie meinst du das?«

»Die Rocker halten zusammen. Niemand von denen wird irgendetwas gesehen haben, das kann ich dir jetzt schon versichern.«

Sie stutzte.

»Aber ich kann doch morgen zum Arzt gehen und mein Blut untersuchen lassen! Dann haben sie den Beweis, dass dieser Kerl mich betäuben wollte!«

Cole seufzte.

»Sorry, Kleine, aber so wird das garantiert nicht laufen!« Coles stieß abermals ein tiefes Seufzen aus, während sich sein Körper anspannte. »Die zwei Polizisten, die deinen Fall bearbeiten, werden dir sagen, dass es zu wenige Beweise dafür gibt oder dass du dir selbst was eingeflößt hast und aus Eifersucht oder einfach nur so, weil du ihn in die Pfanne hauen willst, nun behauptest, er hätte es dir gegeben.«

»Das kann doch nicht dein Ernst sein!«, schnaubte Lainy. Sie fühlte sich gerade wie in einem schlechten Film.

»Die oberste Priorität des Polizeipräsidiums hier ist es, keinen großen Wirbel um vermeintliche Nichtigkeiten zu machen.«

»Nichtigkeiten?«, wiederholte sie entsetzt.

Plötzlich kam ihr wieder Martys Theorie in den Sinn und das, worüber sich die Männer in der Bar unterhalten hatten.

Aber das konnte doch nicht wahr sein ...

»Das glaube ich nicht, das wäre ja vollkommen verrückt!«

»Ist es«, bestätigte Cole. »Nicht das erste Mal, dass Menschen kranke, rücksichtslose Dinge tun, wenn's um Macht, Geld oder Sex geht.«

Cole wirkte so unglaublich gefasst. Regte ihn das denn gar nicht auf?

»Dann suche ich mir eben eine andere Polizeistation, in der ich die Anzeige aufgeben kann!«

»Die werden dich ziemlich sicher wieder genau hierher verweisen, weil South Carado nicht ihr Zuständigkeitsbereich ist.«

»So oder so werde ich morgen zur Polizei gehen!«

Lainy hätte ihrer Entrüstung gern noch mehr Ausdruck verliehen, aber sie war viel zu erschöpft. Inzwischen war es ganz schön kühl geworden. Es wunderte sie, dass Cole nicht schon eine Gänsehaut hatte. Immerhin trug er noch nicht mal ein Shirt.

»Hast du einen Schlüssel?«, fragte er auf einmal und sorgte dafür, dass Lainys Gedankenkarussell anhielt.

Sie schreckte auf. Waren sie etwa schon da?

»Ja ... klar«, antwortete sie zögerlich, während Cole sie langsam zu Boden gleiten ließ, einen Arm noch immer schützend um ihren Oberkörper gelegt.

Lainy öffnete den Knopf an ihrer Hosentasche und zog einen dünnen Schlüsselbund hervor, den ein Herzanhänger aus pinkfarbenem Kristallglas zierte. Die Teile waren vor zwei Jahren mal der letzte Schrei an ihrer Uni gewesen. Jedes weibliche Wesen, das etwas auf sich hielt, hatte so einen. Lainy natürlich auch.

»Schick.«

Cole grinste und deutete auf das glänzende Beiwerk. Lainy konnte ihm seinen spöttischen Unterton nicht mal verübeln, denn das Ding war wirklich grottenhässlich.

»Gefällt er dir etwa nicht?«, scherzte sie und schwenkte das Herz vor seinem Gesicht hin und her. Dabei musste sie kichern. Sie war wohl immer noch betrunken. Als Cole danach schnappte, berührten sich ihre Hände oder besser gesagt, ihre Finger verhakten sich auf seltsame Weise. Lainy fragte sich, ob er das absichtlich gemacht hatte – seinen Zeigefinger so weit rausgestreckt, dass sie daran mit ihrem Mittel- und Ringfinger hängen bleiben musste. Und warum sah er sie eigentlich schon wieder so an? So durchdringend und als ob es nur sie allein auf der ganzen Welt geben würde, als wäre plötzlich alles andere ringsherum gar nicht mehr da. Vielleicht lag das aber auch noch an der Wirkung von diesem Zeug, das Brendans Gefolgsmann ihr gegeben hatte.

»Kommst du ab hier allein zurecht?«, fragte er.

Wie weich seine Stimme war. Das war Lainy bisher ganz entgangen. Sie war weich und tief.

Weich wie seine Haut und seine Haare. Ob die sich wohl auch so anfühlten?

Ohne darüber nachzudenken, griff Lainy in Coles schwarzen Locken. Das hatte sie die ganze Zeit schon tun wollen. Cole wirkte überrascht, wich ihrer Bewegung jedoch nicht aus.

»Hhm …«, murmelte sie zufrieden, »ich wusste, dass die sich so anfühlen würden! Ich wusste es einfach!«

»Okaaay …«, erwiderte Cole, während er sie lächelnd gewähren ließ. Dann verlor sie ein bisschen das Gleichgewicht, doch er hielt sie.

»Tschuldigung«, murmelte sie beschämt, weil sie sich versehentlich an seinen Haaren festgehalten hatte.

»Schon gut«, entgegnete Cole und sorgte mit einer Hand an Lainys Schulter dafür, dass sie gerade stand. »Hast heute Schonfrist.« Dann deutete er auf ihre Hand. »Gibst du mir jetzt deinen Schlüssel?«

»Nein!«, sagte sie viel lauter als beabsichtigt. »Was, wenn dich mein Dad sieht? Er würde mich umbringen, steinigen, auf der Stelle rauswerfen und dann müsste ich heute Nacht unter einer Brücke übernachten. Oder beim alten Earl im Schuppen«, flüsterte sie jetzt und sah Cole mit verschwörerischem Blick an.

Zielstrebig führte sie den Schlüssel selbst zum Schloss. Das Reinstecken klappte nicht auf Anhieb. Lainy atmete tief durch und versuchte es erneut, aber es funktionierte nicht.

»Komm, lass mich mal«, schlug Cole vor, doch sie blieb stur.

»Das muss doch irgendwie …«

Plötzlich fiel es ihr wie Schuppen von den Augen. Das waren die Schlüssel zu ihrem Verbindungshaus!

»So ein Mist!«

»Was ist los?«

»Das ist der falsche!«, stöhnte sie.

Was sollte sie denn jetzt machen? Wie sollte sie ins Haus kommen, ohne ihren Dad aufzuwecken? Und wo war Cole auf einmal hin?

»Cole?«

Lainy rief ihn so leise wie möglich. Er war nirgends zu sehen. Eben war er doch noch hier gewesen!

»Komm mal her!«

Seine Stimme kam von links, also schlich Lainy – immer noch leicht schwankend und mit weichen Knien – um die Hausecke.

»Nicht dein Ernst!«, zischte sie.

»Und ob das mein Ernst ist! Ich häng dich über meine Schulter und klettere mit dir da hoch!«

Lainy sah hinauf zum Badezimmerfenster. Es stand offen. Darunter befand sich eine schmale Feuerleiter, die uralt war. Weder ihr Dad noch ihre Mom, Lainy oder sonst wer, den sie kannte, hatte sie je benutzt. Als sie in diese Bruchbude hier hatten einziehen müssen, hatten ihre Eltern geplant sie irgendwann mal abreißen zu lassen.

»Bist du irre? Die schmalen Stufen willst du mit mir hoch?«

»So schmal sind die doch gar nicht! Das schaffen wir locker! Vertrau mir einfach, okay?«

Lainy wollte eigentlich gern noch ein paar Einwände vorbringen – wie zum Beispiel, dass sie sterben oder beide im Falle eines Sturzes querschnittsgelähmt sein würden –, aber Coles Gesicht sagte ihr, dass er seine Entscheidung längst getroffen hatte. Deshalb sagte sie nichts und betete stattdessen zu Gott, er möge ihnen gnädig sein. Immerhin hatte er sie heute Nacht ja schon einmal gerettet.

***

»Das Fliegengitter wird dran glauben müssen«, flüsterte Cole, als er mit Lainy im Huckepack die letzte Stufe der Leiter erklommen hatte.

»Macht nichts. Dafür finde ich morgen schon eine glaubhafte Erklärung!«

Lainy hoffte es zumindest.

Cole klopfte rechts und links einmal fest dagegen und sogleich fiel das Teil auch schon mit einem gar nicht mal so leisen Krachen zu Boden.

Ihr war, als hörte sie plötzlich jemanden die Treppe hinauflaufen.

»Shhhht! Sei mal kurz leise!«, zischte sie.

Lainy spitzte ihre Ohren. O nein, sie hatte sich nicht getäuscht! Das war eindeutig das Knarzen der maroden Treppenstufen.

»Schnell, hilf mir reinzukommen! Los, beeil dich! Mein Dad kommt gerade hoch!«, flüsterte sie aufgeregt. Lainys eh schon stark beschleunigter Puls raste, als hätte er spontan Rennfahrerambitionen entwickelt.

Wie ein kleines Äffchen wand sie sich – mit Coles Hilfe – an seiner Schulter vorbei, während er sie an den Hüften, mit dem Kopf zuerst, ins Badezimmer schob. Sie hielt schützend ihre Hände vor den Körper, um den Sturz ein wenig abzumildern. Das gelang ihr ganz gut, nur ihr rechtes Knie litt unter dem unsanften Aufprall.

»Sorry!«

»Schon gut, alles okay.«

Lainy sah hoch zu ihm. Er lächelte. Fast wollte sie aufstehen und ihn zum Dank umarmen. Aber nur fast …

»Kleine, bist du da drin?«

Es klopfte an der Badezimmertür.

»Jaaa, mir ist nur was runtergefallen!«

Mit wilden Armenbewegungen signalisierte sie Cole, dass er untertauchen solle.

»Hau schnell ab!«, flüsterte sie.

Cole gehorchte und erst als Lainy keine seiner Locken mehr sehen konnte, rief sie: »Es ist ein bisschen spät geworden. Ich war noch mit einer Freundin was trinken.«

Wenn möglich, dann sollte man beim Lügen immer so nah an der Wahrheit bleiben, wie es ging. Das hatte sie aus der Serie *The Mentalist* gelernt. Natürlich konnte man diese Taktik nicht immer anwenden – so wie bei ihrem Täuschungsmanöver am Gladwell Hills, denn mit »halb reich« hätte sie dort sicher niemanden beeindrucken können.

»Einer Freundin?«, fragte ihr Dad verwundert.

Das lag sicher daran, dass Lainy früher nie Freundinnen gehabt hatte. Sie war immer eine Einzelgängerin gewesen. Bis auf die Freundschaft mit Marty natürlich.

»Ja, du weißt schon ... Denise aus Westham.« Stille. »Die mit den braunen Haaren«, schob sie nach. Jetzt bloß nicht mit zu vielen Details anfangen. Sie hoffte ehrlich gesagt darauf, dass er vielleicht dachte, dass sein massiver Alkoholkonsum daran schuld war, dass er sich nicht mehr an ihre Freundin Denise erinnern konnte.

»Ach so«, hörte sie ihren Vater schließlich hinter der Tür brummen. Lainy seufzte erleichtert. »Hatte mich nur wegen des Lärms gewundert.«

»Entschuldige, Dad, das war keine Absicht. Ich bin manchmal ein Trampel, das weißt du doch.«

Lainy richtete sich mit Müh und Not auf und drückte die Spülung.

»Schon gut, ich wollte nur nachsehen, ob alles in Ordnung ist.«

Hätte sie ihren Haustürschlüssel nicht im Seitenfach ihres Koffers vergessen, dann wäre es das ...

»Gute Nacht.«

»Gute Nacht, Dad.«

Nachdem ihr Vater wieder nach unten gegangen war, warf Lainy einen Blick nach draußen. Die Feuertreppe war leer. Auch unten auf dem Rasen entdeckte sie niemanden. Wenn sie es nicht besser wüsste, würde sie das Gefühl, das sie beim Schließen des Fensters überkam, als Enttäuschung bezeichnen.

Doch da sie nach wie vor unter den Nachwirkungen der Sedierung und mindestens einem Drink zu viel litt, war es naheliegend, dass sie einfach nur verwirrt war und ihren Rausch ausschlafen musste.

Auf dem Weg in ihr Zimmer stützte Lainy sich an jeder möglichen Stelle ab. Die Strecke über den Flur kam ihr endlos lang vor.

Als sie sich nach einer halben Ewigkeit endlich in ihr Bett fallen ließ, drehte sich alles. Hoffentlich musste sie sich nicht auch noch übergeben!

Um dem Schwindel entgegenzuwirken, stellte sie sich vor, dass sie in einem Karussell fuhr. Das half ein bisschen. Als sie schon fast eingeschlafen war, tauchte Cole nur mit seiner Lederjacke und einem roten Cowboyhut bekleidet auf einem Karussellpferd sitzend neben ihrer sich drehenden Untertasse auf. Er winkte ihr zu und ein Teil in ihr wollte den Gruß erwidern – das spürte sie genau. Aber sie schaffte es einfach nicht, ihre Arme zu bewegen. Gott sei Dank schlief sie schnell genug ein, sodass sie nicht weiter überlegen musste, wie sie sich aus dieser misslichen Lage befreien konnte.

7

COLE

Das Leben konnte einen manchmal ganz schön überraschen. Gestern hatte er noch gedacht, alles wäre scheiße und sein gesamtes Dasein so erbärmlich, dass die einzig vernünftige Reaktion darauf wäre, dem Ganzen bald ein Ende zu setzen.

Aber dann, von einem Moment auf den anderen, da ergab alles einen Sinn.

Und das alles wegen dieser einen Person, wegen dieses einen Menschen.

Wenn man mehr als zehn Jahre am Leben war, wenn man atmete und nicht bewusstlos mit tausend Schläuchen an Maschinen angeschlossen war, die dafür sorgten, dass das Herz weiterschlug, hatte man mit ziemlicher Sicherheit schon mehr als nur ein, zwei oder drei Shit-Sandwiches runterwürgen müssen. Das machte jeder durch – und er hatte schon in jungen Jahren eine ganze LKW-Ladung davon gehabt. So war das eben.

Er hatte ein Dach über dem Kopf, jederzeit Zugang zu Essen, sauberem Wasser, eine geile Karre und Meinungsfreiheit – das waren Dinge, von denen der Großteil der Erdbevölkerung nur träumen konnte. Deswegen wollte er sich auch nicht beschweren. Aber so richtig glücklich war er, trotz aller Privilegien, noch nie gewesen.

Selbst jetzt nicht, seit Elaine wieder da war. Aber ihre Rückkehr schürte in ihm zumindest so etwas wie *Hoffnung*.

Es war nicht so, dass er sie unbedingt haben wollte. Das nicht. Dafür hatte er sie viel zu lange nur aus der Ferne beobachtet.

Elaine Wigmore war wie eine einzelne Schneeflocke: Er war fasziniert von ihr, fand sie wunderschön – selbst als sie noch ihren Grufti-Look getragen hatte. Aber er wusste, dass sie tatsächlich anzufassen alles zerstören würde. Damals wie jetzt.

Das war in Ordnung. Willige Highschool-Tussen und jede Menge Gras waren eine fantastische Ablenkung.

Cole war nicht sicher, warum er nicht einfach wieder in sein Auto gestiegen war, als er sie in der Tankstelle gesehen hatte – denn er hatte sie natürlich sofort erkannt. Früher wäre er auf jeden Fall abgehauen. Aber da war sie auch noch keine drei Jahre wie vom Erdboden verschluckt gewesen, irgendwo in Savannah auf einer Eliteuni.

***

»Junge, wenn du noch einmal deinen Wagen auf den Rasen fährst, knallt's! Wozu lasse ich Enrico ihn alle vier Wochen mit Spezialdünger behandeln, wenn mein Nichtsnutz von Sohn sich jedes Mal wieder zehn Zentimeter über die Trennlinie stellt? Kannst du mir das mal erklären?«

Wenn sein Vater ihn so mit hochrotem Kopf und hervortretender Halsschlagader ansah, würde er ihm am liebsten direkt eine verpassen.

»Ganze zehn Zentimeter, ja?«

Es war Cole egal, ob er den Spott in seiner Stimme hörte – ja vielleicht legte er es sogar darauf an!

»Komm mir ja nicht so, mein Freund!«, drohte sein alter Herr und hielt ihm den Zeigefinger vors Gesicht.

»Ich bin nicht dein Freund!«, knurrte Cole als Antwort. *Ich bin dein Sohn.*

»Wenn dir etwas an deinem Erbe liegt, dann machst du gefälligst, was ich dir sage!«

Cole zog scharf Luft ein. Handgreiflich zu werden wäre keine gute Idee. Sein Vater war der Polizeichef. Obwohl er ihn sicher nicht festnehmen würde, würde er ganz bestimmt andere Wege finden, es ihm heimzuzahlen. Ihm seinen Führerschein wegen irgendeiner fadenscheinigen Begründung entziehen zum Beispiel. Darüber hinaus hatte sein Vater es nicht verdient, dass er ihm derart viel Aufmerksamkeit zukommen ließ. Also sammelte Cole sich und sagte schließlich ganz ruhig: »Jetzt erpresst du mich also schon mit dem, was einmal mir gehören soll? Mutter würde sich im Grabe herumdrehen, wenn sie das wüsste!«

Der Visage seines Vaters fehlte jetzt nur noch der Schaum vor dem Mund. Cole konnte förmlich sehen, wie alles in ihm rotierte, wie er nach den richtigen Worten suchte, um ihn in ähnlichem Maße verbal niederzuringen. Aber diese Möglichkeit gab Cole ihm nicht. Stattdessen drehte er sich um und ging. Sein Vater brüllte ihm irgendetwas von wegen »Sprich noch einmal in diesem Ton mit mir, dann wirst du was erleben!« hinterher. Aber er hörte ihm nicht mehr zu. Er hatte nicht die Eier dazu, Cole am Gehen zu hindern oder seine Drohungen in die Tat umzusetzen. Dafür war er zu schwach. Das Einzige, was sein alter Herr gut konnte, war, Leute hinter ihrem Rücken zu verarschen, sie zu betrügen, gegeneinander auszuspielen und sich dann klammheimlich selbst die Taschen vollzustopfen. Dafür war er wie gemacht.

Gäbe es noch irgendeinen anderen Ort auf der Welt, an dem Cole seiner verstorbenen Mutter nah sein könnte, würde er ganz sicher nicht jeden Sommer wieder herkommen. Wie oft schon hatte er mit dem Gedanken gespielt, die ganze Bude abzufackeln – einfach nur um seinem Erzeuger eins reinzuwürgen. Aber das hätte seine Mom tatsächlich nicht gewollt. Das Anwesen war immer schon ihre große Liebe gewesen. Vielleicht war es ja normal, dass man begann sich mehr um Dinge als um Menschen zu kümmern, wenn man unglücklich war. Keine Ahnung. Jedenfalls verlangte scheinbar irgendein gottesfürchtiger Teil in ihm, dass er diesen Ort hier ehrte, wenn auch nur ihretwillen.

8

LAINY

Als Lainy aufwachte, brauchte sie ein paar Minuten, um sich daran zu erinnern, wo sie war. Sie fühlte sich, als hätte sie ein Lastwagen überrollt. Ihr Kopf dröhnte und ihr war immer noch schlecht – so wie gestern, kurz vorm Einschlafen.

Gestern …

Sie versuchte das Geschehene noch einmal zu rekonstruieren: Schemenhafte Bilder von Cathy, Megan und Elizabeth, wie sie ihr am Flughafen zuwinkten, der blonde Surfer-Boy, Michaels gelber Wagen, eine runde Mitarbeiter-des-Monats-Plakette und ein riesiges Wegwerfhandy tauchten vor ihrem inneren Auge auf … und Cole!

Fassungslos hielt sie sich die Hände vors Gesicht – zum Schutz vor dem grellen Tageslicht und vor ihren Gedanken. Vielleicht konnte sie ja noch einmal einschlafen, sich noch ein Stündchen oder zwei mit dem Schleier des Vergessens zudecken, sich darin einkuscheln und vor der Realität verstecken …

Lainy drehte sich zur Wand, zog das Kissen über ihren Kopf und bemühte sich zu entspannen. Aber es funktionierte nicht. Sie war wach.

***

Nachdem sie sich mühsam aus dem Bett gequält, die Morgentoilette erledigt und das Fliegengitter provisorisch wieder am Fenster befestigt hatte, schlurfte sie die Treppe hinunter, um nach ihrem Dad zu sehen.

»Diese verdammten Cunninghams! Einsperren sollte man dieses verlogene Pack!«

Hörte sich an, als wäre er im Wohnzimmer.

»So gute Laune heute?«, versuchte Lainy sich an einem Scherz, als sie den Raum betrat.

Ihr Vater saß in seinem blau-weiß-karierten Ohrensessel und starrte in den Fernseher. Als Lainy näher heranging, erkannte sie den in die Jahre gekommenen Tony Cunningham wieder. Er gab einem Reporter ein Interview zum Thema »Die zehn sichersten Städte der Südstaaten«. So stand es zumindest auf dem Banner, der unter ihm eingeblendet wurde.

»Wenn ich den sehe, dreht sich mir jedes Mal der Magen um«, gab ihr Vater in mürrischem Ton von sich und deutete Richtung Bildschirm.

Am Gladwell Hills war Fluchen verpönt. Dort hatte man sich gewählt auszudrücken, wenn man von seinen Kommilitonen nicht schräg angeguckt werden wollte. Lainy mochte es nicht, wenn Leute Kraftausdrücke benutzten, deshalb hatte sie nichts gegen diese unausgesprochene Regel ihres Colleges.

Trotzdem war sie insgeheim froh, dass es Orte gab, an denen einem sprachliche Entgleisungen nachgesehen wurden, beziehungsweise an denen *sie* sie sich erlauben konnte, wenn sie wollte. Orte, die außerhalb ihres Kopfes lagen: Orte wie South Carado.

»Hast du schon die Zeitung reingeholt?«, fragte Lainy ihren Vater, während sie bereits in Richtung Flur ging.

»Noch nicht. Kannst du nachsehen?«

Manche Dinge änderten sich nie.

Lainy lachte leise in sich hinein, als sie die zusammengerollten Bögen aus frisch gedrucktem schwarz-weißem Papier von der Fußmatte aufhob.

»Hey!«

Gerade als sie die Tür schließen wollte, sah sie Marty den schmalen Kieselsteinweg betreten, der durch ihren Vorgarten zum Haus führte. Er hob die Hand zum Gruß.

»Geht's dir besser?«, fragte Lainy und musste unwillkürlich auch an ihren Zusammenbruch am gestrigen Tag denken.

Marty nickte und ging an ihr vorbei, die Treppe hinauf. Lainy legte die Zeitung auf die Kommode im Flur und stiefelte hinter ihm her.

»Willst du gar nichts frühstücken?«, rief ihr Dad, als er die Stufen knarren hörte.

»Ne, später vielleicht. Marty ist da!«.

Als sie in ihr Zimmer kam, saß Marty auf ihrem Schreibtischstuhl und drehte sich im Kreis.

»Wir müssen meine Kamera holen«, verkündete er.

Jetzt hielt er sich mit einer Hand an der Tischkante fest und sah Lainy eindringlich an.

»Ich weiß«, stimmte sie ihm zu und warf sich aufs Bett. Könnte sie doch noch eine Runde schlafen!

»Nur nicht jetzt. Wie wäre es mit heute Nachmittag?«

»Da könnte sie schon jemand gestohlen haben.«

Martys Miene war ernst, aber Lainy musste trotzdem ein bisschen lachen.

»Ich glaube nicht, dass irgendjemandem deine Mikrokamera in der Kuhle auf dem Felshaufen finden wird.«

»Was ist, wenn die beiden Männer auf den Motorrädern noch mal zurückkommen, um nachzusehen, was wir dort gemacht haben?«

Obwohl Marty bereits siebzehn war, sah er mit all der Besorgnis in seinem Gesicht gerade wie ein Zehnjähriger aus. Wobei er in Lainys Vorstellung allein schon durch seine roten Haare und den Sommersprossen auf seiner Nase vermutlich eh nie als Erwachsener durchgehen würde. Ganz egal wie alt er war.

»Vor heute Abend werden die nicht zurückkommen, glaub mir.

Die müssen ganz bestimmt noch ihren Rausch von gestern ausschlafen.«

Lainy schloss die Augen und tat so, als würde sie dösen und dabei laut schnarchen.

»Das kannst du nicht wissen.«

»Doch, Marty, ganz bestimmt wird das so sein«, stöhnte sie.

»Aber du weißt es nicht mit Sicherheit!«

Dieses kleine, pedantische Monster war manchmal so was von anstrengend!

»Na schön, dann gehen wir eben jetzt«, sagte sie so patzig, wie sie konnte, um ihren Unmut auszudrücken – als könnte sie ihm damit ein schlechtes Gewissen machen. Schön wär's!

Schwerfällig erhob sie sich aus ihrer liegenden Position und wollte sich gerade noch die Haare bürsten, als sie ein leises Klirren vernahm.

»Hast du das gehört?«

Lainy sah zu Marty, dann zur Zimmertür und anschließend zum Fenster.

»Da wirft jemand Steine an dein Fenster«, kommentierte Marty monoton.

Jemand?

Wie von der Tarantel gestochen, sprang sie vom Bett auf, hechtete zum Fenster und schaute hinunter auf den Rasen.

»Pssst, Elaine ... Hier drüben.«

Und da sah sie ihn plötzlich – im Schatten der Feuerleiter, dicht an der Hauswand. Cole!

»Was machst du denn hier?«, zischte sie.

»Nachsehen, ob du noch lebst.«

Dieses hämische, arrogante Grinsen ...

»*Et voilà* – ich lebe! Mission erfüllt! Du kannst beruhigt sein!«

»Kann ich hochkommen?«

War er jetzt komplett verrückt, oder was?

»Nein! Natürlich nicht! Mein Dad ist zu Hause!«

»Das macht es doch nur noch interessanter.«

Dieser anmaßende Mistkerl! Hatte sie ihm gestern nicht klipp und klar gesagt, dass zwischen ihnen nichts laufen würde? Überhaupt darüber nachzudenken war vollkommen absurd!

»Ich gehe schon mal runter«, hörte sie Marty hinter sich sagen, ehe er die Zimmertür zuknallte.

»Du musst verschwinden!«, rief sie in gedämpften Ton nach unten und schloss ruckartig das Fenster.

Okay, Cole hatte sie gestern vor diesem Typen gerettet und dann nach Hause getragen und Marty auch. Das war schon irgendwie nett gewesen. Aber wieso um Himmels willen kam er am helllichten Tag jetzt wieder her? Er wusste doch genau, wie ihr Dad reagierte, wenn er ihn hier sah! War er denn so dringend auf Ärger aus? Oder wollte er ihr jetzt eins reinwürgen, weil sie ihn gestern nicht rangelassen hatte?

Kopfschüttelnd und schnaubend lief sie die Treppen hinunter.

»Dad?«

Der Sessel ihres Vaters war leer, der Fernseher lief jedoch noch. Zu ihrer Erleichterung fand Lainy ihn in der Küche; er war gerade dabei, einige Teller abzuspülen.

»Ich gehe ein bisschen raus mit Marty.«

»Soll ich uns heute Abend Pizza bestellen?«

Ihr Dad schaute sie fragend an. Mit der Rüschenschürze, die er trug, sah er richtig niedlich aus. Die war ein Überbleibsel aus der Zeit, in der ihre Mom noch hier gewohnt hatte. Lainy wusste wirklich nicht, weshalb er sie noch hatte.

»Ich kann uns auch was kochen«, schlug sie vor. »Ist nicht so teuer.«

»Klar, gern«, antwortete er, während er einen Hängeschrank nach dem anderen öffnete. »Ich hab noch Nudeln, Tomatensoße, Thunfisch, dicke Bohnen, Reis ... Erbsen ... und in der Gefriertruhe sind auch noch ein paar Sachen.«

»Nudeln mit Tomatensoße klingt doch gut.«

Das war wenigstens ein leicht herzustellendes Gericht. Lainys Kochkünste waren nämlich nicht gerade berauschend.

»In Ordnung, Nudeln mit Tomatensoße«, lächelte er und klappte die Schranktüren wieder zu.

»Bis später dann.«

»Grüß Marty!«

»Mach ich!«

***

»Na endlich! Wo warst du denn so lange?«, wollte Marty wissen, als sie aus der Haustür kam.

»Das waren höchstens fünf Minuten!«, erklärte Lainy genervt und ging zielstrebig voraus.

»Schöne Grüße von meinem Dad soll ich dir ausrichten.«

»Danke, grüß ihn von mir zurück.«

»Warum sagst du ihm nicht einfach das nächste Mal Hallo, wenn du vorbeikommst?«

Marty zuckte mit den Achseln und schwieg.

»Wohin des Weges, holde Maid?«

Cole stand wieder unter der alten Buche, genau wie gestern Abend. Nur hatte er dieses Mal obenrum mehr an. Abrupt blieb Lainy stehen.

»Was machst *du* denn noch hier? Ich hatte doch gesagt, du sollst abhauen! Mein Dad flippt aus, wenn er mitbekommt, dass du hier rumlungerst!« Coles belustigter Gesichtsausdruck brachte Lainy nur noch mehr auf die Palme. »Sind dir deine Villa und dein Park nicht mehr groß genug, um dir die Beine zu vertreten? In diesem Teil der Stadt gibt es doch eh nur *Gesindel* – nichts, was deiner würdig wäre!«

O ja – das hätte sie ihm gestern Abend bereits sagen müssen! Das waren damals nämlich genau seine Worte gewesen.

»Ich bin kein Gesindel«, bemerkte Marty trocken.

Lainy rollte mit den Augen und ging, ohne aufzusehen oder Cole Cunningham weiter zu beachten, weiter.

»Marty, kommst du?«

»Kann Cole uns begleiten?«

»Nein.«

»Warum nicht?«

»Weil Cole schon was anderes vorhat, stimmt's, Cole?«

Lainy drehte sich um und warf Cole einen drohenden Blick zu.

»Eigentlich nicht«, erwiderte er grinsend. »Ich habe Zeit, ich komme mit.«

Allein das Ausstoßen eines langen Luftzuges sorgte dafür, dass Lainy nicht platzte!

Dieser ... *Dieser* ... Sie wusste nicht mal, welche Bezeichnung sie noch wählen sollte! Was bezweckte er bloß mit diesen Spielchen?

Gesindel – genau so hatte er sie genannt, als er auf Jeffs Party vor vier Jahren von einem seiner hohlen Betthäschen nach der früheren Verbindung zu Lainys Familie befragt worden war. Lainy hatte das ganz genau gehört, denn sie hatte nur wenige Meter hinter ihnen gestanden.

Die Tatsache, dass er jetzt nicht einmal etwas darauf entgegnete, ließ deutlich erkennen, an welchem Körperteil ihm das alles vorbeiging.

Oder das Ganze war so unwichtig für ihn, dass er es längst vergessen hatte.

»Wo gehen wir überhaupt hin?«

Lainy warf Cole einen verstohlenen Blick zu. Hatte er jetzt allen Ernstes vor sie den ganzen Weg zu begleiten?

»Ich habe gestern etwas auf dem Hügel beim Wasserturm vergessen, das will ich holen«, antwortete Marty wahrheitsgemäß.

»Was denn?«, erkundigte sich Cole.

»Eine 1080-HD-Minikamera.«

»Hattest du vor das Rennen zu filmen, als Beweis für einen weiteren Gesetzesbruch, den die Polizei mal wieder unter den Tisch fallen lässt?«

Marty sah erstaunt aus und Lainy war es auch.

»Hatte ich«, erwiderte Marty kleinlaut auf Coles exakt zutreffende Vermutung.

Martys Enttäuschung darüber, dass sein tagelang bis ins kleinste Detail geplantes Vorhaben derart leicht zu durchschauen war, und das sogar von jemandem wie Cole, belustigte Lainy ein wenig. Ein leichter Dämpfer für Martys überdimensional großes Ego schadete ihm sicher nicht. Noch besser hätte sie es gefunden, wenn Cole gleich auch noch einen mitbekommen hätte. Denn der hätte ihn noch dreimal mehr verdient als Marty! Wenn Lainy es sich recht überlegte, war es vielleicht doch gar nicht so abwegig, dass sie sich angefreundet hatten. Immerhin dachten beide, sie wären die Größten.

»Ehrlich gesagt habe ich da noch eine viel bessere Idee! So ein vertuschtes Rennen ist doch ne Lappalie. Das wird niemanden groß interessieren. Aber ... « Cole blieb stehen und schaute zwischen Lainy und Marty hin und her. Dabei verweilte sie schon wieder viel zu lange in seinen blauen Augen.

»Was für eine Idee?«, bohrte Marty ungeduldig nach.

Coles Gesichtsausdruck verdunkelte sich, als er sagte: »Bei einem Mord sähe die Sache auf jeden Fall anders aus ...«

9

LAINY

»Er hat einen Mord vertuscht?«, fragte Marty skeptisch.

Diese kühne Aussage schien selbst für seinen durch und durch ergebnisorientierten Neokortex zu viel zu sein. Und Lainy ging es nicht anders.

»Ja und ich kann es beweisen.«

Cole sah so aus, als würde er das alles tatsächlich ernst meinen. Lainy fühlte sich unterdessen wie in einer zweitklassigen *Mord-ist-ihr-Hobby*-Parodie.

»Wie?«, fragte Marty mit weit aufgerissenen Augen.

»Ich kenne jemanden, der zu der Zeit auf dem Revier gearbeitet hat, als es passiert ist.«

»Und wer soll das sein?«, fragte Lainy ungläubig und beäugte Cole mit zusammengezogenen Augenbrauen.

Wenn das hier alles nur ein Scherz ist, dann …

»Wir können ihm einen Besuch abstatten, nachdem wir die Kamera und meine Klamotten geholt haben«, erklärte Cole.

»Wer ist es?«, wollte Marty wissen. Er wirkte ganz aufgeregt, strich sich in einer Tour die kurzen Haare auf seiner Stirn von rechts nach links und zog immer wieder an Coles T-Shirt – dabei fasste er normalerweise selten Menschen an.

»Das sag ich euch, wenn wir zurück sind«, antwortete Cole.

»Warum nicht jetzt?«, quengelte Marty.

»Darum.«

Lainy wartete auf Widerworte von Marty, aber es kamen keine. So leicht machte er es Cole also? Nicht zu fassen!

»Wehe, du verarschst uns!«, knurrte sie so leise, dass Marty es nicht hörte, nachdem sie sich wieder in Gang gesetzt hatten.

»Das würde ich nie wagen«, antwortete er grinsend und wickelte eine von Lainys blonden Haarsträhnen auf seinem Finger auf.

»Lass das«, fauchte sie und schlug seine Hand weg.

»Tut mir leid«, sagte er, noch immer grinsend.

Einige Minuten liefen sie schweigend nebeneinander her. Lainy musste die ganze Zeit daran denken, dass sie vielleicht einer der Nachbarn sehen und es ihrem Dad erzählen könnte. So schlecht ihre Beziehung während der letzten drei Jahre und davor auch gewesen sein mochte, sie wollte ihren Dad nicht enttäuschen. Er hätte kein Verständnis dafür, dass sie sich mit dem Sohn des Mannes herumtrieb, der ihm und seiner Familie alles genommen hatte.

***

Als sie am Friedhof vorbeikamen, stürmte Cole plötzlich ohne Vorwarnung durch das große, verschnörkelte Gittertor auf zwei Jungs im Mittelstufenalter zu, die unter einem Baum nahe den Gräbern Fußball spielten.

»Macht, dass ihr hier wegkommt! Das ist kein Ort zum Spielen!«, brüllte er sie an.

Einer der Jungen rannte sofort los. Sicherlich hatte ihn allein Coles Erscheinung eingeschüchtert. Der offensichtlich mutigere von den beiden sah Cole herausfordernd an.

»Als ob du das zu entscheiden hättest!«

Cole verschränkte die Arme vor der Brust. Das könnte interessant werden …

»Sei weiter so frech und du kannst dir deinen Ball aus den Dornenbüschen dort hinten zurückholen!«

Cole schnappte sich den Fußball und hielt ihn drohend in Richtung des Busches.

»Hey, das ist unfair, du Arschloch!«, quengelte der Junge und ein Teil von Lainy sympathisierte mit ihm. Die Szene erinnerte sie an alte Schulzeiten. Cole und sie waren zwar nicht in derselben Klasse gewesen, weil er einige Jahre älter war als sie, aber auf dem Pausenhof hatte sie oft genug beobachtet, wie er andere auf ähnliche Weise geärgert und gedemütigt hatte.

»Gib ihm gefälligst den Ball wieder!«, rief Lainy.

Dann schüttelte sie den Kopf und sagte in ironischem Ton zu Marty: »Ja, du hattest recht, Cole ist wirklich *nett*!«

»Gestern war er sehr nett, das finde ich auch. Er hat mich nach Hause getragen.«

Lainy rollte mit den Augen, widersprach jedoch nicht, denn im Grunde stimmte es ja: Gestern war Cole nett gewesen. Die meiste Zeit über zumindest. Vielleicht hatte er mal einen guten Tag gehabt oder so. Was wusste sie schon! Im Moment sah sie jedenfalls wieder genau das selbstgefällige Arschloch vor sich, das er schon immer gewesen war.

»Hier und jetzt verzieh dich!«

Zu ihrer großen Verwunderung gab Cole den Ball seinem Besitzer zurück.

»Und kommt hier nie wieder zum Kicken her, verstanden? Wenn ich euch hier noch einmal Fußballspielen sehe, dann ...«

»Cole!«

Lainys barscher Ruf brachte ihn scheinbar aus der Fassung, denn er sprach nicht weiter. Der Junge nutzte die Gelegenheit und machte sich aus dem Staub. Cole sah Lainy genervt an, als er wieder zu ihr und Marty kam.

»Wegen dir ist der kleine Scheißer jetzt einfach so davongekommen. Der hätte noch ne Abreibung verdient!«

Lainy schnalzte mit der Zunge und stöhnte.

»Der war doch gerade mal elf oder zwölf, hast du sie nicht mehr alle?«

»Eine verbale Abreibung!«, verteidigte sich Cole. »Denkst du etwa, ich würde Kinder schlagen?«

Er sah sie fassungslos an.

»Ich weiß nicht. Keine Ahnung. Dir ist einiges zuzutrauen!«

Als die Worte ausgesprochen waren, spürte Lainy noch im gleichen Augenblick, dass sie nicht stimmten. Nein, sie glaubte eigentlich nicht, dass er das wirklich tun würde.

»Unglaublich!«, brummte er. Wut spiegelte sich auf seinem Gesicht, bevor er seinen Gang beschleunigte, sodass er mindestens drei Meter vor Lainy und Marty herlief.

Seit wann interessierte es ihn, was sie dachte?

»Spielst du jetzt die beleidigte Leberwurst?«

Lainy starrte auf seinen breiten Rücken. Obwohl er heute wieder ein T-Shirt trug, konnte man seine wohl definierten Muskeln am Oberkörper sehen. Sogar am Rücken! Oder bildete sie sich das womöglich bloß ein?

»Ich spiele hier gar nichts.«

»Und was sollte das eben?«

»Ein Friedhof ist ein Ort des Trauerns und nicht zum Fußballspielen.«

Irgendetwas an der Art und Weise, wie er das aussprach – so leise, dass sie Mühe hatte, es überhaupt zu verstehen –, bewirkte in Lainy, dass sich ein komisches Gefühl in ihr ausbreitete.

***

Als sie am Wasserturm ankamen, holten Marty und sie die Minikamera und Cole seine Jacke und sein Shirt. Das wäre jetzt eine gute Möglichkeit gewesen, um sich abzukapseln. Aber das würde Marty nicht zulassen, denn Cole hatte ihm – oder besser gesagt ihnen – ja versprochen im Anschluss das Geheimnis um den Mitwisser der Mordvertuschung zu lüften. Außerdem musste Lainy zugeben, dass sie auch ein bisschen neugierig war, wer es denn nun war. Also wartete sie zusammen mit Marty oben auf dem Hügel, bis Cole ihnen nach ungefähr zehn Minuten wieder mit Schweißtröpfchen auf der Stirn entgegenkam.

Lainy sah angestrengt weg, als Cole sein Shirt hochzog, um sich damit den Schweiß aus dem Gesicht zu wischen.

»Und – wer ist es?«, erkundigte sich Marty ungeduldig.

»Komm mit, wir gehen hin, dann siehst du's!«

»Wir können doch nicht einfach ...«, warf Lainy ein.

Cole fuhr sich durch die Haare und lächelte.

»Klar können wir! Er wird uns helfen.«

»Uns?«, fragte sie verdutzt.

»Ja – uns!«

Lainy runzelte die Stirn und blieb stehen.

»Du willst uns – äh, ich meine Marty – dabei helfen, deinen eigenen Vater zu überführen?!«

»Sieht wohl so aus«, knurrte Cole und bedachte Lainy mit einem kurzen Blick, der kühl und abgeklärt wirkte.

Sie traute der Sache nicht. *Sie traute ihm nicht!*

»Wieso sonst hätte ich Marty zwei ganze Sommer lang bei uns herumschnüffeln lassen, ohne etwas dagegen zu unternehmen?«

Marty riss die Augen weit auf.

»Du wusstest die ganze Zeit davon?«, fragte er.

Cole lachte und antwortete dann so selbstgefällig, dass Lainy sich am liebsten gleich hier übergeben wollte.

»Natürlich!«

»Ja, äh, ach so«, stammelte Marty.

Derart perplex hatte Lainy ihn noch nie erlebt. Er war durchschaut worden. Obwohl Marty für jeden, der ihn nur ein bisschen kannte, ein offenes Buch war, waren seine mehr oder weniger geheimen Missionen und Theorien bisher für ihn doch stets Ausdruck seiner Genialität und – seiner Meinung nach – Überlegenheit im Hinblick auf andere Menschen gewesen. Seine herausragenden schulischen Leistungen zählten für ihn aus irgendeinem Grund nur wenig. Tatsächlich wunderte es Lainy aber auch ein bisschen, dass Cole so leicht hinter Martys Masterplan gekommen war.

10

COLE

Wenn die Leute davon redeten, sie würden jemanden lieben, und dann rannten sie nach zwei, drei Monaten nach dem Beziehungsaus gleich in die Arme zum Nächsten, wie konnte das dann Liebe sein? Bloß weil man nicht bekam, was man wollte, ließ man davon ab, orientierte sich neu, um die Gier nach emotionaler Geborgenheit zu stillen, egal an welcher Brust.

Diese Menschen lebten in einer Welt, in der sie sich verliebten, *weil* sie einen Sinn und Zweck in ihrem Leben brauchten. Cole fand so ein Verhalten erbärmlich.

Trotzdem wusste er, dass man bereit war vieles zu tun, vieles zu sein, vieles vorzugeben, nur um die Illusion vom Glück noch ein kleines bisschen länger aufrechtzuerhalten. Ein Stückchen noch, bis alles zerbrach. Und das würde passieren, denn das tat es jedes Mal, wenn es nicht echt war. Keine noch so schöne Fata Morgana konnte dem Blick von Nahem standhalten.

Aber wenn man in der Wüste war, halb tot und erschöpft nach Wasser lechzend, dann konnte diese Illusion einen ein Stück weit tragen. Weiter, als man geglaubt hatte noch aus eigener Kraft laufen zu können. Man klammerte sich an das Bild am Horizont und hoffte. Gleich würde man da sein, nur noch ein bisschen.

Doch die leise Stimme nagte unaufhörlich immer weiter an all den Sehnen und Gliedmaßen, die man zum Laufen brauchte. Sie biss sie mit ihren scharfen Worten durch, eine nach der anderen. »Es ist nicht echt. Du machst dir etwas vor«, flüsterte sie.

Manchmal schreckte man auf. So als wäre das irgendetwas Neues, was man da plötzlich hörte. Aber dann war man bald wieder in seiner Trance und machte einfach weiter wie bisher. Irgendwie musste es ja weitergehen.

Je klüger man war, desto schwerer hatte man es im Leben – weil man den ganzen Bullshit durchschaute, mit dem sich die meisten Menschen etwas vormachten, damit sie nachts gut schlafen konnten. Er hatte in seinen ganz persönlichen Abgrund geschaut. Trotzdem änderte das nichts daran, dass ihn die Schwärze immer noch verschlang und die Luft zum Atmen raubte. Und das jede Nacht.

Ohne Lainy hätte er es nicht geschafft, so viel stand fest. In seinen dunkelsten Stunden, in denen keine noch so gute Ablenkung mehr funktioniert hatte, da war sie es gewesen, die ihn am Leben gehalten hatte: seine Fata Morgana. Es war die Erinnerung an Lainy gewesen, an sie, an diesen einen Moment, die ihn weitergezogen hatte.

Vermutlich hatte sie diesen Augenblick längst vergessen. Sie war ja erst fünf gewesen. Ein Alter, von dem man als Erwachsener meistens nicht mehr allzu viel wusste. Das war zu dumm. Er wünschte, er könnte es ihr jetzt erklären. Nur wie?

***

»Was ist, wenn er nicht zu Hause ist?«

Marty sah Cole mit großen Augen an. Er wirkte viel zu nervös. Cole hatte keine Ahnung, ob Earl sie empfangen würde. Schließlich hatte er ihn nicht vorgewarnt und gesagt, dass sie kommen würden. Cole wollte zwar seinen Vater bluten sehen, denn der hatte es verdient, aber dass er es auf diese Weise durchziehen würde, mit Lainy und Marty, damit hatte er nicht gerechnet. Diese Entscheidung war wieder einmal viel zu impulsiv gewesen. Das konnte nicht gut ausgehen.

11

LAINY

Nach dem dritten Klingeln regte sich etwas hinter dem gelben Milchglas.

Es tat einen Knall und dann drang ein Fluchen bis zur Tür hinaus. »Verdammter Schirm!« Kurze Zeit später ging die Tür auf. Der alte Earl sah erst Cole, dann Lainy und schließlich Marty an.

»Cunningham – was willst du hier?«

Die zusammengezogenen, buschigen grau-weißen Brauen ließen eine tiefe Falte auf der Stirn des breitschultrigen Rentners im Holzfällerhemd hervortreten.

»Wir müssen was mit dir besprechen«, antwortete Cole.

Ob Cole jemals zuvor mit Earl über diese ganze Sache geredet hatte? Um welchen Mord ging es überhaupt? Lainy konnte sich nicht daran erinnern, dass in South Carado mal jemand umgebracht worden war. *Wie auch, wenn der Mord vertuscht wurde?*, korrigierte sie ihre besserwisserische innere Stimme.

Earl zögerte ein paar Sekunden, ehe er »Na dann kommt mal rein« sagte.

»Sie haben viele Medaillen an der Wand«, machte Marty auf das Offensichtliche aufmerksam.

»Das bleibt nicht aus, wenn man so viele Jahrzehnte im Dienst des Staates war.«

Lainy fand es sympathisch, dass die Worte keine Spur angeberisch klangen oder so als wollte er sich in Bewunderung aalen. Sie kannte den alten Earl ja praktisch ihr halbes Leben lang, zumindest vom Sehen. Wer wusste schon, was bei den Nachbarn, mit denen man – abgesehen von »Guten Morgen«, »Guten Tag«, »Schönes Wetter heute« – nicht groß was zu tun hatte, hinter verschlossenen Türen vor sich ging oder wie sie wirklich waren?

»Wollt ihr was trinken?«, fragte Earl, nachdem Marty sich, ganz als wäre es sein Zuhause, mit erwartungsvollem Blick auf das Sofa gesetzt hatte. Manchmal war es ganz schön peinlich mit ihm. Aber Lainy hatte sich wohl bereits einigermaßen daran gewöhnt, denn sie dachte nicht weiter darüber nach.

»Setzt euch doch!«

Earls Aufforderung klang etwas gezwungen. Es wirkte so, als wäre er nicht gerade glücklich über diesen spontanen Besuch. Manche Menschen waren eben verdammt schlechte Schauspieler. Ganz anders als Cole Cunningham. Wieso sah er sie eigentlich schon die ganze Zeit über so seltsam an?

»Also«, begann Earl mit hochgezogener Augenbraue, nachdem sie am großen Esstisch, der mitten im Wohnzimmer stand, Platz genommen hatten, »wieso seid ihr hier?« Eine Karaffe mit Eistee und vier gefüllte Gläser standen bereit.

»Kannst du dich noch an den Fall 3.9 erinnern?«

Lainy war froh, dass Cole gleich das Wort an sich nahm. Sie hätte nicht gewusst, was sie hätte sagen sollen.

»Erinnerst du dich noch an den Mord, den mein Vater vertuscht hat, damit er nicht in den Statistiken auftaucht?«

Cole hatte die Ellenbogen verschränkt auf die Tischplatte gelegt und schaute Earl mit starrem Blick in die Augen.

Es war schwierig, an Earls Gesichtsausdruck abzulesen, ob er sie gleich in hohem Bogen hinauswerfen oder sie anschreien, was sie sich erlaubten mit so was bei ihm aufzutauchen, würde – oder beides zusammen. Aber er tat nichts dergleichen. Stattdessen nippte er einige Male an seinem Eistee und bejahte die Frage dann. Es war, als hätte Cole ihn eben nach Erna Bitterfield gefragt, die vor Jahren immer mal wieder auf dem Revier angerufen hatte, um sich über Mrs Pettersons Wellensittich zu beschweren, der sich schon mehrfach in ihrer aufwendigen Turmfrisur niedergelassen hatte, da er sie für ein Nest hielt.

»Wir wollen ihn dafür drankriegen, aber uns fehlen die Beweise. Kommst du noch an die alten Unterlagen?«

Cole gab sich wirklich nicht die kleinste Mühe, sein Anliegen vorsichtig vorzutragen. Wieso sollte der alte Earl ihnen dabei helfen? Hätte er irgendetwas dagegen tun wollen, dann hätte er das zu seiner Amtszeit doch gekonnt. Wieso jetzt? Hätte Cole nicht schon wieder eine seiner typischen Egonummern durchgezogen und sie nicht erst eingeweiht, als sie vor Earls Haus gestanden hatten, hätten sie sich einen Plan überlegen können. Sie hätten sich etwas ausdenken können, wie sie ihn dazu bewegen konnten, sie zu unterstützen. Ein Druckmittel oder so etwas in der Art. Lainy war selbst überrascht, dass sie auf einmal so Feuer und Flamme war, dabei mitzumachen. Aber nach dem, was ihr gestern passiert war, war das doch verständlich, oder etwa nicht? Wieso sonst sollte sie einwilligen zusammen mit Cole Cunningham gemeinsame Sache zu machen?

Earl sah die drei – einen nach dem anderen – mit einem Blick an, der einen Schauer Lainys Rücken hinunterlaufen ließ. Es fehlte nur noch, dass er fragte, ob sie bereit wären es mit dem Teufel aufzunehmen. Lainy schluckte. Bestimmt waren die meisten Verbrecher, die Earl früher verhört hatte, nach fünf Minuten bereit gewesen alles zu gestehen.

»Ich kann euch die Unterlagen besorgen. Aber ihr solltet aufpassen, in was ihr euch da hineinbegebt. Mit Tony Cunningham ist nicht zu spaßen. Das solltest du eigentlich am besten wissen, Junge.«

Earl sagte das an Cole gewandt. Für einen kurzen Moment hatte Lainy ganz vergessen, dass die beiden sich einmal ziemlich gut gekannt haben mussten. Von ihrem Dad wusste sie, dass Cole nach dem Tod seiner Mutter früher ständig mit seinem Vater auf dem Revier gewesen war.

Coles Mutter ... Ihr dämmerte so langsam, warum er vorhin auf dem Friedhof so ungehalten gewesen war. Es muss ihretwegen gewesen sein. Wie hatte sie das bloß vergessen können?

»›Wenn Unrecht zu Recht wird, wird Widerstand zur Pflicht!‹«, zitierte Marty Bertold Brecht mit erhobenem Zeigefinger. Lainy schüttelte schmunzelnd den Kopf. Aus dem Augenwinkel bemerkte sie, dass Coles Mundwinkel ebenfalls nach oben zuckten.

»In der Tat«, murmelte Earl.

Der Schwermut in seiner Stimme war nicht zu überhören.

»Junge, du hast weitaus mehr Eier in der Hose als ich damals. Tony stand kurz davor, zum Polizeichef ernannt zu werden. Ich hätte meinen Job verloren, wenn ich mich ihm in den Weg gestellt hätte. Und mein Ansehen. Er hätte mich vor allen denunziert ... Ich war ein Feigling.«

Earls offene Worte überraschten Lainy. Das hatte sie nicht erwartet. Ebenso wenig dass er ihnen so bereitwillig helfen würde. Jetzt ergab das Ganze natürlich einen Sinn. Schuld konnte einen heftig quälen ... und vor allem lange.

»Was hast du für uns?«, wollte Cole jetzt wissen.

»Es sind Sachen aus der Asservatenkammer verschwunden: Filmmaterial, Gutachten, mehrere Gegenstände vom Tatort und son Zeug. Susi hat damals den Bericht dazu geschrieben, aber Tony hat dafür gesorgt, dass kein großes Aufheben darum gemacht wurde. Es sah aus wie ein Selbstmord.«

Earl rieb sich das stoppelige Kinn, ehe er noch einige Schlucke aus seinem Glas nahm.

Mittlerweile dämmerte es Lainy, um wen es ging.

»Soll das heißen, Christina Higson ist gar nicht absichtlich vor den Baum gefahren?«

Lainy erinnerte sich noch genau daran, wie ihr anderer Nachbar,

Mr Williams, damals aufgeregt zu ihnen gekommen war, um zu berichten, dass man Christinas Wagen vollkommen demoliert neben dem alten Holzfällerschuppen gefunden hatte.

Marty rutschte unruhig auf dem Sofa hin und her. Lainy hatte das Gefühl, er würde am liebsten gleich aufspringen und Tony Cunningham eigenhändig die Handschellen anlegen oder mit einem Megafon verkünden, dass er verhaftet war, und zusehen, wie ihm jemand anderes die Handschellen anlegte, damit er ihn nicht anfassen musste.

»Genau das heißt es«, bestätigte Earl und seufzte tief. »Manchmal sind die Dinge anders, als sie scheinen. Auch wenn man meint, alles wäre offensichtlich. Gerade dann liegt man meistens komplett daneben.«

Lainy bemerkte, dass Cole sie anstarrte. Erst wollte sie es ignorieren, aber dann entschied sie sich ihm nicht mehr auszuweichen und schaute genauso eindringlich zurück. Es war, als säßen sie plötzlich gar nicht mehr gemeinsam mit Earl und Marty in diesem Wohnzimmer. Auf einmal waren da nur noch sie beide. Sie waren da füreinander, da für das Unbekannte, das Unausgesprochene, was immer es auch war, sie waren bereit. Dem Raum fehlten die Wände und die Decke, alles war ganz offen – *sie* war offen für ihn. Lainy versank im Blau von Coles Augen und ließ ihn in sich hineinsehen wie durch ein Fenster. So kam es ihr zumindest für den Bruchteil einer Sekunde vor. Oder war es eine Minute gewesen? Oder zehn? Lainy hatte jegliches Zeitgefühl verloren, fing sich erst wieder, als Earl mit der flachen Hand auf den Tisch schlug und verkündete: »So, nun aber raus hier mit euch! Das Footballspiel fängt gleich an. Kommt übermorgen wieder, dann hab ich das, wonach ihr sucht!«

Marty stand vom Sofa auf und ging zur Haustür. Lainy warf Cole noch einen heimlichen, kurzen Blick zu, bevor sie ebenfalls langsam ihren Stuhl zurückschob und sich erhob.

Was zum Teufel war das eben gewesen?

12

LAINY

Langsam liefen sie die Treppen des Eingangs wieder hinunter, Richtung Straße, nachdem Earl die Tür hinter ihnen geschlossen hatte.

»Wir sollten uns Waffen besorgen!«, sagte Marty mit leuchtenden Augen, woraufhin Cole ihm einen leichten Schlag auf den Hinterkopf verpasste.

»Aua. Warum hast du das gemacht?«

»Du brauchst garantiert keine Waffe, verstanden?«

Lainy vergaß immer wieder, dass die beiden jetzt so was wie Freunde waren. Bei jedem anderen wäre Marty bei so einer Berührung ausgetickt, da war sie sich sicher.

»Natürlich brauche ich eine Waffe! Ich bin Tony Cunningham körperlich weit unterlegen – was soll ich tun, wenn er mich bei unserer Observation entdeckt? Ich will nicht wie Christina Higson enden!«

Lainy schloss das kleine Holztor, das den Bürgersteig von Earls Grundstück trennte.

»Wie nett von dir, dass du dir nur um dich Sorgen machst. Was ist mit Cole und mir?«, stichelte sie grinsend.

Cole und sie. Wie das klang!

»Ich glaube nicht, dass mein Vater Christina umgebracht hat. Dafür ist er viel zu feige. Wenn überhaupt, dann lässt er andere seine Drecksarbeit erledigen, statt sich selbst die Hände schmutzig zu machen.«

Verachtung schwang bei jedem von Coles Worten mit, als er über seinen Dad sprach. Lainy fragte sich, was zwischen den beiden vorgefallen war. Ihr Gefühl sagte ihr, dass es etwas mit seiner Mutter zu tun haben musste. Sie wünschte, sie könnte sich noch an mehr von damals erinnern ...

»Außerdem werden wir Tony nicht observieren! Du hast den alten Earl doch gehört – übermorgen gibt er uns die Berichte und dann haben wir den Beweis, dass er den Mord vertuscht hat!«, pflichtete sie Cole bei, so als wären sie immer schon ein fantastisches Team gewesen.

»Die Observation wird unumgänglich sein!«, beharrte Marty.

Lainy verdrehte stöhnend die Augen und sparte sich jeden weiteren Kommentar.

»Dann also übermorgen um fünfzehn Uhr bei Earl?«

Cole sah sie fragend an. Sie waren genau in der Mitte der Kreuzung, die zu Martys und ihrer Straße auf der einen Seite und weiter in Richtung der wohlhabenden Gegend auf der anderen Seite führte.

»Fünfzehn Uhr«, bestätigte sie und sah schnell zu Marty, um einen weiteren längeren Augenkontakt mit Cole zu vermeiden. Das vorhin wirkte immer noch in ihrem Inneren nach. Es hatte sich so wahnsinnig intim angefühlt. Sie konnte das nicht einordnen, denn so etwas hatte sie noch nie erlebt und das machte ihr Angst.

»Wir sollten uns besser schon um vierzehn Uhr fünfundvierzig treffen, denn um fünfzehn Uhr sollen wir ja bereits bei Earl sein. Fünf Minuten Abzug für den Begrüßungsprozess, weitere fünf Minuten Abzug für unvorhersehbare Verspätungen und noch mal fünf Minuten extra – nur zur Sicherheit«, empfahl Marty.

»Wie du meinst, Sportsfreund.«

Cole deutete ein Lächeln an, während er Marty antwortete. Dabei sah er jedoch die ganze Zeit zu Lainy.

Lainy wollte sich gerade umdrehen und gehen – denn sie brauchte jetzt erst einmal sehr viel mehr Distanz zwischen sich und Cole, damit sie endlich wieder klar denken konnte.

»Ach, Elaine …?«

»Ja?«

Wieso klang ihre Stimme denn plötzlich so anders?

»Mein Vater ist heute Abend auf einer Gala in Warrling. Er bleibt dort über Nacht, also willst du vielleicht …?« Er kratzte sich am Kopf, sah dabei fast ein bisschen verlegen aus. »Willst du mich besuchen? Wir könnten über den Fall reden, wie wir vorgehen und so weiter, oder einfach abhängen.«

Lainy kaute nervös auf ihrer Unterlippe herum, während sie noch immer versuchte Cole nicht noch einmal so wie vorhin anzusehen. Oder sich so von ihm *ansehen zu lassen.* Könnten sie das, einfach abhängen? »Nur wenn du willst, natürlich«, fügte Cole noch an und lächelte. Es war ein charmantes Lächeln, selbstsicher genug, dass man weiche Knie bekam, und gleichzeitig mit dem Hauch Unsicherheit, der es echt und nicht aufgesetzt erscheinen ließ.

Lainy folgte den Bewegungen seiner Hände, die sich in die Taschen seiner schwarzen Jeans schoben.

»Okay, also dann, war ja nur ne Frage«, sagte er jetzt, weil sie es immer noch nicht fertig gebracht hatte zu antworten.

Endlich holte sie tief Luft und sagte: »Wann denn?«

Gott sei Dank war Marty schon weit genug weg, sodass er diesen Moment für sie nicht noch peinlicher machen konnte, indem er das Offensichtliche aussprach: Sie würde ein Date haben. Ein Date mit Cole.

»Cool. Zwanzig Uhr wäre perfekt.«

Coles Gesichtszüge entspannten sich, während sich in ihr alles anspannte.

»Alles klar.«

Sie versuchte sich an einem lässigen Lächeln. Das musste an dem Blickkontakt vorhin liegen, dass ihre Hormone auf einmal mit ihr durchgingen!

Etwas in ihr wollte sich noch einmal umdrehen, um zu prüfen, ob er ihr nachsah. Aber sie gab dem Impuls nicht nach. *Du brauchst dringend eine kalte Dusche, Lainy!*, riet ihr ihre innere Stimme. Und sie konnte ihr da nicht widersprechen.

13

COLE

Anders als gewöhnlich sorgte das warme Wasser kein bisschen für Entspannung. Coles Gedanken kreisten um Lainy. Er spielte mit dem Feuer, so viel war klar. Diese Einladung zum Besprechen des weiteren Ablaufes war doch nur ein fadenscheiniger Vorwand, um sie zu sehen und um Zeit mit ihr zu verbringen. Er glaubte sogar, ihr war das bewusst. Trotzdem hatte sie Ja gesagt. Verflucht noch mal, sie hatte Ja gesagt!

Er schloss die Augen und beugte seinen Kopf nach hinten. Die dünnen, harten Wasserstrahlen prasselten auf sein Gesicht. Er konnte jetzt nicht mehr zurück. Längst hatte er die unsichtbare Grenze zwischen stiller Bewunderung aus der Ferne und dem, was er sich seit Jahren untersagt hatte, überschritten. Wie weit würde er gehen? Cole traute sich selbst nicht über den Weg. Niemals hätte er es für möglich gehalten, dass er es einmal so weit kommen lassen würde, sich nicht mehr zu bremsen, sondern es zuzulassen. Viel zu lange schon war sie sein Licht in der Nacht gewesen. Seine ewige Flamme, die für ihn brannte. Wenn er ihr zu nah kommen würde, würde er sie mit seiner Dunkelheit ersticken, ihr alles nehmen. So wie er das immer tat, weil es eben nun einmal seiner Natur entsprach.

***

Wäre sie nicht weggegangen, wer wusste schon … Vielleicht wäre dann alles anders gekommen. Es hatte ihn immer schon beruhigt zu wissen, wo sie war. Dass sie in ihrem Bett schlief, nur wenige hundert Meter Luftlinie von ihm entfernt. Obwohl er gewusst hatte, dass er niemals neben ihr liegen würde, war ihm das immer genug gewesen.

Cole hätte damit leben können, wenn sie eines Tages irgendeinen Idioten geheiratet und mit ihm drei Straßen weiter in die Mill Lane an den Fluss gezogen wäre. In ein weißes Haus mit Veranda, schönem Vorgarten und dem ganzen Scheiß. Das wäre für ihn vollkommen in Ordnung gewesen. Auf jeden Fall hätte er sie so immer auf dem Radar gehabt, hätte gewusst, dass es ihr gut ging und dass sie in seiner Nähe war. Auch wenn sie ihn gar nicht wahrgenommen hätte.

Aber sie hatte ja nach Radding ziehen müssen, weg von ihrem Vater und weg von ihm. Er hatte das Warum verstanden, aber das hatte nichts daran geändert, dass es hart gewesen war und das auch noch immer war.

Cole konnte nicht noch öfter nach Radding fahren und heimlich nach ihr sehen. Das Risiko, dass sie ihn irgendwann erkannt hätte, war zu groß gewesen. Außerdem kam er sich bereits jetzt schon viel zu sehr wie ein kranker Stalker vor. Er wollte natürlich nur sicherstellen, dass es ihr gut ging. Aber er schätzte, genau so was in der Art würde auch jeder Perverse sagen.

Er atmete tief ein und fuhr sich durch die Haare.

Vielleicht könnten sie ja einfach Freunde sein. Gute Bekannte, die sich ab und an mal Kurznachrichten schreiben würden oder E-Mails oder vielleicht ein Anruf alle zwei Wochen?

Vielleicht konnte er dann wieder zurück hinter die Grenze, auf sicheren Abstand. Lainy würde ihr Leben leben und er seins. Er würde die Beziehung zu ihrem Vater nicht in Gefahr bringen. Und was noch viel wichtiger war, er würde sie nicht seinen inneren Dämonen aussetzen, die nichts als Chaos und Zerstörung für jeden übrig hatten, der ihnen zu nah kam.

Cole pustete die Luft aus seinen Lungenflügeln, presste das letzte bisschen heraus, bevor er ein weiteres Mal tief einatmete. Noch hatte er nichts getan, was man nicht wieder rückgängig machen könnte. Er hatte nichts gesagt; das Geheimnis war noch immer sorgfältig in ihm weggesperrt.

Er stellte den Wasserhahn auf eiskalt und blieb zwei, drei Minuten unter dem Schwall stehen.

So oder so hatte er noch eine Sache zu erledigen, bevor er sich heute Abend mit Elaine treffen würde: Louis.

14

LAINY

»Schmeckt gut«, sagte Lainys Vater und schob sich eine halbvolle Gabel Spaghetti mit Tomatensoße in den Mund. Lainy beobachtete ihn dabei, wie er angestrengt kaute und sich alle Mühe gab, keine Miene zu verziehen.

In Wahrheit schmeckte es scheußlich. Der Thunfisch zusammen mit dem Maggi, den Kapern und den halben Sardellen waren zu viel des Guten gewesen.

Es war nett von ihm zu lügen, um ihre Gefühle nicht zu verletzen. Lainy wusste, dass sie eine miserable Köchin war. Das machte ihr nichts aus. Aber es war ein schönes Gefühl, dass ihr Vater es zu schätzen wusste, dass sie sich Mühe gegeben hatte. Es hatte Zeiten gegeben, da hätte sie es nicht für möglich gehalten, dass sie je wieder gemeinsam an einem Tisch sitzen und zusammen essen würden. Damals war sie schon froh gewesen, wenn sie ihn morgens mal nicht irgendwo auf dem Boden in seinem eigenen Erbrochenem vorgefunden hatte. Dabei hatte sie jedes Mal eine Heidenangst gehabt, er könnte erstickt sein.

»Danke, Dad. Morgen können wir ja dann Pizza bestellen.«

Er nickte und rollte sich die nächste Portion Ekelfraß auf seiner Gabel auf.

»Marty hat sich bestimmt sehr gefreut dich wiederzusehen«, bemerkte ihr Vater.

»Ja, das hat er.«

Lainy stocherte in ihrem Essen herum. Wie viel lieber hätte sie jetzt einfach bloß einen Kakao getrunken und das Zeug auf dem Teller in den Biomüll gekippt. Aber das wäre unhöflich und Geldverschwendung gewesen. Außerdem genoss ein Teil in ihr das hier schon irgendwie. Sie und ihr Dad beim Abendessen – wie eine richtige Familie. Das war gut.

»Und bei der Arbeit …? Alles okay?«, fragte sie.

Small Talk war eine Qual für Lainy. Sie konnte das zwar, aber sie hasste es. Nur manchmal musste es eben sein – wie in Momenten wie diesem. Es zeigte, dass man sich für den anderen interessierte. Man bemühte sich freundlich zu sein, Fragen zu stellen und Bemerkungen zu machen, die nicht zu tiefschürfend waren. Damit sich niemand in die Enge getrieben fühlte von zu viel Emotionalem, Persönlichem oder Ehrlichem. Das war zwar irgendwie schräg und verdreht, aber gleichzeitig auch einfach ein Versuch, nichts falsch zu machen, die zarten Bande der Beziehung nicht zu gefährden. Das respektierte sie und sie wusste auch nicht, wie sie es besser machen konnte. Also spielte sie einfach mit.

»Hab ein paar neue Kollegen und einen Auszubildenden, der mir unterstellt ist. Ein ordentlicher Bursche, kann gut anpacken und ist auf Zack.«

Ihr Dad nahm einen großen Schluck Wasser. Lainy musste sich ein Grinsen verkneifen. Vielleicht würde sich Martys Dackel ja über eine Extramahlzeit freuen?

»Hört sich gut an.«

»Ja, macht Spaß mit ihm. Ist mal wieder eine neue Herausforderung!«

Er lächelte und sie fand, dass er in diesem Moment mindestens fünf Jahre jünger aussah.

Sie unterhielten sich noch ein bisschen über seine Einsätze aus der letzten Zeit und über ihren Lehrplan an der Uni. Lainy schaffte es, die Hälfte der Nudeln auf ihrem Teller aufzuessen, und erklärte dann, dass sie sich den Rest für später in den Kühlschrank stellen würde.

»Willst du meinen Wagen nehmen? Nur falls es spät wird, meine ich.«

Ihr Vater stellte den Fernseher auf stumm und sah Lainy von seinem Ohrensessel aus an. Sie stand wie ein frisch gestriegeltes Pony mit der Lederjacke unter dem Arm im Türrahmen.

»Nein, geht schon. So spät wird es nicht werden.«

Ach ja? Stimmte das?

»Nimm ihn bitte! Mir wäre wohler dabei. Es sei denn natürlich, du hast vor etwas zu trinken. Dann könnte ich dir auch etwas Geld für ein Taxi geben. Warte, ich schau mal schnell, was mein alter Sparstrumpf noch hergibt.«

Er zwinkerte ihr zu und wollte aufstehen, doch Lainy bremste ihn.

»Das ist nicht nötig, Dad! Schon gut, ich nehme den Wagen. Und jetzt gib bitte Ruhe!«, sagte sie kopfschüttelnd und mit einem Lächeln auf den Lippen. Es tat gut, dass er so fürsorglich war. Aber sie wollte nicht, dass er sich ihretwegen in Unkosten stürzte. Das musste wirklich nicht sein. Die Pizzabestellung morgen war schon eine echte Ausnahme. Sie konnte sich denken, dass sich während der letzten drei Jahre nicht großartig etwas an dem Gehalt ihres Vaters geändert hatte – oder dass es ihm in der Zwischenzeit gelungen war, die Hypothek für das Haus abzuzahlen. Seine Finanzen waren vermutlich eher noch katastrophaler als früher, denn während seiner Trinkerkarriere hatte er sie komplett vernachlässigt.

»Der Schlüssel liegt auf der Kommode.«

Er machte den Fernseher wieder lauter. Lainy ging in den Flur und warf einen letzten Blick in den Spiegel. Durchsichtiges Lipgloss, offene Haare, ein bisschen Rouge und Wimperntusche und dazu Jeans und Tanktop statt des kurzen blauen Kleides mit dem tiefen Ausschnitt. Eine gute Wahl. Nicht zu sexy oder aufgestylt.

»Mach's gut, Dad!«

»Habt einen schönen Abend!«

Sie schloss die Tür. Die Lüge, was die Abendplanung mit ihrer »Freundin Denise« anging, tat ihr leid. Aber sie wusste nicht, was sie ihm stattdessen hätte sagen sollen. Das Risiko, Marty vorzuschieben, wollte sie nicht eingehen, denn er könnte beschließen spontan vorbeizukommen. Und dann wäre ihrem Dad natürlich sofort klar, dass sie gerade nichts mit ihm unternahm, obwohl sie das zuvor behauptet hatte …

***

Es war ein seltsames Gefühl, als Lainy die lange Auffahrt zu Coles Villa hinauffuhr. Was, wenn sein Vater doch nicht auf die Gala in Warrling gefahren war? Sie konnte schlecht behaupten, dass sie sich verfahren hatte und bloß mal nach dem Weg fragen wollte, würde er ihr plötzlich an Coles Stelle die Tür aufmachen. Lainys einzige Hoffnung in so einer Situation wäre, dass er sie nicht erkennen würde.

Sie schüttelte den Kopf und atmete tief durch. *Cole hätte dir Bescheid gesagt, wenn irgendetwas dazwischengekommen wäre! Mach dich nicht verrückt!*, ermutigte sie ihr Inneres. Aber sie ließ sich nicht zu hundert Prozent überzeugen. Sie war sich nämlich nicht sicher, ob er das wirklich getan hätte. Vielleicht lockte er sie ja gerade auch bloß zu seiner Belustigung in eine Falle! So wie er das früher oft mit irgendwelchen Leuten gemacht hatte.

Ihre Hände umklammerten das Lenkrad noch ein bisschen fester, während sie mit gefühlten 5 km/h dem imposanten, hell beleuchteten Gebäude immer näher kam.

***

Es dauerte keine zwei Minuten, bis jemand die Türklinke herunterdrückte. Es war bloß Cole, Cole Cunningham. Lainys Herzrasen, als er vor ihr stand, erinnerte sie jedoch daran, dass es im Zusammenhang mit diesem Mann kein »bloß« gab.

»Hey.«

Er sah lässig aus. Keine Spur von Nervosität.

»Hey«, krächzte sie.

»Bist du erkältet?«

»Nein, nein. Ich hab was im Hals ... Schon während der ganzen Fahrt her.«

Lainy räusperte sich und legte ihre Hand auf die Brust, als sie ein Husten vortäuschte.

»Geh doch schon mal geradeaus durch und mach's dir gemütlich! Ich hol dir was zu trinken.«

»Okay.«

Sie war vor einer Ewigkeit schon einmal hier gewesen. Viel wusste sie aus dieser Zeit nicht mehr. Die gläsernen und goldenen Skulpturen kamen ihr bekannt vor, ebenso wie einige der Gemälde an den Wänden. Der Raum war riesig und die Decken waren sicherlich über drei Meter hoch. Als sie sich auf einen der mintgrünen Sessel setzte, musste sie an ihr altes Haus denken. Es stand nur drei, vier Straßen von hier entfernt: ein Katzensprung.

»Ist O-Saft okay?«, erkundigte sich Cole.

Hatte er da ein Veilchen unter dem Auge?

»Stehst du jetzt auf ausgefallenes Make-up oder hast du dieses Mal versucht einem großen Jungen sein Spielzeug wegzunehmen?«

Lainy grinste ihn keck an. Gleichzeitig beschlich sie der Gedanke, sie könnte bereits wissen, wer für das Mal in Coles Gesicht verantwortlich war.

»Ach ... Das ist nichts.«

Cole winkte ab und stellte die Gläser auf den flachen Couchtisch.

»Sieht aber nicht aus wie ›nichts‹«, bohrte sie weiter. Aber er blieb stur. Statt auf ihre Frage einzugehen, sagte er etwas vollkommen Unerwartetes: »Schön, dass du hier bist.«

So wie er sie dabei ansah, das ging ihr unter die Haut. Lainy stand auf.

»Ich habe mich noch gar nicht bei dir dafür bedankt, dass du mich vor diesem Rocker-Typen gerettet hast ... oder für das mit Marty«, begann sie langsam.

Sie standen sich gegenüber, aber sie musste immer noch aufschauen, weil Cole so groß war.

»Schon gut. Ist doch selbstverständlich.«

Er kratzte sich am Kopf, genau wie vorhin, als er sie gefragt hatte, ob sie herkommen wollte. Sie musste unwillkürlich lächeln, denn irgendwie sah das verdammt süß aus. Ihr war vorher nie aufgefallen, dass er das manchmal machte.

»Nein, ist es nicht«, sagte sie und ignorierte das Rasen ihres Herzens. In diesem Augenblick dachte sie nicht mehr darüber nach, wer er war oder für wen sie ihn bisher gehalten hatte. Denn irgendetwas war da zwischen ihnen. Das spürte sie ganz genau.

»Doch, das ist es.«

Cole griff nach ihrer Hand. Es überraschte sie, wie gut sich das anfühlte.

»Eine gute Tat pro Jahr?«

Sie gab sich locker, versuchte durch den Scherz wieder auf ihr gewohntes Terrain zurückzufinden. Weniger Nähe, dafür mehr Sticheleien brachten einen sicheren Abstand zwischen ihr Herz und Cole.

»Alle drei Jahre.«

Seine Augen blitzten auf. Es hatte funktioniert. Da war er wieder, der großspurige, anmaßende Bad Boy – ziemlich heiß, ja. Aber auch verdammt egozentrisch, selbstverliebt und ...

Ehe sie wusste, wie ihr geschah, griff Cole mit beiden Händen nach ihrem Gesicht und presste seine Lippen auf ihre. Es fühlte sich anders an, als sie erwartet hatte. Er war vorsichtig und sanft und anders als alle Küsse, die sie je bekommen hatte: besser, so viel besser ...

15

COLE

Es war ein Fehler, dass er sie küsste. Aber gleichzeitig war es auch das Richtige.

Er war ein Arschloch, hatte ihr nichts zu geben. Ein Teil in ihm wünschte, Lainy wüsste das, dann würde sie jetzt die Füße in die Hand nehmen und weglaufen. Das sollte sie besser. Aber würde er sie jetzt noch gehen lassen? Könnte er das?

Ihre Lippen waren weich ... so viel weicher, als er es sich immer vorgestellt hatte. Doch da war noch etwas anderes, weniger Sanftes, das von ihren Berührungen ausging. Cole hatte es in Lainys Augen gesehen, als sie in Melodys Rock-'n'-Rolla-Bar gewesen waren. Und in der Tankstelle, als sie Marty verteidigt hatte: dieses Feuer. Ihr fester Griff, als sie ihn zur Seite gestoßen hatte ...

Er drückte sie dichter an sich, griff in ihre vollen blonden Haare und zog sanft daran. Ihr leises Seufzen verriet ihm, dass es ihr gefiel.

»Cole«, hauchte sie, als er für einen Moment von ihr abließ. Er wartete darauf, dass noch etwas hinterherkam, wie ein Befehl aufzuhören. Aber sie sagte nichts dergleichen. Stattdessen presste sie ihre Lippen wieder auf seine, rieb ihre Zunge an seiner. Am liebsten hätte er sie gleich hier gegen die Wand gedrückt und ihr die Kleider vom Leib gerissen. Aber das ging nicht, denn sein Gewissen hielt ihn davon ab.

Abrupt schob er Lainy von sich weg. Nicht zu weit. Aber weit genug, um seinem Schwanz die Oberhand über seine Handlungen zu entreißen.

Lainy schnappte nach Luft und schaute ihn überrascht an.

»Na ... bist du jetzt auf einmal doch nicht mehr so mutig?«, sagte sie leise.

Cole schüttelte den Kopf und fuhr sich durch die Haare.

»Zu wenig Mut ist nicht das Problem. Eher zu viel ...«

Lainy ließ sich rücklings auf den Sessel fallen, nahm einen Schluck Orangensaft und sah ihn herausfordernd an. Bei diesem Blick würde er am liebsten auf der Stelle all seine Bedenken über den Haufen werfen und über sie herfallen.

»Ist vielleicht auch besser so«, murmelte sie, eine goldene Haarsträhne auf dem Finger aufwickelnd.

War ihr Grinsen echt? Oder verbarg sich dahinter eine Spur von Unsicherheit?

Sie legte ihren Kopf nach hinten und schüttelte ihr Haar. Gott verflucht, sie sah aus wie eine Göttin!

Ihre Art, ihn zu necken, amüsierte ihn. Wäre sie bloß irgendein netter Zeitvertreib, dann wüsste er genau, was er mit ihr anstellen würde, um sie in ihre Schranken zu weisen. Aber sie war keine von den zahlreichen Frauen, die ihm nichts bedeutet hatten. Sie war ... Elaine.

Cole stieß einen tiefen Luftzug aus, während er immer noch vor ihr stand.

Er könnte es ihr jetzt sagen. Jetzt und hier. Es wäre das Einfachste der Welt und gleichzeitig das Komplizierteste.

Also stand er nur da und tat nichts, lächelte sie an. Einfach. Kompliziert.

16

LAINY

»Also …?«

Lainy wurde nicht schlau aus ihm. So verträumt, wie er sie gerade ansah, hätte man meinen können, er wäre ganz woanders. Womöglich hat er ja eine Freundin oder irgendeine andere Affäre. Darüber hatte sie bisher noch gar nicht nachgedacht. Warum auch? Es hatte keinen Grund dazu gegeben. Vielleicht hatte er ja doch so was wie ein Gewissen und wollte deshalb nicht weiter gehen.

»Was machst du eigentlich zurzeit? Also, ich meine, Marty hat mir erzählt, dass du immer nur den Sommer über hier bist …«, begann sie. »Was treibst du sonst so?«

Cole kratzte sich am Hinterkopf, während er mit einem Schritt nach hinten noch ein bisschen mehr Abstand zwischen ihr und sich brachte.

»Uni in Highfield, bis vor ein paar Monaten zumindest.«

»Du studierst?«

Das hatte sie nicht erwartet.

»Welche Richtung?«

»Mathe.«

»Mathe?!«

Ihre Verwunderung hätte nicht größer sein können.

»Hättest du nicht für möglich gehalten, was?«

Cole fläzte sich auf das Sofa schräg gegenüber. Auf einmal war da wieder diese unsichtbare Mauer zwischen ihnen. Schwer vorstellbar, dass er bis vor wenigen Minuten noch mit seiner Zunge in ihrem Mund gewesen war. Aber vielleicht war das ja gut. Diese Sache zwischen ihnen konnte nur Ärger bedeuten. Und Lainys Leben war im Moment schon schwierig genug ... Dann waren da noch Coles Vater, ihr Dad und diese ganze Familienfehde ...

»Zugegeben, ich bin ein bisschen überrascht«, entgegnete sie und fuhr mit den Fingern über den weichen Polsterstoff des Sessels.

Langsam entspannte sie sich wieder. Das war gut. Noch ein paar Minuten und sie wäre wieder die Alte – ohne diesen pulsierenden Herzschlag in ihrer Brust, jedes Mal, wenn sie ihn ansah.

»Manchmal überraschen einen die Menschen halt«, sagte Cole.

»Allerdings«, stimmte sie ihm zu.

»Hast du Lust, ne Runde in den Pool zu gehen?«, fragte er und streckte sich.

Dabei rutschte sein T-Shirt nach oben und legte den Blick auf Teile seines Sixpacks frei. Ob er das absichtlich machte? Lainy wurde einfach nicht schlau aus diesem Kerl. »Könnte ne Abkühlung gebrauchen.«

»Klar, warum nicht?«, antwortete sie bemüht unbekümmert. Was war nur los mit ihm? Erst küsste er sie hemmungslos, sah sie an, als wäre sie der wichtigste Mensch auf der ganzen Welt für ihn, lud sie zu sich ein ... Alles nur, um sie plötzlich wegzustoßen. Und jetzt wollte er auf einmal schwimmen gehen?

Lainy stand auf und zog sich so lasziv wie möglich das Tanktop über den Kopf.

»Äh, wir haben auch Unisexbadebekleidung im Haus«, hörte sie ihn sagen, als sie begann ihre Hose – sehr langsam – aufzuknöpfen.

»So spießig, Cunningham?«, grinste sie, während sie sich Stück für Stück aus der hautengen Jeans schälte.

Auch Lainy war gut im Spielchenspielen ...

Als sie nur noch in BH und spitzenbesetztem Panty vor ihm stand, biss sie sich auf die Unterlippe und funkelte ihn provozierend an.

»Kommst du?«

Es wirkte so, als ob er sich Mühe gab, sie nicht eingängiger zu mustern.

»Sicher, ich hole nur noch schnell ein paar Handtücher.«

Er stand auf und verschwand im Flur. Unterdessen zog Lainy die großen, bodentiefen Glastüren im Wohnzimmer zur Seite und ging hinaus auf den perfekt getrimmten Rasen.

Ohne großartig darüber nachzudenken, machte sie einen Kopfsprung ins Wasser. Egal ob Meer, See oder Pool: Lainy liebte es zu schwimmen!

Es dauerte keine fünf Minuten, da kam auch Cole in Badeshorts und mit zwei Handtüchern aus dem Haus. Sie verkniff es sich, ihn und seinen durchtrainierten Körper zu lange anzustarren, und konzentrierte sich stattdessen lieber auf ihre Bahnen im Wasser.

»Ich hab's abgebrochen«, erklärte Cole, während er sich an den Rand des Beckens setzte und ihr beim Schwimmen zusah.

»Was meinst du?«, fragte Lainy, während sie nach einer Drehung auf ihn zusteuerte.

»Das Studium. Vor zwei Monaten.«

Als sie wieder bei ihm angekommen war, hielt sie sich mit den Fingerspitzen an den silbernen Haltegriffen am Beckenrand fest und schaute zu ihm auf.

»Hat es dir keinen Spaß mehr gemacht?«

Cole zuckte die Achseln.

»Keine Ahnung. Wahrscheinlich war's so. Eigentlich weiß ich nicht mal genau, warum ich mich ursprünglich mal dafür entschieden habe.«

So viel unverblümte Ehrlichkeit aus seinem Mund überraschte Lainy.

»Hat dich dein Vater dazu gedrängt?«

Sie konnte sich zwar nicht vorstellen, dass sich Cole Cunningham von irgendjemanden zu etwas drängen lassen würde, das er nicht wollte, aber familiäre Verpflichtungen und unausgesprochene Regeln konnten stärker wiegen als rebellische Charakterzüge.

»Nein, nicht wirklich. Ihm war es nur wichtig, dass ich irgendwas mache, bis …«

Cole stockte.

»Bis du die Firma übernimmst?«, hakte Lainy nach.

Er musste sie nicht schonen. Sie kam damit klar. Immerhin war sie das ihr ganzes Leben lang. Cole hatte das bekommen, was eigentlich ihr zugestanden hatte: ihre Hälfte. Sie hatte lange genug Zeit gehabt, sich damit abzufinden. Auch wenn dieser Gedanke für Lainy nie das Schlimmste an alledem gewesen war. Viel mehr noch als eine gesicherte Zukunft, in der sie nicht jeden Penny zusammenkratzen müsste, um über die Runden zu kommen, hatte sie sich immer gewünscht, dass ihre Eltern nicht alles verloren hätten. Vielleicht hätte ihr Vater dann nie mit dem Trinken angefangen und ihre Mom hätte ihn nicht verlassen.

»Elaine, wir müssen nicht …«

Cole griff nach ihrer Hand, aber sie war schneller als er und zog sie weg.

»Doch, müssen wir. Denn dazu sind wir doch hier, oder? Zum Reden.«

Lainy stieß sich von der Wand ab und ließ sich ein Stück weit in die Mitte des Pools treiben.

»Mir tut es leid, was er euch angetan hat«, rief Cole.

Der Klang dieser Worte aus seinem Mund fühlte sich seltsam an. Ob ihr Vater glauben würde, dass ein Cunningham jemals diesen Satz über die Lippen gebracht hatte? Es lohnte nicht, weiter darüber nachzudenken, denn Lainy würde ihm ja doch nie von alledem hier erzählen können. Trotzdem wünschte sich ein Teil in ihr, auch er hätte eben Coles Entschuldigung gehört.

Lainy breitete die Arme aus und sah zum Himmel. Mittlerweile war er bereits mit unzähligen Sternen behangen. Noch so eine Sache, die sie an South Carado immer schon geliebt hatte: Hier war man den Sternen näher als sonst wo auf der Welt. Nicht dass sie bisher viel herumgekommen wäre.

»Ist okay. Du kannst nichts dafür«, sagte sie, schloss die Augen und lehnte sich nach hinten.

»Es war Diebstahl. Glaub mir, ich weiß das.«

»Ja, das war es«, entgegnete sie leise, bevor sie sich langsam wieder aufrichtete.

Selbst von hier aus konnte sie das strahlende Blau von Coles Augen sehen. Wie er da so saß und zu ihr hinübersah ... Abermals war Lainy versucht zu vergessen, wer er war. Konnten sie es vielleicht tatsächlich die Vergangenheit ruhen lassen?

»Aber es ist lange her«, fügte Cole noch an. »Können wir nicht einfach –?«

Lainy schwamm wieder auf ihn zu, deutete ein Lächeln an. Coles ernster Gesichtsausdruck lockerte sich ein bisschen.

»Also, Cole Cunningham«, begann sie, um die Schwere aus dem Moment zu nehmen. Sie konnte seine Frage unmöglich beantworten. Also gab es bloß ein Drumherum. »Warum hast du dir von allen möglichen Studiengängen ausgerechnet den schwersten ausgesucht? Und wie um Himmels willen hast du überhaupt die Aufnahmeprüfung bestanden?«

Sie spritzte grinsend ein bisschen Wasser in seine Richtung, nachdem sie diese Frage gestellt hatte. Cole wollte gerade antworten, da zog Lainy ihn ohne Vorwarnung in den Pool. Er reagierte schnell und tauchte sie unter. Woraufhin sie versuchte ihn unterzutauchen – was ihr nicht so recht gelingen wollte, da er zu stark war.

»Jetzt sag schon«, rief sie lachend, während sie vor einer erneuten Attacke flüchtete.

Cole hatte sie mit wenigen Kraulzügen eingeholt.

»Hab dich, Elaine Wigmore«, flüsterte er und hielt sie am Handgelenk fest.

Seine Augen waren wie ... Meereswellen.

Lainy versuchte sich von ihm zu lösen, um zur anderen Seite des Pools zu gelangen, doch Coles Griff war so fest, dass er sie mit Leichtigkeit wieder zurückziehen konnte. Dieses Mal noch näher an sich heran als zuvor.

»Bleib noch«, bat er mit weicher Stimme.

Zwischen seiner und Lainys Nasenspitze waren kaum mehr zehn Zentimeter Platz.

»Hast du eine Freundin?«

Sie konnte nicht fassen, dass sie ihn das tatsächlich fragte. Das war der Freifahrtschein für ihn, sich für alle Zeiten über sie lustig zu machen und ihr vorzuhalten, dass sie die Karten auf den Tisch gelegt und offen zugegeben hatte, dass sie an ihm interessiert war.

»Nein.«

»Eine gelegentliche Sexfreundschaft?«

»Nicht im Moment.«

»Warum Mathe?«

Cole wandte den Blick von Lainy ab und sah an ihr vorbei, in die tiefschwarze Nacht.

»Vermutlich weil meine Mutter, solange ich denken kann, darauf bestanden hat, dass ich ein Talent für Zahlen habe. Noch bevor ich richtig rechnen konnte, hat sie mich mit in ihr Unternehmen genommen und versucht mir zu erklären, wie man die Buchhaltung macht.«

Sein Mundwinkel zuckte nach oben. Nur wenige Sekunden danach wurde der Ausdruck in seinen Augen traurig. Cole schluckte, noch immer bemüht das Lächeln aufrechtzuerhalten. Lainy hätte ihm gerne gesagt, dass es okay war, traurig zu sein, dass er sich kein Lächeln abmühen musste – auch kein halbes. Aber sie wusste nicht, ob das die Situation tatsächlich besser gemacht hätte. Deshalb sagte sie lieber nichts.

»Sie war ehrgeizig«, erklärte Cole weiter. »Das Wichtigste war für sie immer, ihren Vater stolz zu machen. Sie wollte ihm zeigen, dass sie sich als Geschäftsführerin in einer Männerdomäne behaupten konnte. Ich glaube, er hat sie spüren lassen, dass er ihr das eigentlich nicht zutraute ... und dass er es lieber gesehen hätte, wenn ihr Mann seinen Job aufgegeben und ihren Posten übernommen hätte. Aber das kam für meine Mutter nie infrage. Zumindest nicht, als sie noch gesund war.« Er schluckte, bevor er hinzufügte: »Und mein Vater, der machtgeile Sack, hat es dann natürlich genossen, beide Zügel in der Hand zu haben – Chef der hiesigen Polizeieinheit und Kopf des größten Baumwollkonzerns des Staates. Was Besseres hätte ihm nicht passieren können.«

Jetzt sah er sie wieder an. Seine Augen waren glasig, die Lider schwer.

»Lainy, ich weiß, das ist kein großer Trost, aber wenn meine Mutter gewusst hätte, was mein Vater da hinter ihrem Rücken treibt, hätte sie alles darangesetzt, sich von ihm scheiden zu lassen und ihm die Führung des Unternehmens wegzunehmen.« Lainy hielt für einen kurzen Augenblick den Atem an. Coles Stimme bebte, als er weitersprach. »Aber sie war zu dem Zeitpunkt schon zu krank. Sie konnte nicht ...«

Er schluckte.

»Ich verstehe schon«, sagte sie behutsam.

Es war ihr unangenehm, dass sie sich überhaupt nicht mehr so richtig an Coles Mutter erinnern konnte. Sie wusste noch, dass sie früher immer bei den riesigen Firmenfesten dabei gewesen war – zumindest war sie auf allen Fotos mit drauf. Irgendwann fehlte sie dann. Ihre Eltern hatten ihr nicht groß was dazu gesagt. Sie wusste nicht einmal mehr, ob sie nach ihr gefragt hatte. Dann war plötzlich ihre Beerdigung gewesen und kurze Zeit später hatte Lainys Dad keinen Job mehr gehabt und sie hatten ihr Zuhause verloren. Jeder aus ihrer Familie hatte voller Groll gesagt: »Das ist die Schuld der Cunninghams!«

Lainy zuckte kurz zurück, als Cole ihr eine nasse Haarsträhne aus dem Gesicht strich.

»Du bist der Grund, dass ich nicht schon längst alles hingeschmissen habe«, sagte er mit rauer Stimme.

Lainy legte ihre Stirn in Falten. Aber sie wich seinem Blick nicht aus. Sie schaute ihn an und da war sie plötzlich wieder: diese Verbindung. So als würden sie sich schon ewig kennen. Und in gewisser Weise taten sie das ja auch. Aber nicht so ... Nicht so, dass es als Erklärung ausreichen würde für das, was sie fühlte, wenn sie ihn nur ansah ...

»Wie ... wie meinst du das?«

Nun war es ihre Stimme, die zitterte. Cole fokussierte einen unsichtbaren Punkt in der Dunkelheit, als er antwortete.

»Du weißt es vermutlich nicht mehr, aber ... auf der Beerdigung meiner Mutter, da gab es diesen Moment, als ihr Sarg nach unten in das Loch hinabgelassen wurde.« Er stockte und schnappte nach Luft. »Das war das Furchtbarste, was ich bis dahin je erlebt hatte ... Da ist es mir erst richtig bewusst geworden, dass sie nicht mehr wiederkommen wird. Und dass alles, was von ihr übrig ist, jetzt in dieser Kiste ist ... Und dass ich keine Möglichkeit mehr habe, sie noch einmal zu sehen oder ihr zu sagen, dass ich sie liebe. Es war so ein Augenblick, in dem man begreift, dass niemals wieder alles gut sein wird. Weil man etwas verloren hast, das man nicht zurückbekommt. Nie.«

Sein schweres Atmen schnürte Lainy die Kehle zu. Sie hatte einen Riesenkloß im Hals als sie versuchte sich die Bilder von damals wieder ins Gedächtnis zu rufen, aber es war alles so verschwommen ...

»Ich hätte schreien können und um mich schlagen, irgendwas tun ... aber ich war wie erstarrt. Ich sah auf zu meinem Vater und was macht dieser elende Mistkerl?«

Cole schluckte erneut, ehe er fortfuhr.

»Er nahm seine neue Tusse in den Arm, als wäre nichts dabei. Die Frau, mit der er meine Mutter die ganze Zeit über betrogen hatte, als sie krank gewesen war.«

»Tut mir leid«, murmelte Lainy.

Sie wünschte, sie könnte ihm etwas Besseres anbieten – irgendetwas, das ihm wirklich Trost spenden und ihm verständlich machen würde, dass sie ihn verstand. Aber für so eine Situation die passenden Worte zu finden war schwierig.

Den Blick wieder auf sie gerichtet strich Cole ihr sanft über die Wange.

»Du warst das Einzige, was diesen Moment damals erträglich gemacht hat. Das Einzige, das mich daran gehindert hat, mein Leben danach nicht vollkommen in den Sand zu setzen.«

»W-Wie meinst du das?«, fragte sie irritiert.

Ein Lächeln huschte über seine Lippen.

»Ich kann's mir auch nicht erklären, ich meine ... du warst fünf oder sechs, ich weiß es nicht mehr. Jedenfalls bist du einfach von deinem Platz aufgestanden, zu mir gegangen und hast meine Hand genommen. Dann hast du mich gefragt, ob du mir einen Kakao machen sollst. Du hast gesagt, dass dein Dad dir immer einen macht, wenn du traurig bist, und dass das meistens hilft, damit du dich wieder besser fühlst.«

Selbst jetzt, nachdem Cole ihr davon erzählt hatte, wurden die Bilder in Lainys Gedächtnis dazu nicht deutlicher. Trotzdem berührten sie seine Worte.

»Es ist idiotisch, ich weiß, aber ... dieses Angebot von diesem kleinen süßen Mädchen, mir einen Kakao zu machen, damit ich nicht mehr traurig bin ... im abgefucktesten Moment überhaupt ... ist das, was mich all die Jahre immer wieder zurück auf den Boden geholt hat, wenn ich ihn am liebsten ganz verlassen hätte – wegen dieser ganzen Scheiße, die sich mein Leben nennt. Ich habe mich immer daran zurückerinnert und mir geschworen, solange ich dabei noch ansatzweise dieses Gefühl der Erleichterung und Wärme empfinde wie damals, lohnt es sich weiterzumachen, weiterzukämpfen. Denn das heißt, dass ich noch nicht vollkommen gefühlstot bin. Oder eiskalt, so wie mein Vater.«

Als er zum Himmel sah, folgte sie seinem Blick.

»Ergibt das irgendeinen Sinn?«, fragte er leise.

Lainy konnte sich nicht erklären, wo auf einmal all diese Tränen herkamen, die aus ihren Augen rannen.

»Ja«, presste sie hervor.

»Hey, hey ... Was ist das denn?«, fragte Cole besorgt.

»K-Keine Ahnung, warum ich jetzt heule. Eigentlich solltest du derjenige sein, der weint«, schluchzte sie.

Grübchen zeichneten sich auf seinen Wangen ab, als er mit ernster Stimme entgegnete: »Echte Männer weinen nicht.«

Lainy musste lachen.

»Das ist das Dümmste, was ich jemals gehört habe.«

»Kann schon sein, keine Ahnung.«

Cole legte den Arm um sie. Das fühlte sich schön an.

»Lass uns reingehen! Ich könnte einen Drink vertragen.«

»Ich bin mit dem Auto hier!«

»Scheiß drauf, ich bring dich nachher zu Fuß heim. Ist doch nicht so weit«, schlug Cole vor.

»Und mein Auto?«

»Das fahr ich dir morgen ganz früh an die Stelle, an die du's haben willst, und dann holst du's dort ab. Sag deinem Dad, dass du's hast stehen lassen, weil du spontan beschlossen hast was zu trinken. Das wäre dann ja sogar nur ne halbe Lüge.«

»Eine halbe Lüge?«

Lainy zog schmunzelnd eine Braue hoch.

»Nah an der Wahrheit«, kommentierte Cole und zeigte abermals sein Grübchen.

»Und wie kann ich sicher sein, dass du die bei mir nicht anwendest – diese halben Lügen?«, neckte sie ihn. Dabei kam ihr diese Taktik ziemlich bekannt vor.

»Das kannst du nicht«, antwortete Cole und sein Blick durchdrang sie wie ein japanisches Messer, das so scharf ist, dass man den Schmerz der Wunde erst lange nach dem Schnitt fühlt. »Dir bleibt wohl nichts anderes übrig, als mir zu vertrauen.«

17

COLE

Lainy spritzte ihn nass, kurz bevor sie aus dem Pool stieg.

»Das bekommst du noch zurück!«, bemerkte er, während er kurze Zeit später die Treppen erklomm.

Sie schenkte ihm den allerschönsten Augenaufschlag, als sie mit einem neckenden »Ach ja?« antwortete.

»Ich hab dir da vorne ein Handtuch hingelegt«, sagte er, um die Spannung aus der Situation zu nehmen.

»Danke.«

Er schaute weg, bis sie sich vollständig in das weiße Frotteehandtuch eingewickelt hatte.

»Wenn du die Treppe raufgehst, dann ist auf der rechten Seite ein großes Badezimmer. Daneben ist die Waschküche, da steht ein Trockner drin. Du kannst deine Sachen einfach reinwerfen, ihn auf ›Quick‹ stellen, dann dauert's keine fünfzehn Minuten und sie sind wieder trocken. Einen Bademantel und Schlappen findest du im Bad«, erklärte er.

Sie nickte lächelnd und er sah ihr nach, wie sie ins Wohnzimmer und dann in den Flur ging.

***

Nachdem Cole sich auf zig Internetseiten durch alle möglichen Cocktailrezepte geklickt hatte, entschied er sich für Cuba Libre, weil er nicht wusste, was sie sonst mochte. Allerdings gab er bei ihr sehr viel mehr Limettensaft und Cola hinzu als bei sich selbst.

»Wow, das ging schnell.«

Als er zurück ins Wohnzimmer kam, saß Lainy bereits auf dem Sofa. Eingehüllt in einen der Gästebademäntel, den ein großes goldenes C auf der rechten Seite zierte.

»Kein Make-up.«

Sie lächelte und rümpfte dabei gleichzeitig die Nase.

»Hast du auch nicht nötig«, sagte er wahrheitsgemäß und gab ihr den Drink.

»Schleimer.«

Ihre Augen funkelten ihn über den Rand des Glases an, während sie einen Schluck nahm.

»Schmeckt gut.«

»Das freut mich.«

Cole setzte sich mit etwas Abstand neben sie.

»Was machen wir denn nun, wenn Earl uns die belastenden Dokumente ausgehändigt hat?«

Genau. Der Grund des Treffens, den hatte er für eine Weile ganz vergessen.

Cole räusperte sich, als Lainy den Bademantelgürtel öffnete, nur um ihn dann – lockerer als zuvor – wieder zu schließen.

»Das Beste wäre es, in Leesville zur Polizeistation zu gehen. Der Polizeipräsident von dort kann meinen Dad nicht besonders gut leiden. Wenn wir bei ihm mit etwas Stichhaltigem ankommen, wird er sich der Sache garantiert annehmen«, erklärter er.

»Weißt du irgendetwas über den Mord an Christina Higson? Irgendetwas, das du uns noch nicht gesagt hast?«

Lainy sah ihn mit großen Augen an.

»Nur dass sie an einer Story dran war, kurz bevor sie starb. Ich habe meinen Vater mit dem Bürgermeister darüber sprechen hören, als er mal bei uns zu Besuch war.«

Lainys Augen weiteten sich.

»Mit dem Bürgermeister?«

»Ja. Keine Ahnung, wer sonst noch darin verwickelt ist. Das war das einzige Gespräch dieser Sorte, das ich je aufgeschnappt habe. Mein Vater ist sonst sehr vorsichtig. Nur deshalb weiß ich, dass Christinas Zusammenprall mit dem Baum kein Unfall war.«

Zwischen Lainys Brauen zeichnete sich eine Falte ab.

Cole wünschte, er wüsste, was gerade in ihrem Kopf vorging. Sein Vater war ein Monster, das war sicher keine allzu große Überraschung für sie. Aber wurde ihr vielleicht jetzt erst die Möglichkeit bewusst, dass Cole als sein Sohn nicht minder gefährlich war?

»Warum hast du nicht schon eher was gesagt?«, fragte sie.

Er schluckte.

»Keine Ahnung. Ich war wohl zu sehr mit mir selbst beschäftigt … wollte nichts von meinem Vater und seinen Machenschaften wissen, mich lieber raushalten.«

Was dachte sie jetzt von ihm? Dass er der letzte Abschaum war? Ohne Courage?

»Ach so.«

Er wartete darauf, dass sie ihm sagte, wie angewidert sie war. Oder dass sie gehen wollte. Es war unmöglich für ihn, an ihrer Mimik abzulesen, was es sein würde. Dabei war so was normalerweise ein Kinderspiel für ihn. Nur bei ihr … da funktionierte es nicht. Elaine Wigmore war wie ein Buch mit sieben Siegeln. Er fixierte sie mit seinem Blick, versuchte sich so gut wie möglich auf den drohenden Donnerschwall vorzubereiten …

»Familien können echt scheiße sein«, sagte sie in gedämpften Ton und deutete ein Lächeln an. Erst jetzt bemerkte er, dass sie ihre Hand auf seine gelegt hatte. Er wusste, dass er es ihr irgendwann sagen musste. So oder so. Es ging nicht anders. Dazu waren sie schon viel zu weit gegangen. Aber nicht jetzt. Sie würde ihn dafür hassen. Aber … er war eben ein egoistisches Riesenarschloch. Denn verflucht, er würde sie jetzt küssen – und zwar richtig.

Er küsste sie. Stürmisch. Anders als vorhin, denn er hielt sich diesmal nicht zurück. Dafür war es zu spät. Eine Hand in ihrem Haar vergraben, die andere an ihrer Hüfte, zog er sie an sich.

Er wollte sie so sehr – mehr als alles andere! Er küsste Lainy, als wäre sie die einzige Frau auf der Welt, die er je küssen wollte. Denn das war sie auch.

Als er sie lange Minuten später wieder zu Luft kommen ließ, war es unvermeidlich.

»Lainy«, sagte er und strich sanft mit dem Daumen über ihre geschwollenen Lippen. *Lainy,* so nannte er sie sonst nur in seinen Gedanken. Ob das jetzt helfen würde, damit sie ihn weniger hasste?

»Ja?«

Wie sie zu ihm aufsah – die Augen so groß und schön und unschuldig. Am liebsten wäre er darin versunken und wäre nie wieder aus ihnen aufgetaucht.

»Ich muss dir etwas sagen.«

18

LAINY

Ihr Gehirn brauchte einige Sekunden, bis es seine Worte in eine sinnvolle Reihenfolge übersetzen konnte. Das eben war ... phänomenal gewesen. Es war lange her gewesen, dass sie sich auf jemanden eingelassen hatte, vermutlich zu lange. Aber sie war schließlich auch mit Wichtigerem beschäftigt gewesen. Die Uni, ihr Job und nicht zuletzt das Aufrechterhalten ihrer falschen Persönlichkeit, die sie für ihre Kommilitonen erfunden hatte.

»Ja?«, entfuhr es ihr mit einem Hauch Enttäuschung im Unterton, weil er aufgehört hatte sie zu küssen.

Cole strich ihr eine Haarsträhne hinters Ohr. Dabei kam es Lainy fast so vor, als läge plötzlich ein Schleier der Traurigkeit über seinen blauen Augen.

»Alles in Ordnung?«

»Ja, ja ... na klar. Sorry.«

»Wieso entschuldigst du dich denn?«, fragte Lainy und als Cole lediglich mit einem Kieferzucken antwortete, erkundigte sie sich: »Was wolltest du mir sagen?«

Er räusperte sich und fuhr sich durch die verstrubbelten Locken.

»Nichts, schon gut.« Ruckartig wandte er sich von ihr ab. »Ich sollte dich jetzt nach Hause bringen.«

»Wieso? Kann ich nicht noch ein bisschen bleiben?«, hätte sie gern gebettelt. Aber das wäre zu erbärmlich gewesen, hätte viel zu bedürftig gewirkt. Deshalb nickte sie bloß und sagte: »Sicher.«

Während sie sich auf den Weg nach oben ins Badezimmer machte, um ihre Unterwäsche aus dem Trockner zu holen, beschlich sie der Gedanke, dass das eben ein Fehler gewesen sein könnte.

***

»Du brauchst mich nicht bringen, ich habe doch nur zwei oder drei Schlucke getrunken. Ich kann fahren«, erklärte Lainy, als sie wieder nach unten kam.

»Bist du sicher?«

Cole sah fast ein bisschen erleichtert aus. Lainy schluckte, ehe sie »Ganz sicher« entgegnete.

Eilig ging sie an ihm vorbei zur Haustür.

»Das war … nett«, sagte sie noch, als ihre Finger auf den kühlen Messingknauf trafen.

Das Lächeln gelang ihr vermutlich gerade nicht sonderlich gut. Wie auch? Etwas in ihr rebellierte, fühlte sich traurig und gleichzeitig immer noch auf Wolke sieben. Ganz sicher wusste sie jedoch, dass sie weder als Klette noch als liebestrunkenes Dummerchen oder gar als weiterer Nagel an Cole Cunninghams Wand enden wollte.

»Dann bis übermorgen.«

Der Kuss, den er ihr auf die Wange drückte, war kurz. So als wollte er ihn schnell hinter sich bringen und sie loswerden. Er griff über ihrem Kopf an die Tür und hielt sie offen, damit Lainy hindurchgehen konnte.

»Bye.«

19

LAINY

»Hattest du einen schönen Abend?«, rief ihr Dad vom Wohnzimmer aus.

Lainy legte die Autoschlüssel auf die Kommode, zog die Schuhe aus und warf einen prüfenden Blick in den Spiegel – bloß um sich zu vergewissern, dass man ihr den Kuss mit Cole nicht ansah.

»War ganz okay«, rief sie in Richtung Wohnzimmer. »Ich geh jetzt schlafen. Bin ziemlich k. o.«

So gern sie im Augenblick auch noch etwas Gesellschaft gehabt hätte – sie konnte ihrem Vater jetzt unmöglich unter die Augen treten. Deshalb ging sie ohne Umschweife nach oben.

Kurz überlegte sie, Cathy oder Elizabeth anzurufen. Sie könnte jetzt wirklich jemanden zum Reden gebrauchen. Dann fiel ihr wieder ein, dass sie ihr Handy verloren hatte und keine ihrer Nummern auswendig wusste. Sie warf einen Blick auf die Uhr. Halb zwölf. Wie spät es jetzt wohl auf Bali war?

***

»Sorry, falls ich dich grad aus dem Bett werfe oder so.«

Sie hielt sich das Wegwerfhandy mit einer Hand ans Ohr, während sie mit der anderen den Knopf der Hose öffnete.

»Du bist das!«, tönte die Stimme von dem Sonnyboykerl am anderen Ende. »Wie geht's, wie steht's?«

»Gut ... Danke. Kannst du mir ein paar Nummern aus meinem Telefonbuch geben?«

»Na klar. *Uno Momento!*«

»Du, sag mal …«, begann sie, »hat während der letzten Tage eigentlich mal jemand für mich angerufen? Eine Cathy vielleicht oder Megan?«

»Nope.«

»Sicher?«

»Ganz sicher.«

Sie musste schlucken. Natürlich hatte sie ihnen nicht gesagt, wann genau die Fake-Beerdigung ihrer Tante Agatha stattfinden sollte, aber hätten sie sich nicht trotzdem mal bei ihr erkundigen können, ob alles okay war?

»Äh, warte kurz …«

Hatte er sich vielleicht doch vertan und einen Anruf übersehen?

»Eine SMS ist eingegangen.«

»Von wem?«

»Michael – steht hier.«

»Was steht drin?«

»›Hey, Elaine, du bist hoffentlich gut angekommen. Mir fehlen deine heimlichen Besuche. Meine aktuellen Höhepunkte im *Double Burger & Cross Fries* sind Bettys Tinder-Date-Geschichten! Halt die Ohren steif und grüß mir deine alte Heimat! Hug, Michael.‹«

»Okay. Danke.«

»Klingt fast, als hättest du einen Freund. Das bricht mir das Herz.«

»Michael ist nicht mein Freund! Und du solltest dringend aufhören zu versuchen witzig oder weise zu sein, denn du bist in beidem nicht gerade der Hit!«

»Knack.«

Lainy unterdrückte ein Kichern.

»Na gut. Ein bisschen lustig vielleicht.«

Lainy warf die Jeans auf den Hocker vor ihrem Bett.

»Hast du nun einen Freund oder nicht?«

»Ich wüsste nicht, was dich das angeht«, sagte sie augenrollend und mit einem Schmunzeln auf den Lippen.

»Wie lange bist du noch auf Bali?«, erkundigte sie sich.

»Noch knapp drei Wochen.«

»Behalt mein Handy einfach solange. Wenn du wieder da bist, kannst du's mir ja dann zuschicken.«

»Okay.«

»Ich meld mich dann.«

»Wolltest du nicht noch ein paar Nummern haben?«

»Nein, schon gut. Habs mir anders überlegt. Ich brauche sie doch nicht mehr.«

»Wie Sie wünschen, Madame.«

Lainy schüttelte grinsend den Kopf.

»Viel Spaß noch auf Bali!«

»Dito – wo auch immer du dich grad herumtreibst.«

Fast hätte sie geantwortet: »In South Carado, am Arsch der Welt, und als ob das nicht schon schlimm genug wäre, habe ich eben den Todfeind meiner Familie geküsst, einen Typen, den ich eigentlich hasse – hassen sollte –, und jetzt fühlt es sich auf einmal so an, als ob ich mich in ihn verliebt habe. Ich bin aber nicht sicher, denn ich glaube, ich war noch nie richtig verliebt. Die einzige Freundin, die ich während der Highschool hatte, sagte mir irgendwann, ich hätte ein Herz aus Stein und würde garantiert als einsame, alte Frau sterben. Meinen Körper würde man erst zehn Tage später finden und währenddessen hätten sich bereits meine fünf Katzen daran zu schaffen gemacht. Ist das nicht fies, so etwas zu jemandem zu sagen? Ich finde jedenfalls, das ist fies! Und verletzend! Allerdings nicht so verletzend wie von jemandem, den man vielleicht liebt, nach einem Kuss aus dem Haus geworfen zu werden!«

Doch dann erinnerte Lainy sich an das bisschen Würde, das ihr noch nicht abhandengekommen war. Also unterließ sie es, einem völlig Fremden ihr Herz auszuschütten, und verabschiedete sich stattdessen.

Sie wollte gar nicht wissen, wie viel von ihrem Guthaben nun schon aufgebraucht war. Lainy zog sich seufzend das Tanktop über den Kopf und nahm es mit ins Bad, um es mitsamt der Unterwäsche in die Waschmaschine zu schmeißen. Danach stellte sie sich unter die Dusche. Das warme Wasser auf der Haut fühlte sich gut an. Sie sah den kleinen Tropfen nach, wie sie die Glasscheibe hinunterrannen, und sehnte sich nach dem ersten Augenaufschlag am Morgen zurück, als sie noch keine Ahnung davon gehabt hatte, was der Tag alles an Unerwartetem und Schmerzvollem zu bieten hatte.

***

Die nächsten anderthalb Tage verbrachte Lainy damit, ihrem Dad so gut wie möglich aus dem Weg zu gehen – was gar nicht mal so einfach war, wenn man auf so engem Raum zusammenlebte. Sie schaufelte Billigeiscreme in sich hinein – Bourbonvanille, ihre Lieblingssorte – und schaute sich zum x-ten Mal ihre drei Lieblings-One-Tree-Hill-Staffeln an. Außerdem durchforstete sie das Internet nach gut bezahlten Studentenjobs in Radding. Nur für den Fall, dass Mr Black sie trotz der verbesserten Version ihres Selbst nicht zurückhaben wollte. Das Vorhaben, Sport zu treiben, verschob sie noch mal auf nächste Woche. Dafür dass sie diese Woche spontan aussetzte, würde sie dann einfach zwanzig Minuten länger als geplant laufen – so der Plan.

Am liebsten hätte sie das Treffen bei Earl abgesagt, damit sie Cole nicht sehen musste. Aber das konnte sie Marty nicht antun und er hätte das ziemlich sicher auch nicht zugelassen. Außerdem wollte Lainy natürlich auch, dass Coles Vater für das, was er getan und nicht getan hatte, zur Rechenschaft gezogen wurde. Besonders nach dem Vorfall mit Louis und nach allem, was Lainy mittlerweile über ihn wusste.

Louis ... Hatte sie es sich nur zusammengesponnen, dass Cole sein Veilchen von ihm oder einem anderen der Jungs aus Brendans Gang gehabt hatte? Wollte ein schwacher, armseliger Teil in ihr einfach nur glauben, dass es so war? Denn das würde bedeuten, dass ihm wirklich etwas an ihr lag ...

Lainy schüttelte den Kopf, um endgültig alle Gedanken an Cole Cunningham aus ihm zu vertreiben.

20

LAINY

»Hey.«

Lainy senkte den Kopf und beschleunigte ihren Schritt, als sie Cole vor Earls Hauseingang stehen sah. Wieso war er so früh da? Lainy war extra ein bisschen eher als abgemacht losgegangen, damit sie vor Marty und Cole bei Earl sein und den peinlichen Moment der Begrüßung umgehen konnte.

»Hey«, erwiderte sie hastig und steuerte, ohne Cole in die Augen zu sehen, auf Earls Haustür zu.

»Warten wir gar nicht auf Marty?«, rief er ihr hinterher.

»Er weiß doch, wo's reingeht«, entgegnete sie und drückte die Klingel.

Sie musste sich beruhigen und zwang sich ruhig zu atmen. Doch das gute Zureden half nicht. Ihr Herz tobte wie ein wütendes Rennpferd.

Endlich machte Earl die Tür auf.

»Wo ist denn der Rest deines Teams?«

»Das kommt nach«, erwiderte sie knapp und zog kurz die Mundwinkel nach oben, um nicht ganz so unfreundlich zu wirken. Am liebsten wäre sie an ihm vorbei ins Bad gestürmt, hätte sich darin eingeschlossen und wäre erst nach der Besprechung wieder herausgekommen, wenn Cole bereits nach Hause gegangen war.

»Hi, Earl. Ich warte noch auf Marty.«

Cole winkte Richtung Haustür. Earl nickte ihm zu.

»Ich mach euch den Schnapper rein«, grummelte Earl.

Es wunderte Lainy, dass Marty zu spät kam. Normalerweise war er die Pünktlichkeit in Person. Darüber hinaus wunderte es sie ebenso, dass Cole draußen auf ihn wartete, statt hereinzukommen, auch wenn sie darüber eigentlich froh war. Wahrscheinlich wollte er ihr ebenfalls aus dem Weg gehen. Hoffentlich dachte er nicht, er müsste das, weil er Angst hatte, sie würde ihm sonst zu sehr auf die Pelle rücken. Nein, sie würde ihm zeigen, dass sie so cool wie eh und je war. Er brauchte nicht zu denken, dass er, nur weil sie sich zweimal geküsst hatten, jetzt irgendeine Macht über sie hatte!

Der alte Earl zog einen Stuhl vom Tisch zurück, um ihr anzudeuten, dass sie sich setzen konnte.

»Sag mal«, murmelte er in einem beinahe unverständlichen Ton, »bist du nicht das Wigmore-Mädchen?«

Lainy bejahte. Erst jetzt fiel ihr auf, dass sie ihm letztes Mal gar nicht ihren Nachnamen gesagt hatte. Allerdings hatte er auch nicht danach gefragt.

Earl nickte, bevor er in der Küche verschwand.

»Hab ich mir doch gedacht«, hörte sie ihn gerade noch so sagen, bevor eine Schranktür aufging und das Klappern von Tassen ertönte.

»Willste auch einen Kaffee?«

»Nein danke.«

Lainy stieß einen Luftzug aus und rutschte auf dem Stuhl ein Stück nach unten. Hoffentlich dauerte das hier nicht so lange ...

»Und dein Vater?« Earl blieb wenige Minuten später mit einem großen, dampfenden Kaffeebecher in der Hand am Kopfende des Tisches stehen. »Arbeitet der immer noch bei Community Care als Rettungssanitäter?«

»Tut er.«

Sie wusste genau, worauf er hinauswollte. Das war typisch. Dieser Affentanz um die Frage, die ihr Gegenüber eigentlich stellen wollte. Ein paar beiläufige Fragen zum Alltag, dann folgte die Bombe. Nur war es in diesem Fall nicht die Frage danach, ob ihr Vater noch trank oder warum ihre Mom sie verlassen hatte oder ob es stimmte, dass sie bald aus dem Haus geworfen werden. Nein, Earl war keiner ihrer damaligen neugierigen Nachbarn. Trotzdem war er nicht besser darin zu verstecken, dass sich hinter seiner Ausgangsfrage eigentlich etwas ganz anderes verbarg.

»Ist das ein Rachefeldzug?«, fragte er als Anspielung darauf, dass Lainy kurz davor war, gegen den Todfeind ihrer Familie in den Ring zu steigen.

»Na ja ... Ich weiß nicht, ob ich es so ausdrücken würde. Es ist ja nicht so, als ob ich das geplant hätte ... Ich bin da irgendwie hineingeschlittert«, sagte sie langsam.

Denn so war es doch, oder? Sie war ja nicht mit dem Gedanken hierhergekommen, Rache zu üben. Für wie berechnend hielt der alte Earl sie denn?

»Meiner Erfahrung nach gibt es kein Hineinschlittern in irgendetwas. Wir treffen jeden Tag Entscheidungen: Entweder wir tun etwas oder tun nichts. Entweder wir sagen Ja oder Nein, schauen hin oder weg. So sieht's aus«, sagte er und stellte geräuschvoll Tassen und Kanne auf den Tisch.

Lainy hatte keine Zeit, etwas zu erwidern, denn in diesem Moment betrat Cole den Raum.

»Keine Ahnung, wo der kleine Scheißer steckt«, sagte er und zog sich seine Lederjacke aus.

»Nenn ihn nicht so!«, erwiderte Lainy giftiger als beabsichtigt.

Cole zog einen Mundwinkel nach oben.

»Schon gut, Prinzessin. Krieg dich mal wieder ein. Immerhin hab ich wenigstens draußen auf ihn gewartet.«

Als er sich auf den Stuhl gegenüber setzte, drehte sie sich in Earls Richtung, der sich mittlerweile am Kopfende niedergelassen hatte.

»Dann fangen wir jetzt an. Ich habe die Unterlagen, die ihr wolltet.«

Earl beäugte sie kritisch an, so als wollte er prüfen, ob sie sich ihrer Sache immer noch sicher waren.

»Reichen sie aus, um meinen Vater und den Bürgermeister dranzukriegen?«, fragte Cole.

»Deinen Vater ja. Den Bürgermeister nein. Ich musste einer Menge Leute in den Arsch kriechen, um an diese Dokumente zu kommen. Das Einzige, das diese Unterlagen mit Sicherheit beweisen, ist, dass Tony Fotos vom Unfallort verschwinden ließ, zusammen mit dem Autopsiebericht und dem Bericht der Spurensicherung. Mehr hab ich nicht für euch.«

»Besser als nichts. Wenigstens haben wir jetzt was in der Hand, das wir der Polizei vorlegen können«, bemerkte Lainy.

Plötzlich schrillte die Klingel. Mit einem Ächzen stand der alte Earl auf und ging zur Tür.

»Hallo.«

Martys Stimme drang vom Flur ins Wohnzimmer. Dann fiel die Tür mit einem lauten Knall ins Schloss. Earl sagte etwas, das sich nach »Sie warten schon auf dich« anhörte.

Lainy erschrak, als Marty schließlich noch vor Earl den Raum betrat. Er hatte einen hochroten Kopf, geschwollene Augen und trug – trotz neunundzwanzig Grad – einen Kapuzenpullover und einen dünnen Schal.

»Beachtet mich gar nicht, ich bin nur etwas erkältet«, schniefte er und setzte sich auf die Couch, noch ehe sie etwas sagen konnte. Das erklärte natürlich, warum er gestern nicht bei ihr auf der Matte gestanden hatte. Lainy hatte sich schon gewundert und sich auch ein bisschen gefreut, mal etwas Zeit für sich zu haben.

»Lass mich raten, Dan und Monica wollten dich nicht gehen lassen?«

Seit klar war, dass Marty das Asperger-Syndrom hatte, behandelten ihn seine Eltern die meiste Zeit über, als wäre er irgendwie zerbrechlich oder so. Das war früher oft ziemlich nervig gewesen. Es würde Lainy nicht überraschen, wenn sich das auch in den vergangenen drei Jahren nicht groß geändert hätte.

»Allerdings. Ich musste mich aus meinem Fenster abseilen und über die Garage klettern. Deshalb bin ich jetzt auch fünfzehn Minuten zu spät.«

Coles seltsamer Blick irritierte Lainy. Musste er etwa auch gerade an die Nacht zurückdenken, in der er mit ihr die Feuerleiter zu ihrem Zimmer hinaufgeklettert war? »Haben Sie die Unterlagen?«, fragte Marty jetzt an Earl gewandt.

»Habe ich. Hab den beiden aber eben schon gesagt, dass sie keine Beweise beinhalten, um auch den Bürgermeister dranzukriegen.«

»Der Bürgermeister steckt da auch mit drin?«, fragte Marty fassungslos und sprang vom Sofa auf.

»Die Sache ist größer, als ich vermutet hatte! Wir müssen selbstverständlich alles daransetzen, den Bürgermeister auch zur Rechenschaft zu ziehen!«, verkündete er.

»Und wie genau willst du das anstellen, du Schlaumeier?«

Lainy rückte ihm einen Stuhl zurecht, damit er sich zu ihnen an den Tisch setzen konnte. Sie hatte zwar keine Lust, sich bei ihm anzustecken, aber noch weniger wollte sie, dass das kleine Monster umkippte, weil es vor lauter Aufregung und Klamotten am Leib einen Hitzschlag bekam.

»Na ganz einfach: Wir überwachen Tony Cunningham! Wenn er einmal mit dem Bürgermeister krumme Deals gemacht hat, wird er es wieder tun! Die Sache ist doch glasklar!«, rief Marty voller Enthusiasmus.

»Es wird keine Observation geben! Das ist eine saublöde Idee!«, beharrte Lainy.

Wann begriff er es denn endlich?

»Eigentlich …«, mischte Cole sich ein. Lainy blitzte ihn böse an. Er sollte es ja nicht wagen …

Cole sah zu Marty und sagte dann ganz ruhig: »Eigentlich ist das eine ziemlich gute Idee. Gestern war die Gala in Warrling, das heißt, dass mein Vater, der Bürgermeister und der Stadtrat morgen ihr Jagdtreffen abhalten werden. Das machen sie jedes Jahr in dieser Reihenfolge. Wäre die perfekte Möglichkeit, um sie auszuspionieren.«

Lainy schüttelte genervt den Kopf.

»Wir sind doch hier nicht in irgendeinem Kriminalfilm! Wie stellst du dir das denn vor? Das gibt nur Ärger! Los, Marty, erzähl Cole doch mal, wie das damals mit unserer Postbotin geendet hat!«

»Das war etwas vollkommen anderes«, entgegnete Marty und rutschte mit seinem Stuhl noch weiter an den Tisch ran.

»Ich schlage vor, ihr beruhigt euch jetzt mal und hört mir zu«, bemerkte Earl.

Lainy schnalzte abwehrend mit der Zunge, während sie angestrengt ignorierte, dass Cole sie schon wieder so anstarrte.

»Ich halte die Idee einer Überwachung für gar nicht mal so schlecht. Ich habe noch ein altes Abhörgerät, das kann ich euch zur Verfügung stellen. Ihr dürft die Aufnahmen natürlich nicht offiziell verwenden, aber wenn ihr sie auf geschickte Weise der Presse zuspielt, habt ihr eine reale Chance, dass das Ganze publik wird. Denn dann werden die umliegenden Behörden in Zugzwang geraten.« Er nickte wie zur Bestätigung seiner eigenen Worte. »Wenn ich's mir recht überlege, wäre es vielleicht sogar klug, wenn ihr so oder so zuerst dort aufschlagt und erst später bei der Polizei. So könnt ihr sicherstellen, dass genug Druck ausgeübt wird, um die Sache zügig voranzutreiben.«

»Klingt vernünftig«, meinte Cole.

»So machen wir's!«

Natürlich stimmte auch Marty sofort zu.

Lainy stöhnte und verdrehte die Augen.

»Sagt später ja nicht, ich hätte euch nicht gewarnt!«

Ihr Stuhl machte ein ekelhaftes Quietschgeräusch, als sie ihn zurückschob.

»Wo willst du denn hin, wir müssen doch noch klären, wann und wo wir uns treffen und was wir alles brauchen!«

Marty klang so entrüstet, dass sie fast schon wieder lachen musste. Nur fast allerdings, denn dass Cole ständig zu ihr schaute, störte sie enorm.

»Fangt doch schon mal an! Ich muss zur Toilette.«

»Geradeaus und dann links. Musst vermutlich erst den Klodeckel runterklappen«, brummte der alte Earl als Antwort auf ihren fragenden Blick.

»Krieg ich hin.«

Auf was hatte sie sich da bloß eingelassen?

***

Als Lainy kurze Zeit später wieder zu ihnen ins Wohnzimmer kam, hatten Marty, Cole und Earl scheinbar bereits alles bis ins kleinste Detail besprochen. Marty erklärte ihr, dass er sie morgen um halb sechs abholen würde. Dann würden sie zum alten Wasserturm gehen, da würde Cole mit seinem Auto warten. Von dort aus würden sie an eine bestimmte Stelle im Wald fahren, die ganz in der Nähe von der Blockhütte war, in die Tony Cunningham, der Stadtrat und der Bürgermeister nach ihrer Jagdrunde einkehren würden. Sie würden es sich nahe des Einsatzortes gemütlich machen – was immer das heißen mochte – und würden sich dann bei Einbruch der Dunkelheit so dicht wie möglich an die Hütte heranschleichen. Die Sträflinge würden Cognac oder Scotch trinken, locker werden, noch mehr prahlen als sonst und womöglich irgendwelche belastenden Äußerungen machen, die belegten, dass sie Dreck am Stecken hatten. Und wenn sie Glück hatten, würde das, was sie auf Band und mit Martys Kamera festhalten würden, ausreichen, um auch den Bürgermeister so weit in Verruf zu bringen, dass der Staat etwas unternehmen musste.

Da Lainy die Einzige zu sein schien, der nach Martys zehnminütigen Monolog der Kopf schwirrte, sagte sie lediglich: »In Ordnung. Ich muss dann jetzt auch los.«

»Wo musst du denn hin?«, wollte Marty wissen.

»Hab meinem Dad versprochen mit ihm das Footballspiel anzuschauen.«

»Aber das fängt doch erst in einer Stunde an.«

Manchmal könnte sie ihn wirklich ...

»Ja, aber ich wollte vorher noch das Bad putzen«, log sie, obwohl sie damit ja wirklich aufhören wollte. Sicher würde es ihren Dad auch freuen, wenn sie diese Aufgabe erledigte. Und vielleicht gelang es ihr auf diese Weise, sich von Cole abzulenken – natürlich nur mit sehr lauter Musik in den Ohren!

»Sei pünktlich fertig morgen!«

»Jaaa, Marty.«

Lainy überlegte einen Moment lang, ob sie Earl zum Abschied die Hand geben sollte, entschied sich dann aber dagegen. Cole hatte unterdessen die Dokumente an sich genommen.

»Danke, Earl«, sagte sie, als er die Tür für sie aufmachte.

»Es ist das Richtige«, knurrte er. »Bringt mir nur ja mein Aufnahmegerät wieder, hört ihr?«

»Machen wir«, sagte Cole.

»A-u-f W-i-e-d-e-r-s-ehen.«

Marty nieste laut.

»Wenn du morgen Fieber hast, kommst du auf keinen Fall mit!«, sagte Lainy streng, ohne daran zu denken, dass das bedeutete, dass sie dann mit Cole ganz alleine in den Wald fahren müsste.

»Ich habe garantiert kein Fieber morgen!«, beschloss Marty mit einem Ausdruck von Allmächtigkeit in seiner Stimme.

***

Während sie zur Kreuzung gingen, erzählte Marty Cole von all den technischen Raffinessen, mit denen seine Minikamera ausgestattet war. Cole hörte ihm zu und stellte zwischendurch ein paar Fragen. Trotzdem sah er immer wieder zu Lainy. Als sich ihre Wege endlich trennten, sagte sie: »Cole«, nickte ihm zu und bog in ihre Straße ein.

»Elaine.«

»Und wo bleibt meine Verabschiedung?!«, empörte sich Marty.

»Ciao, Marty. Bis morgen«, hörte sie Coles tiefe Stimme hinter sich sagen.

Zu ihrem Erstaunen gelang es Marty, sich ohne einen weiteren Niesanfall von ihm zu verabschieden.

21

COLE

Cole war dabei, seine Sachen für die Überwachung zusammenzupacken, doch seine Gedanken kreisten dabei weniger um das, was sie vorhatten, sondern vielmehr um Elaine. Er sollte mit ihr reden, ihr alles erklären. Das sollte er wirklich. Aber konnte er das auch? Er musste. Sie würde es sowieso bald herausfinden. Wäre es nicht besser, wenn sie es von ihm hören würde? Cole wusste genau, dass er ihr das nicht hätte verschweigen dürfen. Aber wann war der richtige Zeitpunkt, um so einen Sprengkörper loszulassen? Gab es den überhaupt?

Sorgfältig verstaute er das Fernglas und einen Schlagstock in seinem Rucksack – nur zur Sicherheit. Es konnte ja sein, dass ihnen einer von Brendans Rockergang noch mal über den Weg laufen würde. Für gewöhnlich trieben sie sich nicht in der Gegend rum, aber man wusste ja nie …

Dann noch Verbandszeug, ein Sweatshirt und sein Kompass. Das war's.

Was hätte seine Mutter gedacht, wenn sie gewusst hätte, dass er nun aufbrach, um ihren Mann hinter Gitter zu bringen, den Mann, der sie nach Strich und Faden betrogen hatte, den Mann, der auf ihrer Beerdigung mit einer anderen Frau aufgetaucht war? Cole wünschte, sie würde ihm wenigstens in seiner Vorstellung auf die Schulter klopfen und sagen, dass er das Richtige tat. Doch so eine Frau war sie nicht gewesen. Für sie hatte die Familie über allem gestanden. Sie hätte es niemals zugelassen, dass Cole sich gegen seinen Vater stellte. Vollkommen egal was er verbockt hatte. Sie würde ihn sicher in seine Schranken weisen. Aber ihn ins Gefängnis stecken? Niemals.

Aber sie war nicht mehr da. Und Cole konnte so einfach nicht mehr weitermachen. Das war falsch.

Coles Gedanken hingen ihm nach, als er den Reißverschluss seiner Armee-Tasche zuzog und sich den Haustürschlüssel schnappte.

Jetzt ging es los.

22

LAINY

»Bist du sicher, dass du dich gut genug fühlst, um mitzukommen?«

Lainy sah Marty besorgt an. Er sah wirklich nicht gut aus. Noch schlimmer als gestern.

»Ja, ganz sicher.«

Seine Worte wurden von einem Husten begleitet. Lainy konnte gerade so noch ausweichen, um die feinen Speicheltröpfchen, die aus seinem Mund flogen, nicht direkt ins Gesicht zu bekommen.

»Was hast du überhaupt deinen Eltern gesagt, dass sie dich am helllichten Tag in dieser Verfassung aus dem Haus gelassen haben? Oder bist du etwa wieder durchs Fenster abgehauen? Was, wenn eure Nachbarin dich mal sieht? Weißt du, was dann bei dir zu Hause los wäre?«

»Ich habe gesagt, dass du mit mir Filme anschaust, um mich aufzuheitern. Ha-haa-ha-tsch-iiii«, antwortete Marty und brach noch während des Aussprechens des letzten Wortes in ein kräftiges Niesen aus.

»Marty!«, schnaubte Lainy. »Was soll ich meinem Dad sagen, falls einer anruft, um zu fragen, ob alles okay ist?!«

Sie baute sich vor ihm auf und stemmte die Hände in die Hüften.

»Weiß nicht«, antwortete er schulterzuckend.

Lainy stöhnte und ging eine Weile in ihrem Zimmer auf und ab. Doch obwohl sie sich sehr anstrengte, wollte ihr einfach keine passende Ausrede einfallen. Schließlich entschied sie sich für die Wahrheit, zumindest die halbe. Sie sauste hinunter ins Wohnzimmer, griff nach dem Telefon und wählte die Nummer von Dads Stützpunkt.

»Lainy, ist alles in Ordnung bei dir?«

»Ja klar. Ich wollte dich nur um einen kleinen Gefallen bitten.«

»Worum geht's denn?«

»Marty ist erkältet, wir würden aber trotzdem gerne etwas zusammen unternehmen. Und du weißt ja, wie Monica und Dan immer drauf sind, wenn's ihm nicht gut geht. Er hat ihnen gesagt, dass wir bei mir Filme schauen, wir haben aber geplant rauszugehen. Könntest du uns decken, falls einer von beiden bei uns zu Hause anruft und nach ihm fragt?«

»Schatz, ich glaube nicht, dass das so eine gute Idee ist. Wieso wartet ihr mit eurer Unternehmung nicht, bis es Marty wieder besser geht? Mir ist nicht wohl dabei, die beiden anzulügen.«

»Bitte, Dad.« Lainy hörte sein Seufzen am anderen Ende der Leitung. »Es ist wichtig. Wir sind verabredet und freuen uns schon so sehr darauf.«

Ja, das war irgendwie mies von ihr. Aber sie wusste nicht, wie sie ihn sonst dazu kriegen sollte, Ja zu sagen.

»Meinetwegen. Aber frag mich so etwas bitte nicht noch einmal.«

»Du bist der Beste, Dad. Danke!«

Zum Glück gehörte ihr Dad nicht zu den besonders neugierigen Eltern, die gern alles ganz genau wissen wollten. Lainy wollte ihm ungern noch mal etwas von ihrer Freundin Denise vorschwindeln, wenn er gefragt hätte, mit wem Marty und sie denn verabredet waren.

»Ist gebongt«, sagte sie zu Marty, als sie wieder ins Zimmer kam.

»Fantastisch. Ich wusste, auf dich ist Verlass!«

Marty warf Lainy einen anerkennenden Blick zu. Woraufhin sie kopfschüttelnd abwinkte.

»Danke mir nicht zu früh. Noch haben wir uns nicht unbemerkt an deinem Haus vorbeigeschlichen.«

»Das wird ein Leichtes. Mom ist eben einkaufen gefahren – das dauert seine Zeit. Und mein Vater macht um diese Zeit sein Nickerchen. Wenn wir jetzt aufbrechen, sind wir auf der sicheren Seite«, versicherte Marty mit krächzender Stimme.

Lainy kontrollierte den Deckel ihrer Wasserflasche und steckte im Anschluss noch eine extra Packung Taschentücher in den Rucksack, ehe sie murmelte: »Dein Wort in Gottes Ohr.«

***

Sie waren schon fast am Treffpunkt angelangt, als Marty Lainy eine von seinen direkten und deshalb so unangenehmen Fragen stellte.

»Kannst du Cole jetzt etwa doch leiden?«

Lainy schluckte, während sie stur geradeaus schaute.

»Wie kommst du denn jetzt darauf?«

»Ihr schaut euch immer so lange an.«

»Das bildest du dir bloß ein.«

»Garantiert nicht. Das ist mir schon ein paar Mal aufgefallen.«

Vor ihnen kam ein schwarzer Mustang mit quietschenden Reifen zum Stehen.

»Einbildung«, entgegnete sie, bevor sie Marty mit einem Nicken signalisierte, dass sie auf der Beifahrerseite von Coles Wagen einsteigen würde.

»Hey.«

Cole sah sie an und fuhr sich lächelnd durch die dunklen Locken.

»Hey.«

Lainys Stimme überschlug sich fast – er hingegen war ganz ruhig. Wie schaffte er es, immer so gelassen zu bleiben, während in ihr jeder seiner Blicke ein kleines Feuerwerk auslöste – trotz allem?

»Hi, Cole.«

Marty setzte sich auf die Rückbank und schnallte sich an.

»Hey, Kumpel.«

»Nenn mich nicht Kumpel!«

»Alles klar, Kumpel.«

»Du sollst das lassen, habe ich gesagt.«

Cole lachte und warf Marty einen Schokoriegel nach hinten.

»Ist gebongt.«

Dann sah er zu Lainy.

»Alles klar?«

»Sicher.«

Sie nickte und tat so, als würde sie irgendetwas Wichtiges in ihrem Rucksack suchen. Taschentücher vielleicht?

»Cool, das ist ja der mit doppelter Füllung«, rief Marty begeistert.

»Jap.«

Cole sah in den Rückspiegel und nickte ihm zu.

»Wie sagt man, Marty?«, ermahnte Lainy ihn. Manchmal kam sie sich schon fast wie seine Mutter vor!

»Danke, Cole«, erwiderte Marty schmatzend.

Lainy warf einen Blick über die Schulter und schaute in ein höchst zufriedenes Gesicht.

Na ja – zumindest war er dann ja offensichtlich nicht so krank, wie sie vermutet hatte. Solange er noch Lust auf Schokolade hatte, konnte es nicht so schlimm sein …

Cole ließ den Motor aufheulen und schon ging es los, auf zum Wald, um den Bürgermeister, den Stadtrat und den Polizeichef zu observieren. Sie musste vollkommen übergeschnappt sein, dass sie bei so was mitmachte!

23

COLE

Es fiel Cole schwer, während der Fahrt nicht andauernd zu Lainy rüberzusehen. Sie versuchte ihm aus dem Weg zu gehen und so wenig wie möglich mit ihm zu sprechen. Das spürte er genau. Verdenken konnte er es ihr nicht …

»Hast du was dagegen, wenn ich Musik anmache?«

Sie vermied es, ihm in die Augen zu sehen, als sie das fragte.

»Klar, mach nur«, antwortete er.

Er musste nachher die richtige Gelegenheit finden, damit er ungestört mit ihr sprechen konnte. Das hätte er schon tun sollen, als sie bei ihm zu Hause war. Aber er war zu feige gewesen. Ein feiger Dreckskerl.

»Du magst *The Cure*?«, fragte sie überrascht, als *Lovesong* aus den Boxen seines Wagens dröhnte. Jetzt schaute sie doch zu ihm.

»Können wir bitte etwas hören, das dem Ausdruck ›Musik‹ auch gerecht wird?«, nörgelte Marty. »Ha-a-a-t-schiii.«

»Bester Song aller Zeiten«, entgegneten Lainy und Cole gleichzeitig.

Cole spürte noch immer Elaines Blick auf ihm, als er sich das Kinn rieb und weiter auf die Straße vor sich schaute.

Trotzdem entging ihm nicht, dass sie leise summte und eine ihrer blonden Haarsträhnen um den Finger wickelte. Wie gerne hätte er jetzt die Hand auf ihren Nacken gelegt und sie gestreichelt. Einfach so.

»O-O-Oh, wi-i-e-e l-a-h-a-n-ge … ha-a-a-tschiii … müssen meine Ohren denn noch dieses furchtbare Gejaule ertragen?«

Elaine lehnte sich nach hinten.

»Halt die Klappe, Marty!«

Cole grinste.

»Ich fürchte, ich hab nichts auf meinem iPod, was deine Ohren zufriedenstellen würde«, sagte er.

»Dann mach wenigstens ein bisschen leiser!«

Als Cole den Regler runter drehen wollte, trafen seine Finger auf Lainys.

»Tschuldige«, murmelte er.

»Schon gut.«

Sie sah ihn kurz an, nur um dann ebenso schnell wieder wegzuschauen. Cole spürte ein Ziehen in seiner Brust. Was machte diese Frau bloß mit ihm?

Während der restlichen Fahrt unterhielt Marty sie mit Geschichten über die dreihundertachtundsechzig Kriminalromane, die er schon gelesen hatte. Cole konnte nicht richtig zuhören, auch wenn er es ernsthaft versuchte. Alles, woran er denken konnte, war Elaine.

Obwohl sie direkt neben ihm saß, war sie gleichzeitig unendlich weit weg, so unerreichbar.

***

»Wir sind da«, bemerkte Cole einige Zeit später.

»Echt jetzt, hier soll es sein?«

Marty öffnete die Tür und stieg aus.

»Wie weit sind wir denn noch von der Jagdhütte entfernt? Ist der Abstand überhaupt groß genug? Hier sind doch noch überall Häuser! Man wird uns sehen!«

»Immer mit der Ruhe«, sagte er und stieg ebenfalls aus.

»Von hier aus sind es knapp zwanzig Minuten durch den Wald bis zur Hütte. Sie jagen in Richtung Süden, weil es in Ortsnähe verboten ist. Das heißt, wir sind hier vollkommen sicher. Ein paar Gehminuten entfernt ist eine gute Stelle zum Warten«, erklärte

Cole und schlug die Wagentür zu. »Es gibt ein paar Bänke und ne Feuerstelle. Ist zwar im Moment noch viel zu heiß fürs Feuermachen, aber gut sitzen kann man da trotzdem.«

»Wie kommt's, dass du dich hier so gut auskennst?«, erkundigte sich Lainy, nachdem auch sie ausgestiegen war.

»Mein Vater hat mich früher oft mit hergebracht«, antwortete Cole, bevor er zum Kofferraum ging und zwei alte Decken und die Armee-Tasche herausholte. Endlich sprach sie wieder mit ihm. »Früher hatte er auch seine guten Seiten«, seufzte er. »Ist lange her.«

***

Cole hatte den Wald schon immer gemocht. Die Ruhe ganz besonders. Wenn man weit genug reinlief, war man vollkommen auf sich allein gestellt. Als er klein war, hatte er sich oft vorgestellt, er würde inmitten der Wildnis in einer Holzhütte leben: ganz allein. Sein Leben wäre so viel einfacher auf diese Weise, hatte er damals gedacht.

»Ist es noch weit?«, quengelte Marty.

»Noch fünf Minuten«, antwortete Cole mit Schulterblick zu Marty, um zu sehen, ob er zurechtkam. Schwer zu sagen, ob es ihm besser oder schlechter ging als gestern. Gesund sah er jedenfalls nicht aus.

Lainy ging voraus. Sie folgte seinen Rechts-Links-Anweisungen, sagte außer ab und zu »Okay« jedoch kein Wort. Er musste sich die Beine vertreten, um wieder einen klaren Kopf zu bekommen! Es waren noch mindestens drei Stunden, bis es Zeit würde, zur Jagdhütte aufzubrechen ... Zu lange, um so nah bei ihr zu sein und es aushalten zu müssen, dass sie ihn wie Luft behandelte.

***

»Hey, wo willst du hin?«, rief Elaine, als sie an ihrem vorläufigen Ziel angekommen waren und Cole sich gerade zu einem schmalen Weg aufmachen wollte, der zwischen den knorrigen alten Bäumen entlangführte.

Sie stand vor einer der Bänke, während Marty mit dem Auspacken seiner Ausrüstung beschäftigt war.

»Nur'n bisschen die Beine vertreten.«

»Warte, ich komme mit!«, rief sie in seine Richtung. Elaine warf einen prüfenden Blick zu Marty, der war jedoch so vertieft in das Drapieren der technischen Geräte auf einer der Decken, dass er sie gar nicht wahrnahm.

»Bin gleich wieder da.«

Weshalb suchte sie jetzt auf einmal seine Nähe?

»Ich muss mit dir reden«, sagte sie.

Sie sah entschlossen aus, tapfer.

Cole nickte kaum merklich.

»Okay.«

Kleine Äste und Blätter bildeten einen dicken Teppich, der den Boden unter ihren Füßen bei jedem Schritt knirschen ließ.

»Worum geht's denn?«

Eigentlich sollte er derjenige sein, der jetzt mutig war.

»Siehst du diese Uhr hier?«

Lainy hielt ihm ihren Unterarm vors Gesicht. An ihrem Handgelenk glänzte eine silberne Cartier-Uhr.

Cole nickte.

»Was denkst du wohl, wie sich armes Gesindel so etwas Teures leisten kann?«

In Coles Kopf rasten die Gedanken. Natürlich wusste er, wieso sie wieder auf dieses Wort anspielte.

»Lainy, ich habe das damals nicht so gemeint«, begann er, während sie noch immer nebeneinanderher liefen. Gerade genug Abstand lag zwischen ihnen, dass ihre Arme sich nicht streiften. »Ich habe dir doch gesagt, wie viel du mir bedeutest. Immer schon. Ich ... ich war ... bin nur so gefangen in dem, was die Leute von meinem Namen erwarten, dass ich manchmal vergesse, dass es eine Maskerade ist. Verstehst du?«

Er blieb stehen und griff nach ihrer Hand.

»Nein, das verstehe ich nicht«, erwiderte sie und löste sich von ihm.

Elaines Blick war so bitterböse, dass er ihm einen Stich im Herzen versetzte.

»Ich war dumm, als ich das sagte. Ich wollte mich cool geben, keine Schwäche zeigen. Ich habe dabei gar nicht an dich gedacht, es ist mir so rausgerutscht«, stammelte er.

Lainy schüttelte den Kopf.

»Wow. Ich muss dir ja viel bedeuten, wenn dir das Vergessen derart leichtgefallen ist!«

Ohne auf eine Antwort von ihm zu warten, drehte sie sich um und stapfte weiter in den dunklen Wald hinein.

»Elaine! Bleib doch stehen!«

Er lief ihr hinterher.

»Es tut mir leid! Jetzt bleib doch mal stehen!«

Endlich erhörte sie ihn.

»Was, Cole? Wozu? Damit du mir noch mehr Mist auftischen kannst?!«, schnaubte sie. Die Röte in ihren Wangen ließ sie nur noch schöner wirken. Es schmerzte ihn fast, sie so anzusehen und zu wissen – zu spüren –, dass er das Beste für sein Leben, für sein Herz, niemals würde haben können.

»Verzeih mir«, sagte er leise – und dann noch: »Ich kann mir vorstellen, wie verletzend das für dich gewesen sein muss.«

»Ach ja?« Sie verschränkte die Arme vor der Brust. »So wie du dir vorstellen kannst, wie furchtbar man sich als Frau fühlt, wenn man nach einem Kuss so schnell wie möglich vor die Tür gebeten wird, von jemandem ...« Ihre Wangen glühten nun noch mehr. Sie wischte sich eine Träne aus dem Gesicht. »Von jemandem, den man wirklich mag?«

Da war plötzlich wieder dieses Ziehen in Coles Brust. Dieses Mal noch stärker als zuvor.

»Was ist, wenn ich es nicht verdient habe, dass man mich mag?«, sagte er langsam.

Noch ehe er die Worte überdenken konnte, waren sie bereits ausgesprochen.

Unverständnis machte sich auf ihrem Gesicht breit.

»Was redest du denn da? Du bist vielleicht manchmal einfach unmöglich, aber ... ich wüsste nicht, wieso du es nicht verdient haben solltest, dass man dich mag. So was zu denken – das ist total masochistisch!«

Sie schaute ihn an und wartete ... auf eine Antwort. Er wollte etwas sagen, sie davon überzeugen, dass er recht hatte. Ein Kerl wie er hatte eine Frau wie sie nicht verdient. Das wusste er genau. Trotzdem hallten ihre Worte in ihm nach. Es war wie die süße Erlösung, auf die er all die Jahre gewartet hatte. Cole war sich darüber im Klaren, dass es nur eine Illusion war. Aber er wollte sich dieser Illusion hingeben, nur noch dieses eine Mal ...

Er zog sie an sich und küsste sie. Seine Hände wanderten über ihren Körper. Lainy wehrte sich für den Bruchteil einer Sekunde, aber als er sanft über diese eine ganz besondere Stelle an ihrem Nacken strich, löste sich ihr Widerstand. Sie schmiegte sich an ihn und er sich an sie und für einen Moment lang war es, als wären sie eins.

24

LAINY

»Leute? Lainy? Hey, Leute, wo seid ihr?«

»Das ist Marty«, zischte sie und stieß Cole hastig von sich.

»Super Timing«, knurrte er schwer atmend. »Doch, doch. Das muss man ihm lassen.«

Lainy lächelte. Coles Augen waren etwas dunkler als gewöhnlich. Der Blick, mit dem er sie jetzt ansah, während sich seine Brust noch immer schnell und unregelmäßig hob und senkte, ließ ihre Knie ganz weich werden.

»Du bist es wert«, sagte sie, ohne den Blickkontakt mit ihm zu unterbrechen.

»Wusste ich's doch, dass du ihn magst!«

Marty stand plötzlich mit verschränkten Armen und seinem Rucksack auf dem Rücken vor ihnen. Wie hatte er sie so schnell erreicht?

»Ha-a-a-t-schiii, ihr seid ganz schön lange weg gewesen. Habt ihr die Hütte etwa ohne mich ausspioniert?«

Cole und Lainy warfen sich verstohlene Blicke zu. Auf einmal fühlte sie sich wieder wie vierzehn: schwer verknallt in Billy Idol und willig, alles zu tun für eine einzige Umarmung von ihm. Nur dass der Mann ihrer Träume dieses Mal keineswegs so unberührbar war wie Billy damals.

Cole nickte Marty zur Begrüßung zu.

»Hast du alles zusammengebaut, was wir brauchen?«, fragte er ihn. Lainy schmunzelte. Der Kerl wusste wirklich, wie mit dem kleinen Monster am besten umzugehen war. Das musste man ihm lassen.

»Alles erledigt. Und zwar schon lange! Deshalb dachte ich mir jetzt, dass ich besser mal nach euch sehe.«

Marty verengte die Augen zu schmalen Schlitzen.

»Gemäß einem perfekten Kommandanten für eine Mission wie diese«, pflichtete Cole Marty bei und als er einen Arm um Lainys Schultern legte, scheuchte er mindestens tausend Schmetterlinge in ihrer Magengegend auf.

Er ist der Richtige, flüsterte ihre innere Stimme. Lainy wollte sie gern zum Schweigen bringen und ihr sagen, dass sie diese alberne, kindische Bemerkung auch gut für sich hätte behalten können.

Insgeheim befürchtete sie jedoch, dass sie recht hatte.

25

LAINY

»Machst du jetzt ein Feuer, Cole?«, fragte Marty mit seiner Nörgelstimme, als sie zurück an ihrem Platz waren. »Es sind noch knapp anderthalb Stunden, bis wir losgehen sollten«, stellte er fest.

Cole warf Lainy einen fragenden Blick zu. Sie zuckte mit den Schultern.

»Warum nicht. Wenn du's auch wieder ordentlich löschst.«

»Aber selbstverständlich.«

Cole grinste, während Marty einen langwierigen Hustenanfall erlitt.

»Sieht so aus, als hättest du mal wieder deinen Willen bekommen, du kleines Monster«, ärgerte Lainy ihn, um ihn von seiner Erkältung abzulenken.

»Wehe, du sagst das noch einmal zu mir!«

Marty verzog sein Gesicht zu einer Grimasse.

»Dann was? Attackierst du mich mit deinem Super-Bazillen-Schleim?«

»Auf so eine profane Frage gebe ich keine Antwort.«

»Das heißt dann wohl, dass ich gewonnen habe. Eins zu null, Lainy gegen Einstein.«

»Den Namen akzeptiere ich.«

Marty grinste.

»Hab ich mir fast schon gedacht«, antwortete sie schmunzelnd, während sie Cole beim Feuermachen zusah.

***

Einige Minuten später saßen sie gemeinsam um das Feuer herum und beobachteten die tanzenden Flammen und die immer neuen Funken, die seitwärts und senkrecht in die Luft stoben.

»Und ... verrätst du mir jetzt, wie sich armes Gesindel wie du eine Cartier-Uhr leisten kann?«

Cole stupste Lainy in die Seite. Die Wald- und Wiesengeräusche wurden unterdessen von Martys lautem Schnarchen begleitet – aber ansonsten war alles perfekt.

»Zu früh!«, sagte sie mit einem Grinsen auf den Lippen.

»Okay, okay – dann versuch ich's in nem Jahr noch mal mit dem Joke.«

Hieß das, es würde in einem Jahr noch ein Wir geben?

»Ich habe einen ziemlich fragwürdigen Job angenommen in Radding ... Hauptsächlich, um meine Kommilitonen zu beeindrucken«, erklärte Lainy.

»Einen fragwürdigen Job?«

Cole zog eine Braue hoch, woraufhin sie ihm spielerisch auf die Schulter boxte.

»Nicht *so* einen Job, du Perversling!«

»Kein Grund, gleich handgreiflich zu werden, Miss Wigmore.«

»Ach ja – diese Ehre bleibt wohl nur dir vorbehalten?«

Sie funkelte ihn herausfordernd an.

»Verhandlungssache«, entgegnete Cole gelassen.

Dann fuhr er mit dem Zeigefinger über ihre Lippen. Ohne groß darüber nachzudenken, schloss sie die Augen.

»Ich mag es, mit dir zusammen zu sein«, sagte er mit rauer Stimme.

Als Elaine die Augen wieder öffnete, sah er sie noch immer an. Sein Gesicht sah im Schein der Flammen noch schöner aus.

»Darf ich dich noch mal küssen?«, fragte er und ein Teil in ihr hätte nichts lieber als Ja gesagt. Aber sie konnte sich nicht auf ihn einlassen, bevor sie ihm diese Sache nicht erzählt hatte.

»Also diese Uhr«, begann sie und schob eine Hand unter ihren Oberschenkel. »Die Uhr konnte ich mir leisten, weil ich eine Zeit lang als Hostess und später dann als Escortdame gearbeitet habe. Allerdings ohne Extras. Nur ausgehen, in Restaurants, auf Partys und so was.«

Lainy schluckte, während sie auf Coles Reaktion wartete.

»Und du hast das gemacht, um deine Kommilitonen in Radding zu beeindrucken?«

»Aus deinem Mund klingt das, als wäre es etwas Verwerfliches«, verteidigte sie sich, obwohl Cole ja nichts weiter als die Wahrheit gesagt hatte.

»Ich bin sicher niemand, der andere schnell verurteilt«, sagte er.

»Stimmt, hätte fast vergessen, dass du ein Cunningham bist«, erwiderte sie und lächelte ein bisschen.

»Und hat es funktioniert?«, fragte Cole.

»Was?«

»Das Beeindrucken.«

»Na ja«, antwortete Lainy und legte einen Kopf an seine Schulter. »Irgendwie schon. Aber es war auch ziemlich anstrengend.«

»Kann ich mir vorstellen.«

»Ehrlich?«

»Ja, sicher. Immerhin hast du dich quasi neu erfunden. Muss hart gewesen sein tagtäglich die Person hinter der Maske vor den Menschen in deiner neuen Welt zu verbergen.«

Lainy seufzte. Das traf es ganz genau.

»Ja, das war es«, sagte sie leise.

»Du hättest das nicht tun müssen, damit sie dich mögen«, bemerkte Cole, den Blick zu den Flammen gerichtet.

»Da kennst du das Gladwell Hills aber schlecht! Das ist ein Elite-College, dort studieren nur Bonzenkids – und diejenigen, die wie ich ein Stipendium bekommen haben.«

»Na und? Seit wann sagt Reichtum etwas über die Qualität eines

Menschen aus?«, fragte er in die Nacht hinein und streichelte ihr sanft über den Kopf.

»Das sagt sich so leicht, wenn man in Geld schwimmt.«

»Autsch, das hat gesessen.«

Er lachte leise.

»Ach, du weißt doch, wie ich das meine. Natürlich ist Geld nicht alles, aber es eröffnet einem eben gewisse Möglichkeiten. Ich wollte dazugehören. Nur einmal diese ganze Scheiße mit meinem Dad und meiner Mom und allem hinter mir lassen und mir das Leben aufbauen, das ich mir schon immer gewünscht habe.«

Sie schluckte. So offen ausgesprochen klang das wirklich armselig – das merkte sie selbst. Trotzdem tat es gut, all das mal jemandem anzuvertrauen.

»Als ich am ersten Tag in mein Studentenzimmer zog, habe ich meine Zimmernachbarin Megan kennengelernt. Sie war gleich supernett und hat mich auf eine Party eingeladen, die am Abend stattfinden sollte. Ich bin dann mit ihr hin und als ihre Freundinnen mich gefragt haben, wo ich herkomme und was meine Familie so macht, habe ich einfach etwas erfunden. Ich habe beschlossen, dass die echte Geschichte viel zu deprimierend ist, und da niemand vor Ort war, der eine erfundene hätte widerlegen können, habe ich einfach gelogen.«

Lainy holte tief Luft und sah zu Marty. Der lag in Embryonalstellung auf der Decke und schlief nach wie vor.

»Ich stapelte Lüge auf Lüge und irgendwann wurde es praktisch zum Selbstläufer. Ich sagte, dass meine Eltern – zwei Immobilienmogule – aktuell eine leichte Durststrecke hätten, weshalb ich ausnahmsweise etwas knapp bei Kasse sei. Die Mädels fanden das nicht schlimm und haben mir auf ihre Kosten ein komplettes Makeover verpasst, um mich aufzuheitern.«

»Unverkennbar.«

Cole grinste.

»Ich hatte zwischenzeitlich bereits mein gesamtes Erspartes aufgebraucht und erledigte mehr bezahlte Hausarbeiten für andere Studenten, als es gut für mich war. Ich sah bereits mein gesamtes Lügenkartenhaus in sich zusammenstürzen, weil ich nicht mehr konnte und auch weil das Geld natürlich trotzdem nicht ausreichte, um mit dem Lebensstil meiner neuen Freunde mitzuhalten. Dann trat plötzlich Mr Black in mein Leben und machte mir ein Angebot, das ich nicht ablehnen konnte …« Sie holte tief Luft. »Für einige Zeit ging das gut und dann wurde ich gefeuert: keine Kohle, also kein Luxusurlaub in den Semesterferien.«

»Stattdessen sitzt du jetzt hier fest. Bei mir und –«, fügte Cole hinzu.

»So meinte ich das nicht«, entgegnete sie.

»Schon okay«, sagte er. »Ich verstehe dich.«

Und dann drückte er ihre Schulter.

»Lainy, ich –«, fing er an und wurde dann von Martys Hustenanfall unterbrochen, der so stark war, dass er das kleine Monster aufweckte. »Bin ich etwa eingeschlafen? Ha-aa-a-a-tschiiiii!« Marty schreckte hoch. »Ihr habt mich schlafen lassen?!«

»Hey, jetzt beruhig dich mal wieder! Wir haben die Zeit im Blick! Es ist noch nichts passiert! Wir hätten dich schon noch geweckt!«, beschwichtigte ihn Lainy.

»Das sehe ich, wie ihr die Zeit im Blick habt!«, erwiderte Marty verärgert.

Entschlossen krempelte er seinen Ärmel um und schaute auf seine Armbanduhr.

»Wir sind bereits zehn Minuten drüber! Ganz toll! Daran sieht man mal wieder, dass auf euch keinen Verlass ist, wenn man sich nicht um aha-ll-es selbst kü-h-ü-mmert … Ha-aaaaa-tschiii!«

Lainy setzte sich auf. Cole zog in der Zwischenzeit sein Handy aus der Hosentasche.

»Shit. Es ist tatsächlich schon so weit«, knurrte er.

»Mist!«, stieß Lainy aus und war mit einem Satz auf den Beinen.

Während sie Marty dabei half, die Decke aufzurollen, kümmerte sich Cole um das Löschen des Feuers. Kurze Zeit später machten sie sich auf den Weg zur Jagdhütte.

26

LAINY

So richtig wohl war Lainy bei dieser ganzen Sache nicht. Aber jetzt gab es kein Zurück mehr!

Sie versuchte sich das Erlebnis mit Louis wieder ins Gedächtnis zu rufen und daran zu denken, wie vielen anderen Frauen er wohl schon so etwas angetan hatte. Dass sie alle ähnlich schlechte Aussichten auf Erfolg bei einer Anzeige hatten, war eine schreckliche Vorstellung. Wie viel Mut kostete es, nach so einem Gewaltverbrechen überhaupt zur Polizei zu gehen und davon zu berichten?! Wenn einem dann noch nicht einmal geglaubt wurde, dann war das mehr als bitter. So etwas konnte einen Menschen zerstören. Da war sie sich ganz sicher.

Lainy atmete tief durch. Sie taten hier das Richtige!

»Wer will eigentlich das Aufnahmegerät halten?«

Marty leuchtete erst Lainy, dann Cole mit seiner Taschenlampe an.

»Das kannst du mir geben«, sagte sie.

»Ist vermutlich auch das Beste. Mr Cunningham würde Cole oder mich am ehesten erkennen. Du musst nämlich ziemlich nah ran mit dem Gerät.«

»Ich denke, es ist das Beste, wenn wir alle gleich nah rangehen. In der Gruppe sind wir sicherer.«

Cole flüsterte so leise, dass Lainy sich anstrengen musste, um jedes Wort verstehen zu können. In der Ferne wurden die Umrisse von Fenstern und einer großen, beleuchteten Terrasse sichtbar.

»Da vorne ist es«, sagte Cole.

»Wartet kurz, ich mache meine Kamera schon mal an.«

Marty steckte sich Bluetooth-Ohrenstöpsel in die Ohren und befestigte seine Minikamera an einem ausziehbaren Metallstock.

»Wenn du die Stöpsel drin hast, kannst du uns doch gar nicht hören«, zischte Lainy, nachdem sie ihm einen Stecker wieder aus dem Ohr genommen hatte.

»Ich sehe ja, ob wir abhauen müssen oder nicht. Ich benötige bei dieser Operation meine volle Konzentration! Da kann ich keine unnötigen Störgeräusche von außen gebrauchen.«

Sie stieß einen Luftzug aus.

»Wie du meinst. Pass aber auf, dass du nicht zu laut niesen musst, nicht dass wir wegen dir auffliegen!«, flüsterte Lainy in Martys Richtung.

Cole machte ihnen mit einer Handbewegung deutlich, dass er vorgehen würde.

Plötzlich hörten sie einige Männerstimmen.

Je näher sie der Hütte kamen, desto lauter wurden sie.

»Das war wieder mal gelungener denn je!«

»Den hätte ... fast erledigt.«

Das unverständliche Gebrabbel wurde deutlicher. Jetzt waren sie fast da. Die Terrasse war noch etwa fünf Meter entfernt. Sie kauerten hinter zwei dichten Büschen, vor denen drei große Eichen standen.

Cole schaltete das Abhörgerät ein. Lainy nickte ihm dankend zu. Wie gerne würde sie jetzt noch mit ihm am Feuer sitzen. Was hatte er ihr eigentlich noch sagen wollen?

Aber das hier war wichtiger ... fürs Erste zumindest. Gespannt setzte sich Lainy die Kopfhörer auf und spitzte die Ohren.

»Wir sollten das öfters machen, Tony.«

»Seh ich genauso. Immer nur Arbeit ... das hält ja kein Mensch aus.«

Der Bürgermeister saß auf einem Schaukelstuhl. Ein korpulenter

Mann – sicherlich der Stadtrat – lehnte am Terrassengeländer, während Tony Cunningham auf einer Holzbank Platz gefunden hatte, vor der ein kleiner Tisch stand.

»Wem sagst du das.«

»Was macht die Familie? Ist dein Junge immer noch auf der Brown?«

Lainy sah zu Cole, doch der erwiderte den Blick nicht. Dann fiel ihr wieder ein, dass er das Gespräch ohne Aufnahmegerät nicht so gut mitverfolgen konnte wie sie.

Tony Cunningham hustete (aus Verlegenheit?) und nahm einen Schluck von seinem Getränk, bevor er antwortete.

»Wir haben uns dazu entschlossen, dass er nach dem Sommer von George in der Firma eingearbeitet wird. Er soll mir schon mal ein paar Arbeiten abnehmen.«

»Planst du etwa dich ganz aus dem Tagesgeschäft zurückzuziehen?«

»Das ist mein Ziel! Kommt natürlich darauf an, wie geschickt oder ungeschickt sich mein Spross anstellen wird. Für mich war die oberste Priorität schon immer die Polizei, das weißt du doch!«

Gelächter.

»Davon haben wir in den letzten paar Jahren aber nicht sonderlich viel gespürt«, sagte der Stadtrat.

»Was soll das heißen, Harry? Habe ich euch beiden nicht jeden Wunsch von den Augen abgelesen? Denk nur mal an das Bauprojekt in der Siedlung! Ohne mich wärst du heute noch im Gespräch mit den Gibsons!«

»Ruhig Blut, Cunningham, Elmar zieht dich doch bloß auf. Stimmt's, Elmar?«

Der Bürgermeister prostete dem Stadtrat zu.

»Du weißt doch, wie man sagt: ›In jedem Scherz verbirgt sich stets auch ein Fünkchen Wahrheit‹«, antwortete der Stadtrat, ohne dabei eine Miene zu verziehen.

»Dass du auch immer recht behalten musst, Elmar«, entgegnete der Bürgermeister.

»Da hast du nicht ganz unrecht«, gab der Stadtrat lachend zurück und nickte Tony zu.

»Und was ist mit der Higson-Lady? Habt ihr die Geschichte etwa schon vergessen? Ohne mich hättet ihr das niemals aus der Welt geschafft! Da soll mir noch mal einer vorwerfen, ich würde die Firma meiner toten Frau meinen Pflichten für South Carado vorziehen!«

Tony knallte sein Glas auf den Tisch.

»Hey, alter Junge. Jetzt beruhig dich mal! Es hat doch niemand angedeutet, dass du das tust.«

Der Bürgermeister setzte sich neben Tony auf die Bank und füllte sein Glas nach.

»Das klang eben aber ganz anders«, erwiderte Tony und sah zum Stadtrat.

»Ich habe nur gesagt, dass wir es alle begrüßen, wenn dein Sohn endlich die Geschäftsführung übernimmt. Hat ja lange genug gedauert. Wäre doch schade, wenn der Gefallen von damals ganz umsonst gewesen wäre. Immerhin hättest du ohne uns die Firma schon längst verloren«, antwortete der Stadtrat.

»Er hätte es auch so geschafft.«

Tony hob abermals sein Glas.

»Offensichtlich nicht, denn sonst hätte ich den Schulleiter wohl kaum für dich bitten müssen ihm die Noten zu frisieren.«

Lainy runzelte die Stirn und sah irritiert zu Cole. Erst als er ihren Blick bemerkte und sie seinerseits fragend anschaute, fiel ihr wieder ein, dass ihm das eben Gesagte vermutlich entgangen war.

»Ich hab genug für heute.«

Tony stand auf und ging ins Haus.

»Müssen die Nerven sein. Seit sein Junior wieder zu Hause ist, dreht der nur noch am Rad.«

Der Bürgermeister lachte und stand ebenfalls auf.

»Ich werd' mich auch mal aufs Ohr legen. Hab morgen den Arsch voll Termine.«

Er klopfte dem Stadtrat auf die Schulter.

»Schlaf gut, Elmar.«

»Du auch, alter Junge.«

Lainy tippte auf Martys Oberarm, doch er reagierte nicht. Erst als sie ihn am Handgelenk zog, nahm er die Ohrstöpsel heraus.

»Hier passiert nichts mehr. Lass uns gehen«, flüsterte sie.

»Was ist, wenn noch mal einer von ihnen rauskommt?«

»Nein, sie gehen jetzt schlafen! Glaub mir, ich habe es auf Band!«, entgegnete Lainy und nahm seine Hand, um ihn hinter sich herzuziehen.

»Ich komme ja schon. Kannst mich loslassen, Schwester Rabiata!«

Marty versuchte noch einige Male Informationen über das Gespräch der Männer aus Lainy herauszubekommen. Doch sie sprach erst, als sie schon in sicherer Entfernung waren.

»Sie haben ihren Namen erwähnt«, erklärte sie.

»Christina Higson?«, fragte Cole.

»Ja. Dein Vater sagte, dass er das mit ihr damals für sie geregelt hätte. Ich schätze, das wird zusammen mit den verschwundenen Berichten ausreichen, um ihn und seine Gehilfen eindeutig mit der Sache in Verbindung zu bringen. Der Bürgermeister und der Stadtrat haben jedenfalls nicht widersprochen, als er davon anfing.«

»Gut, dann hat sich das Ganze ja gelohnt«, antwortete Cole.

»Ich hatte mir das alles irgendwie ... spektakulärer vorgestellt.«

Selbst im dumpfen Licht der Taschenlampen bemerkte Lainy Martys Schmollmund.

»Sei lieber froh, dass es nicht so spektakulär war wie damals die Aktion mit unserer Postbotin. Ich glaube, noch ein Eintrag wegen Stalkings in deiner Akte macht sich nicht sonderlich gut, wenn du immer noch zum FBI willst«, entgegnete Lainy an Marty gewandt. Als er über einen Ast stolperte, hakte sie sich vorsichtshalber bei ihm unter. Jetzt, wo die Aufregung verschwunden war, war ihm sicher nicht mehr ganz so wohl im Dunkeln wie vorhin.

»Dass du schon wieder damit anfangen musst! Das dürfte schon längst gelöscht sein, ich war doch noch unter sechzehn, als das passiert ist!«

Auf Martys Nörgeln ging Lainy erst gar nicht ein. Aber sie freute sich, dass er zumindest seinen Arm mal nicht wegzog.

***

»Alle Mann einsteigen!«

Cole gab Marty seine Taschenlampe und sie tat es ihm gleich. Gut, dass Marty stets so hervorragend organisiert war. Ohne die Dinger hätten sie ganz schön blöd aus der Wäsche geschaut.

»Was hat es eigentlich mit dieser Stalkingsache auf sich?«, wollte Cole wissen, als sie wieder auf der Hauptstraße Richtung South Carado waren.

»Das soll Marty dir mal schön selbst erzählen.«

Lainy warf einen Blick nach hinten. Marty hatte die Augen geschlossen.

»Jetzt hat er den Kampf gegen seinen Körper endgültig verloren«, scherzte sie.

»Hut ab, dass er den Tag heute überhaupt durchgestanden hat.«

Lainy fand es nett, dass Cole das sagte, denn es wirkte, als hätte er es ehrlich gemeint.

»Und was machen wir jetzt?«, fragte sie.

»Morgen zu Earl gehen, ihm zeigen, was wir haben, und dann ab zur Zeitung nach Leesville.«

»Okay.«

Sie war überrascht, wie müde sie auf einmal war, und das obwohl die Observierung in der Tat wenig spektakulär gewesen war. Nur diese eine Bemerkung wollte ihr nicht mehr aus dem Kopf gehen ...

Die letzten Minuten fuhren sie schweigend. Wahrscheinlich war Cole inzwischen auch erschöpft.

Als Cole sie an der Kreuzung rausließ, wies Lainy Marty an, er solle schon mal vorgehen. Das kleine Monster gehorchte ohne jedes Widerwort. Lainy sah ihm noch einen Augenblick lang nach. Hoffentlich verriet er sich nicht selbst, falls ihn Monica oder Dan abfingen, bevor er in seinem Zimmer war.

»Das heute war schön.«

Cole umfasste mit einer Hand ihre Hüfte.

Lainy nickte.

»Es muss hart sein, auf diese Weise gegen seinen eigenen Dad vorzugehen. Auch wenn ihr euch nicht so gut versteht.«

»Ist schon okay. Es muss sein.«

Er lächelte müde und schob seine Hände in die Hosentaschen.

»Willst du morgen Abend, wenn alles vorbei ist, mit mir ausgehen?«, fragte er vorsichtig.

Lainy stutzte.

»Du meinst in ein richtiges Restaurant mit Tischen, die Tischdecken haben?«, fragte sie ungläubig.

Cole fuhr sich durch die Haare, bevor er schulterzuckend »Ja« sagte.

Mit einem Leuchten in den Augen, das ihm ganz bestimmt nicht entging, nickte sie und stieß ein freudiges »Gern« aus.

Als Cole sie an sich zog, trafen Lainys Hände auf seine harten Brustmuskeln. Sie war versucht die Frage, die ihr schon die ganze Zeit im Kopf herumschwirrte, auf später zu verschieben. Aber nein, es musste sein ...

»Cole ...«

»Ja?«

»Der Stadtrat meinte vorhin zu deinem Vater, dass er ihm einen

Gefallen deinetwegen getan hätte. Irgendetwas mit frisierten Noten und … er hätte die Firma sonst verloren oder so.«

Coles Gesicht wirkte auf einmal wie versteinert. Sie atmete noch einmal tief ein, ehe sie fragte: »Was hat es damit auf sich?«

27

COLE

Er hätte jetzt gern ihre Hand genommen, aber das würde nichts bringen. Nicht jetzt. Nicht in dieser Situation.

»Elaine«, begann er. Er wusste selbst nicht, was er gleich sagen würde. Vorhin hatte er sich doch schon alles so gut zurechtgelegt. »Egal wie wütend du gleich wirst, lass mich bitte ausreden. Versprich mir das, ja?«

»Wieso sollte ich wütend werden?«

Sie wich zurück. Weg von ihm.

»Weil das, was ich dir gleich sagen werde, dir nicht gefallen wird.«

Er versuchte von ihrem Gesicht abzulesen, ob sie bereit war die Wahrheit zu hören.

»Was willst du mir denn sagen?«

Ihre Augen waren jetzt schmaler als sonst und der Ton ihrer Stimme harsch.

Cole ging einen Schritt auf sie zu. Einen kleinen. Nur für den Fall, dass nicht gleich der Himmel über ihm einstürzen würde, wenn er Elaine sagte, was er die ganze Zeit über vor ihr verheimlicht hatte. Vielleicht irrte er sich ja und ihr war das alles gar nicht mehr so wichtig ...

Sprich es einfach aus! Du hast nichts zu verlieren, kommentierte der Dämon aus seinem Inneren. Aber Cole wusste natürlich, dass das nicht stimmte. Denn seit er sie kannte, *wirklich kannte,* hatte er alles zu verlieren.

»Die Wahrheit ist, dass ich ohne die Hilfe meines Vaters den

Abschluss nicht geschafft hätte. Ich habe so oft geschwänzt, so viele Klausuren verpasst … Es war nichts mehr zu machen.«

Lainy sah Cole mit großen Augen an.

»Dann bist du mit einem gefälschten Zeugnis an der Brown aufgenommen worden?«

»Es war ja nicht direkt gefälscht. Also die Noten, ja. Aber das Zeugnis war natürlich echt.«

Zwischen ihren Brauen bildete sich eine kleine Falte.

»Was hat das mit dem Baumwollkonzern zu tun?«

Cole so einen tiefen Luftzug ein. Dann sagte er: »Es gibt da diese Klausel, die unsere Großväter damals festgelegt haben. Damit sich ihre Enkel ja genug anstrengen … damit aus ihnen etwas wird …«

Misstrauen zeichnete sich auf Lainys Gesicht ab, bevor sie langsam fragte: »Was genau beinhaltet diese Klausel?«

Coles Kiefer verspannte sich. Es half nichts, er musste es ihr jetzt sagen. Mit wummerndem Herzen begann er zu sprechen und den Vorhang endgültig fallen zu lassen.

»Dass nur derjenige das Unternehmen in Besitz nehmen darf, der mindestens einen Abschluss mit einem GPA von 3,7 hat. Ich nehme an, das hängt damit zusammen, dass sie selbst sich alles hart erarbeiten mussten. Wahrscheinlich wollten sie damit verhindern, dass jemand, der nicht bereit ist sich anzustrengen, ihr Lebenswerk geschenkt bekommt«, stammelte er.

»Jemand wie du.«

Ihr Blick war kalt. Kalt und abweisend.

»Ja«, gab er wahrheitsgemäß zurück. »Jemand wie ich … Aber das ist noch nicht alles.«

Lainy schluckte. Cole konnte unmöglich sagen, wie es gerade in ihr aussah. Zwischen ihnen herrschte auf einmal eine seltsame Fremdheit. Aber er musste jetzt reinen Tisch machen.

»Ich weiß, dass mein Vater deinen Vater mit unrechtmäßigen Mitteln aus dem Unternehmen gedrängt hat. Er hat mir erzählt, dass er die Situation, mit der er ihn erpresst hat, inszeniert hat, weil er wusste, dass dein Vater einknicken und ihm die Firma letztlich überschreiben würde. Das heißt also, dass sie eigentlich immer noch euch gehört.«

Sie schüttelte ungläubig den Kopf, als wollte sie das, was Cole ihr gerade gesagt hatte, nicht glauben.

»Du … du wusstest es die ganze Zeit über?«

»Nicht die ganze Zeit«, sagte er leise.

»Aber du wusstest es«, entgegnete sie mehr zu sich selbst als zu ihm, während sie jetzt unruhig auf und ab ging, die Hände über dem Kopf zusammengeschlagen.

»Ja.«

Cole versuchte auf sie zuzugehen, ihre Hand zu nehmen, denn irgendein kranker Teil in ihm dachte, dass sie sich so vielleicht wieder daran erinnern würde, wie nah sie sich schon gewesen waren.

»Bleib bloß weg von mir!«

Ihr Schreien hallte bis ganz tief in seinem Innersten nach.

»Elaine, ich … ich wollte nicht –«

»Geh weg! Fass mich nie wieder an, hörst du?!«

Cole erstarrte. Er konnte ihr nicht mal nachlaufen, sah und hörte nichts mehr um ihn herum.

Da war sie wieder. Die ihm so vertraute Dunkelheit.

Nur dass sie dieses Mal tiefschwarz war, ohne den winzigsten Funken Licht am anderen Ende des Tunnels.

28

LAINY

Sie wollte nicht mehr daran denken, doch es ging nicht. *Einfach nicht nachdenken!*

Lainy fasste sich an die Stelle, unter der sie den Schmerzursprung vermutete: ihr Herz. Es war noch da und schlug einfach so weiter. Obwohl sie sicher war, dass es gerade entzweit worden war.

Sie lief immer schneller, bis sie schließlich rannte. Die Tränen strömten nur so aus ihr heraus. Sie konnte nichts tun, um sie aufzuhalten. Sie versuchte nicht einmal sie wegzuwischen. Das wäre ohnehin nur vergebene Liebesmüh, denn es kamen ja doch immer wieder neue nach.

»Elaine?«

Sie hörte, wie ihr Dad den Fernseher ausschaltete, als sie die Haustür zuknallte. Er kam in den Flur. Als er sie sah, erschrak er.

»Was ist passiert? Was hat dieser Cunningham-Junge dir angetan?«

Ein Kloß wuchs in ihrem Hals zu einem Koloss heran, sodass sie kaum mehr Luft bekam.

»Was? Nein … Wie kommst du denn jetzt auf den?«

Hatte er sie etwa gesehen? Oder ein Nachbar, der es ihm erzählt hatte?

Lainy musste ihre letzten Kräfte mobilisieren, um dieses Schauspiel durchzuhalten. Das Gesicht ihres Dads war ernst. Er musterte sie.

»Dann stimmt es also nicht, dass du dich neuerdings mit ihm herumtreibst?«

Was sollte sie denn jetzt sagen? Noch mehr Lügen?

Sie musste schlucken. Wartete. Zu lange.

»Verstehe.«

Jetzt sah er ähnlich enttäuscht aus, wie sie sich fühlte.

»Es ist nicht so, wie du denkst«, begann sie schluchzend. Doch er ging, ohne ihr noch weiter zuzuhören, wieder ins Wohnzimmer und schloss die Tür hinter sich.

»Es tut mir leid«, flüsterte sie.

Lainy wusste, dass es keinen Sinn machen würde, ihn vom Gegenteil zu überzeugen. Sie wusste auch nicht, was sie sagen, wie sie es ihm erklären sollte. Er würde es nicht verstehen. Sie verstand es ja selbst kaum. Und das war jetzt auch vollkommen egal. Denn es war aus. Für jetzt und alle Zeiten. Wie hatte sie bloß jemanden wie Cole Cunningham in ihr Leben lassen können? Sie hätte wissen müssen, dass er nichts als Grausamkeit zu bieten hatte. Sie hätte es wissen müssen ... Die Vergangenheit hatte es wieder und wieder gezeigt, wie diese Familie war: egoistisch, herzlos und eiskalt.

Sie war so dumm gewesen.

***

Am nächsten Morgen war der Schmerz in ihrer Brust noch immer da. Lainy wälzte sich im Bett herum, zog das Kissen über den Kopf, sehnte sich nach der Nacht. Aber wie immer brachte das Hoffen auf noch ein bisschen Schlaf und das Vergessen, das dieser einem schenkte, rein gar nichts. Also stand sie auf und schlurfte wie ein Zombie ins Bad. Sie fühlte sich auch zumindest halbtot an.

Endlich verstand sie, was damit gemeint war, wenn Leute sagten, sie wären nicht mehr sie selbst nach einem bestimmten Ereignis in ihrem Leben. Sie wollte wieder zurück an den Anfang: vor den Moment, als sie beschlossen hatte wieder nach South Carado zu fahren. Es war ein Fehler gewesen, ein schrecklicher Fehler.

Ihr Leben in Radding am Gladwell Hills mochte vielleicht ein riesiges Fake sein, aber es war halbwegs erträglich. Das hier war Folter, und zwar die schlimmste Folter, die sie je erlebt hatte!

***

Lainy ging nicht nach unten, um zu frühstücken. Stattdessen legte sie sich nach dem Waschen und Anziehen wieder ins Bett und überlegte, welche Ausrede sie den Bekannten am College auftischen konnte. Es musste etwas sein, das plausibel erklärte, warum sie schon wieder zurück war und lieber auf dem Campus blieb, statt Elizabeth, Megan und Cathy nach Saint-Tropez hinterherzufliegen.

Lainy sah aus dem Zimmerfenster. Das Auto ihres Dad stand immer noch da, obwohl seine Schicht schon längst begonnen hatte.

Das beunruhigte sie. Aber sie traute sich auch nicht runterzugehen. Sie hörte ihn gelegentlich herumlaufen, gegen elf Uhr klapperten Geschirr und Töpfe. Anders als sonst rief er sie jedoch nicht zum Mittagessen. Sie sollte so schnell wie möglich abreisen. Das wäre das Beste!

Marty konnte auch allein zu Earl gehen. Er war schon groß. Er würde das schaffen. Nur was die Presse anging, war Lainy sich nicht ganz sicher. Sie könnten ihn für zurückgeblieben halten, falls er sich komisch aufführte, weil ihm irgendetwas dort in der Umgebung nicht gefiel oder wenn ihm jemand zu nahe käme. Das wäre natürlich schlecht, denn dann würde man sich seine Geschichte sicher noch nicht einmal anhören. Und auf Cole war auch kein Verlass. Warum sollte er jetzt noch mitkommen? Wahrscheinlich hatte dieses ganze Spiel nach gestern eh seinen Reiz für ihn verloren. Schwer zu glauben, dass ihm je ernsthaft etwas daran gelegen hatte, für Gerechtigkeit zu sorgen. Wahrscheinlich war ihm einfach nur langweilig gewesen. Und sie bei dieser ganzen Sache zusätzlich zu demütigen musste wie ein Sechser im Lotto für ihn gewesen sein.

Lainy schnappte nach Luft.

Das alles ging sie jetzt nichts mehr an. Sie musste sich beruhigen, dann würde sie ihren Koffer packen und sich auf den Weg zurück nach Radding machen!

Entschlossen stand sie auf und lief ins Bad, um ihre Kosmetiktasche zu holen und ihr restliches Zeug einzusammeln.

Als sie alles hatte, fiel ihr wieder ein, dass sie sich vorgenommen hatte hier sauber zu machen. Das wäre dann zumindest eine Lüge weniger.

Also stellte sie ihre Kosmetiktasche noch mal ab, legte ihre Klamotten über den Wäschekorb und holte Reinigungsmittel und Putzlappen aus der Abstellkammer von nebenan.

***

»Du musst das nicht machen.«

Ihr Dad stand mit verschränkten Armen im Türrahmen, während Lainy gerade vor dem Klo hockte und schrubbte, als gäbe es im Anschluss einen Preis für den saubersten Toilettenrand.

»Mir war danach«, murmelte sie.

Ihr Vater grummelte etwas, das nach »Hm« klang, bevor er sich umdrehte und ging.

»Dad?«

Sie musste diesen Augenblick nutzen, denn er hatte jetzt zumindest wieder mit ihr gesprochen – wenn auch nicht viel ...

Sein Blick war immer noch abweisend und das machte ihr irgendwie Angst. Aber sie brauchte Gewissheit, damit sie mit alledem endgültig abschließen konnte.

»Womit hat Tony Cunningham dich damals erpresst?«

Sein Gesicht wurde plötzlich kreidebleich. Sie ließ den Schwamm und die Sprühflasche auf den Boden fallen und stand auf.

»Ich weiß es auch erst seit gestern«, beteuerte sie.

»Willst du das wirklich wissen?«

»Ja«, hauchte sie.

»Dann zieh die hier aus und komm dann runter in die Küche.«

Ihr Vater deutete auf die gelben, ellbogenlangen Gummihandschuhe, die sie trug.

»Ist gut.«

Hastig räumte Lainy die Putzutensilien wieder an ihren Platz und legte die Handschuhe ins Waschbecken, während ihr Dad bereits die Treppe hinunterging.

***

»Möchtest du einen Eistee?«

Ihr Vater saß an dem klapprigen Küchentisch, vor ihm standen zwei gefüllte Gläser. Lainy setzte sich ihm gegenüber und nickte, woraufhin er eines der Gläser in ihre Richtung schob.

Eine Weile saßen sie da und schwiegen sich an. Dann, endlich, sagte er etwas.

»Ich habe dir davon bisher nichts erzählt, weil ich mich geschämt habe«, begann er und hatte plötzlich eine Unsicherheit in den Augen, die Lainy Unbehagen bereitete. »Du hattest schon einen Vater, der trinkt. Ich wollte nicht, dass du auch noch einen hast, von dem du weißt, dass er keinerlei Moral besitzt.«

»Wovon redest du?«, fragte sie.

Er presste die Lippen aufeinander.

»Lainy, ich … ich habe deine Mutter betrogen. Es war auf einer Geschäftsreise. Tony und ich waren feiern. Wir hatten Spaß, haben viel getrunken. Irgendwann haben sich dann zwei wunderschöne junge Frauen zu uns gesellt. Ich habe mich geschmeichelt gefühlt. Ich war schon ziemlich voll …« Lainy hatte ja mit vielem gerechnet, aber damit? Ihre Fingernägel bohrten sich unter dem Tisch in ihren Oberschenkel, während sie ihrem Vater weiter zuhörte. »Ich habe später erfahren, dass die Frauen Prostituierte waren. Tony hatte alles inszeniert, es von Anfang an geplant …« Es fühlte sich an, als würde da gerade ein Film vor ihren Augen ablaufen. Und Lainy saß als Zuschauer auf der Tribüne und sah ihren Dad traurig seufzen.

»Er sagte, wenn mir irgendetwas an meiner Frau läge und daran, dass sie nichts davon erführe, solle ich ihm die Firma überschreiben. Ich hielt das zunächst für einen schlechten Scherz, doch dann hat er mir Videoaufnahmen gezeigt …«

»Oh, Dad …«

Lainy griff nach seinem Arm und legte ihre Hand darauf.

»Ich bin ein furchtbarer Mensch, ich weiß. Es ist meine Schuld. Ich hätte das nicht tun dürfen. Du und deine Mutter, ihr seid für mich immer das Wichtigste auf der ganzen Welt gewesen. Deshalb habe ich die Papiere letztlich auch unterschrieben. Ich habe ihm alles gegeben. Und dann hat dieser … dieser –«

Er schluckte hart. »Dann hat dieser vermaledeite Mistkerl es ihr trotzdem gezeigt.«

Lainys Kinnlade sank nach unten.

»Er hat was?«

»Ja.« Ihr Vater nickte schwach. »Das ist auch der Grund für unsere Scheidung. Du hast immer gedacht, es läge daran, dass ich das Unternehmen verloren und mit dem Trinken angefangen habe, aber so war es nicht … Wir wollten dich nur schützen. Deshalb haben wir uns darauf geeinigt, es für uns zu behalten. Wenigstens das …«

Mit einem lauten Knarzen schob Lainy ihren Stuhl zurück, stand auf und ging zu ihrem Vater. Sie umarmte ihn fest und lange und es war schön, die Wärme zu spüren, die von ihm ausging, und sein Streicheln auf ihrem Rücken.

»Du hättest es mir sagen können.«

»Ach, Schatz, warum ich das nicht getan habe, wirst du vermutlich erst verstehen, wenn du mal eigene Kinder hast.«

Nachdem er das gesagt hatte, fingen sie plötzlich beide an zu weinen. Es war ein surrealer Moment. Ihr Dad, dieser riesige, schweigsame Mann, der sonst immer alles mit sich selbst ausmachte, weinte in ihren Armen. Und sie in seinen.

Lainys Mom tauchte vor ihrem inneren Auge auf und Bilder

davon, als sie noch klein gewesen und mit ihnen zusammen spazieren gegangen war. Immer wieder drängte sich auch Coles Gesicht zwischen die schönen Erinnerungen mit ihrer Familie. Das verscheuchte sie natürlich, so schnell sie konnte.

»Ich hatte immer solche Angst, dass du mich verachten würdest. Noch mehr als eh schon.«

Das Schluchzen ihres Dads würde ihr das Herz zerreißen, wenn es nicht bereits von Cole Cunningham zerschmettert worden wäre.

»Ich könnte dich nie verachten. Jeder macht mal einen Fehler«, sagte sie. Dabei fiel ihr auf, wie sehr das tief in ihr drin nach Doppelmoral klang. Denn bei Cole und seinem Dad war sie nicht derart großzügig und mitfühlend gewesen. Aber manche Fehler waren nun mal unverzeihlich, oder?

Als die Türklingel ertönte, erschraken sie beide.

»Das muss Marty sein«, bemerkte Lainy. Erst jetzt dachte sie wieder daran, dass sie ja zu Earl wollten und dass sie ihm nun absagen musste. Daran hatte sie vorhin nicht gedacht, denn eigentlich hatte sie ja geplant einfach still und heimlich zu verschwinden. So hätte sie sich auch von niemandem verabschieden und keine Fragen beantworten müssen. Aber das ging jetzt nicht mehr. Nicht nach dem, was ihr Dad eben erzählt hatte.

»Wir haben noch was vor. Es ist wichtig.«

Lainy beäugte ihren Vater, um abschätzen zu können, ob sie ihn in diesem Zustand jetzt allein lassen konnte.

»Sicher, macht nur. Versprich mir bloß, dass du dich von diesem Jungen fernhältst, hörst du?«

Sie wusste natürlich, wen er mit »diesem Jungen« meinte, und nickte deshalb energisch.

»Genau das habe ich vor.«

29

LAINY

»Du musst Cole anrufen und ihm sagen, dass er nicht zu Earl kommen darf!«, befahl sie Marty.

»Warum?«

Das kleine Monster schaute sie misstrauisch an.

»Tu einfach, was ich dir sage. Wenigstens einmal!«

Lainy konnte ihm keine bessere Erklärung liefern. Sie wusste nur, dass sie von Lügen jeglicher Art die Schnauze gestrichen voll hatte.

Als Marty sich nicht rührte, sah sie ihm tief in die Augen und sagte ruhig und bestimmt: »Marty, wenn du willst, dass ich mit dir zu Earl und im Anschluss zur Presse gehe, dann rufst du jetzt Cole an und sagst ihm, dass er nicht kommen darf! Er weiß warum.«

Endlich schien er zu begreifen, wie ernst ihr die Sache war.

»Na gut. Aber du hast eine Schraube locker, das ist dir hoffentlich klar.«

Lainy verdrehte die Augen, ließ seine Bemerkung jedoch unkommentiert.

»Warte noch – ich gehe ein paar Schritte vor, dann kannst du ihn anrufen.«

Denn sie wusste nicht, was passieren würde, wenn sie seine Stimme am Telefon hören würde. Wäre es nicht so traurig, würde sie sich darüber amüsieren, dass ausnahmsweise Marty mal derjenige von ihnen beiden war, der den Kopf über ihr Verhalten schüttelte, wie sie sonst bei ihm. Aber es war traurig. Ihrem Gefühl nach würde sie so bald nichts mehr erheitern.

»Erledigt«, rief Marty kurze Zeit später.

Lainy verlangsamte ihren Schritt und sah sich um.

»Man, du kannst aber schnell laufen«, keuchte das Monster, als er sie eingeholt hatte.

»Kann schon sein«, erwiderte sie.

Sie hatte ja auch einen guten Grund.

30

LAINY

»Heute wieder nur zu zweit?«

Earl bedachte sie mit einem prüfenden Blick.

Sicher, es musste seltsam sein, dass Lainy und Marty nach der Observation von Tony Cunningham, dem Bürgermeister und dem Stadtrat ausgerechnet ohne Cole bei ihm auftauchten.

»Cole darf nicht kommen«, platzte Marty heraus. »Lainy hat es ihm verboten.«

Sie schnappte nach Luft und warf Marty einen Todesblick zu.

Als ob ihm das etwas ausmachen würde ...

»Na dann kommt mal rein«, brummte Earl und winkte die beiden durch.

Drinnen angekommen spielten sie ihm die Audioaufnahmen zusammen mit dem Video vor, das Marty gemacht hatte. Der alte Earl sah und hörte sich alles stillschweigend an.

An der Stelle, als es um Cole ging, wurde Lainy schlecht. Sie hatte das Gefühl, keine Luft mehr zu bekommen, und wollte am liebsten rausgehen. Seltsamerweise legte Marty genau in dem Augenblick, als sie aufstehen wollte, seine Hand unter dem Tisch auf ihr Knie. Das beruhigte sie irgendwie.

Obwohl sie nie über die wirklich wichtigen Dinge im Leben sprachen, gab es hin und wieder Momente wie diese, in denen es Lainy so vorkam, als verstünde Marty sie besser als sonst irgendjemand sonst auf der Welt.

»Ihr habt gute Arbeit geleistet«, bemerkte Earl, als die Aufnahmen zu Ende waren.

»Dann gehen wir jetzt zur Presse.«

Marty schob voller Elan seinen Stuhl nach hinten und stand auf.

»Einen Moment noch«, mahnte Earl und schaute zu Lainy. »Gehe ich recht in der Annahme, dass Coles heutiges Fernbleiben etwas mit dem Inhalt dieser Aufnahmen zu tun hat?«

»Wissen Sie irgendetwas darüber?«

Die Worte sprudelten nur so aus ihr heraus. Sie fragte sich, weshalb das so war, denn schließlich hatte sie die Akte Cole Cunningham bereits geschlossen. Endgültig.

»Nicht im Detail, nein. Aber ...«, antwortete Earl, sein Blick war dabei eindringlicher als zuvor, »er ist ein guter Bursche ... hat viel durchmachen müssen.«

»Wie können Sie sich da so sicher sein, dass er gut ist?«

Lainy spürte, wie die Schläge ihres Herzens zunahmen. Keine Ahnung warum, denn es war ihr wirklich vollkommen egal, was der alte Earl über diesen Kerl zu wissen glaubte!

»Ich kenne den Kleinen, seitdem er aus dem Ei geschlüpft ist. Wie gesagt ...«

Earl zog ein blau kariertes Stofftaschentuch aus seiner Latzhose und schnäuzte sich die Nase. Lainy sah ihn unterdessen wie gebannt an, so als würden gleich die Worte aus seinem Mund kommen, von denen ihr Überleben abhing. »Er war schon als Kind immer mit auf dem Revier und auch später noch. Ich habe erlebt, wie sein Vater ihn behandelt hat. Schön war das nicht ... gar nicht schön.« Earl räusperte sich, bevor er fortfuhr. »Jedenfalls bin ich mir sicher, dass egal was du ihm vorwirfst, es mit großer Wahrscheinlichkeit etwas ist, in das Tony ihn verwickelt hat. Alles andere sähe ihm nicht ähnlich.« Wieder räusperte er sich geräuschvoll. »Aber das ist nur die Meinung eines bescheidenen, alten Mannes.« Lainy schluckte und stützte die Arme auf der Tischkante ab. »Manchmal lohnt es sich, die Dinge zunächst genauer zu betrachten, bevor man ein endgültiges Urteil fällt.«

Lainys Atem wurde flacher. Sie drückte ihre Fingernägel in die Handflächen.

Konnte der alte Earl tatsächlich recht haben mit dem, was er da sagte?

Aber ... Cole hatte doch nicht abgestritten davon gewusst zu haben. Wieso hätte er sich sonst auf diese Weise verhalten sollen?

In ihrem Kopf tosten die Gedanken wie riesige Wellen: Sie brachen sich an Felsen, wo sie schließlich eine nach der anderen zerschellten.

»Können wir jetzt gehen?«

Marty rutschte ungeduldig auf seinem Stuhl hin und her.

Lainy brauchte einige Sekunden, bis sie sich wieder gefangen hatte.

»Ja, wir müssen jetzt los.«

Sie stand auf und nickte Earl zu.

»Danke für alles.«

»Keine Ursache. Ich bin froh, dass ihr zu mir gekommen seid. Ihr seid sehr mutig ... Könnt stolz auf euch sein.«

Marty und Lainy gingen zur Tür. Es wunderte sie, dass der alte Earl nicht aufstand, um sie zu begleiten. Als sie sich noch mal umschaute, starrte er aus dem Fenster.

***

Lainy ging mit Marty zu sich nach Hause. Dort angekommen fragte sie ihren Dad, ob sie seinen Wagen ausborgen konnte, um mit Marty nach Leesville zu fahren. Genaueres sagte sie ihm nicht. Sie wollte nicht, dass er sich unnötig aufregte. Deshalb hatte sie beschlossen ihm lieber erst von der ganzen Sache zu erzählen, wenn sie wieder zurück waren. Wahrscheinlich dachte er, sie würden ins Kino fahren oder so. Lainy war jedenfalls froh, dass er nicht noch mal nachhakte.

»Glaubst du, dass wir erfolgreich sein werden?«

Marty schnallte sich an und sah zu ihr herüber.

»Ich weiß es nicht.«

Das war die Wahrheit. Aber Lainy hoffte es natürlich. Auch wenn sie nicht sicher war, ob sie wollte, dass diese furchtbare Geschichte mit Christina Higson tatsächlich stimmte. Bis jetzt sah es jedoch ganz danach aus ...

***

»Wenn Sie eine Story haben, die Sie der Redaktion vorstellen wollen, benötigen Sie einen Termin!«

Die Dame hinter dem Rezeptionstresen sah sie abfällig über den Rand ihrer Brille an.

»Es muss aber sein! Es geht um einen Mord!«, erklärte ihr Marty, bereit jeden Moment an der Rezeptionistin vorbeizustürmen.

Lainy stöhnte.

Das hatte er jetzt nicht wirklich einfach so gesagt?!

»Was mein Freund meint, ist, dass wir wichtige Informationen zu einem bereits abgeschlossenen Fall haben. Die sind ganz sicher von großem Interesse für Ihre Zeitung.«

Sie versuchte sich so kompetent wie möglich zu verhalten – doch auch das half nichts, denn die unfreundliche Rezeptionistin wies sie erneut darauf hin, dass sie wiederkommen konnten, wenn sie einen Termin hatten. Und wenn es sich um eine aktuelle oder zurückliegende Straftat handeln würde, sollten sie zur zuständigen Polizeistation gehen.

Nach zwei weiteren gescheiterten Versuchen, die Dame von der Dringlichkeit des Anliegens zu überzeugen, resignierte Lainy schließlich und zog den immer noch protestierenden Marty hinter sich her. Sie verließen die Eingangshalle und gingen hinaus zu einer Bank direkt gegenüber.

»Du musst es noch mal versuchen!«, beharrte das Monster.

»Marty, ich habe doch schon alles getan! Du warst doch dabei – sie lässt uns nicht rein!«

Lainy atmete tief ein und wieder aus. Sie dachte darüber nach, ein geöffnetes Seitenfenster zu suchen, um von dort aus in das Gebäude hineinzuklettern. Es war fraglich, dass sie das alleine schaffen würde – oder mit dem unsportlichen Marty, der nach wie vor erkältet war. Dazu würden sie jemanden wie Cole brauchen. Sie würde ihn so gerne löschen – aus ihrem Kopf und vor allen Dingen aus ihrem Herzen! Nur leider hatte sie diese Funktion noch nicht gefunden ...

»Ich glaube, es hilft nichts. Wir müssen in zwei Wochen wiederkommen«, sagte sie schließlich.

»Das ist zu spät!«

Marty verschränkte seine Arme und sah sie trotzig an. Lainy konnte ihn ja verstehen. Irgendetwas in ihr sagte ihr ebenfalls, dass es doch nicht sein konnte, dass sie bei so einer wichtigen Sache derart lange warten mussten. Wo blieb da die Gerechtigkeit? Was würde Christina Higson davon halten, würde sie noch leben?

Nein, es musste auch anders gehen!

Sie rieb sich den Schweiß von der Stirn.

»Da ist Earl!«, rief Marty plötzlich.

Lainy schaute nach rechts – und tatsächlich, auf der anderen Straßenseite ging der alte Earl gerade die vielen Treppenstufen hinauf zum Eingang der Westwing-Tageszeitung.

»Komm mit!«

Lainy zerrte an Martys Ärmel. Gemeinsam rannten sie über die spärlich befahrene Straße.

»Earl! Earl!«, rief Marty.

Earl drehte sich um und blieb kurz vor dem Eingang stehen.

»Was ... was ... tun Sie denn hier?«, keuchte Lainy, als sie ihn endlich erreicht hatten.

Earl sah erst zu ihr und anschließend zu Marty. Dann fuhr er sich mit der linken Hand über seinen üppigen Bart und sagte: »Das Richtige.«

***

Es stellte sich heraus, dass man keinen Termin bei der Presse brauchte, wenn man einen ehemaligen Vertreter des Polizeichefs im Schlepptau hatte. Nachdem der alte Earl ein paar Worte mit der Rezeptionsdame gewechselt hatte – sie schienen sich zu kennen –, wurden sie von ihr einfach so durchgewunken. Earl schlurfte hinter ihnen her.

***

In dem Großraumbüro war sehr viel los. Lainy war froh, dass Earl genau zu wissen schien, wer für ihre Angelegenheit zuständig war.

»Um Christina geht es? Christina Higson?«

Ein schmaler Mann im Nadelstreifenanzug mit abgewetzten braunen Schuhen schaute sie fragend an. Er hatte gerade vor ein paar Kopien zu machen, aber als er hörte, was Earl zu sagen hatte, ließ er den Stapel Zettel, den er eben noch in der Hand gehalten hatte, einfach zu Boden fallen. Lainy bückte sich, hob alle Zettel auf, denn er schien gar nicht bemerkt zu haben, dass er sie losgelassen hatte. Stattdessen sagte er wieder und wieder: »Das kann doch nicht wahr sein«.

Earl fragte ihn, wo sein Schreibtisch sei und ob sie sich setzen konnten.

»Ja, sicher doch. Bitte entschuldigen Sie. Christina, sie ... sie war eine Freundin, verstehen Sie? Ich habe es damals schon nicht glauben können, als ich hörte, dass sie sich das Leben genommen haben soll. Und dann auf diese Weise ... Das ... Nein, das wäre nicht ihre Art gewesen – das dachte ich schon immer. Ich meine, man schaut den Leuten ja nur vor den Kopf, ich weiß, aber ... Nein, das passte einfach nicht zu ihr.«

Sie zeigten ihm die Dokumente, die belegten, dass damals absichtlich Beweise unter den Tisch gekehrt worden waren. Zum Schluss hörte er sich noch die Tonaufnahmen von Earls Aufnahmegerät an und begutachtete Martys Kameraaufnahmen. Wie schockiert er von alledem war, konnte man deutlich an seinem Gesichtsausdruck ablesen. Sie wertete es als gutes Zeichen, da das sicher hieß, dass er ihnen helfen würde.

***

»Meinst du, wir können uns auf ihn verlassen?«, fragte Marty Earl, als sie nach einer guten Stunde wieder auf der Straße standen.

»Ich denke schon«, antwortete Earl knapp.

Dann verabschiedete er sich von ihnen. Er sagte, er habe noch etwas zu erledigen – was genau, verriet er jedoch nicht.

Als Marty und Lainy sich auf den Heimweg machten, sagte das Monster auf einmal: »Schade, dass Cole nicht dabei war. Immerhin haben wir das alles nur seinetwegen aufdecken können.« Sie musste schlucken. »Ihr solltet euch wieder vertragen. Er liebt dich.«

Lainy konnte sich gerade noch davon abhalten, mitten auf der Straße eine Vollbremsung zu machen. Ein Schmerz in ihrem Herzen. Atemlos hielt sie am Wegesrand an und legte eine Hand auf ihre Brust.

»Was sagst du da?«

Marty verzog das Gesicht und sah sie an, als wäre sie schwer von Begriff.

»Ich finde, ihr solltet euch wieder vertragen. Er liebt dich«, wiederholte er schließlich mit doppelter Lautstärke. Lainys Mund fühlte sich plötzlich ganz trocken an. »Wie gesagt, ein Ohrenarzttermin wäre sicher von Vorteil für dich«, fügte Marty an und sah seufzend aus dem Fenster.

»W-Woher weißt du das? Hat er das gesagt?«

Ihr Herz klopfte so schnell, dass sie befürchtete, es könnte jede Sekunde gänzlich den Geist aufgeben. Sie fuhr auf den Seitenstreifen und brachte den Wagen zum Stehen.

Marty nickte.

»Hat er.«

»Was hat er gesagt? Und wann?«, fragte sie mit bebender Stimme.

»Das war letzten Sommer. Wir haben uns erst über das Leben und dann über den Tod unterhalten. Ich habe gesagt, dass ich mir nicht vorstellen kann jemals zu sterben. Und er sagte dann, kurz vor dem Tod gebe es nur zwei Dinge, die wirklich wichtig seien.« Marty machte eine dramatische Pause – und das obwohl er sonst nie eine machte. Lainy hätte ihn am liebsten geschüttelt und gesagt, er solle sprechen, aber sie konnte sich nicht rühren. »Ich habe ihn dann gefragt, welche Dinge das seien, und er meinte, dass es letztlich einzig und allein darauf ankäme, wer dich geliebt hat und wen du geliebt hast. Daraufhin wollte ich wissen, wie er das meine, und dann hat er mir erklärt, dass wenn er jetzt und hier sterben würde, wäre das gar nicht so schlimm. Er sagte, dass bei ihm auf der einen Seite zwar nicht so viele Menschen stünden – wohl nur seine Mutter –, aber das sei total okay. Denn auf der Wen-du-geliebt-hast-Seite habe er außer ihr ja noch eine weitere Person und zwei Menschen seien mehr als genug. Und ich habe ihn dann gefragt, wer diese andere Person sei, und da hat er gesagt, dass du die seist. Und dann haben wir Eiscreme gekauft – ich habe zwei Kugeln gegessen und er eine.« Marty putzte sich die Nase. Lainy saß unterdessen noch immer regungslos da und wusste nicht, was sie sagen, denken oder fühlen sollte. »Deshalb finde ich, dass ihr euch wieder vertragen solltet. Cole ist nett. Ich möchte nicht, dass er so traurig wird wie ich, als du einfach verschwunden und drei Jahre nicht mehr wiedergekommen bist.« Das kleine Monster schnäuzte abermals die Nase, steckte sein Taschentuch ein und stellte den Wissenskanal im Radio an.

Heiße Tränen liefen über Lainys Wangen. Sie beugte sich hinüber zu Marty und nahm ihn in den Arm. Er wehrte sich zunächst, aber das war ihr egal. Sie hielt ihn einfach fest, ganz fest. Und als er schließlich aufhörte ihr auf den Rücken zu hauen und ihre Umarmung erwiderte, umfasste er sie noch fester als bei ihrer Begrüßung.

»Ich hab dich lieb, weißt du das?«, flüsterte sie in sein rotes Haar hinein.

Marty nickte.

Sie hielten sich bestimmt zehn Minuten am Stück umschlungen, bevor er sagte: »Du bist die Person, mit der ich am liebsten zusammen bin.«

31

COLE

»Sir.«

Elaines Vater starrte ihn an. Cole war darauf vorbereitet, dass er ihm eine verpassen würde. Das wäre sein gutes Recht.

Aber er tat nichts dergleichen. Stattdessen zog er die Tür hastig wieder heran. Doch Cole reagierte schnell und schob seinen Fuß dazwischen.

»Ich rufe die Polizei!«, rief Mr Wigmore wütend.

»Bitte, Sir, ich will nur mit Ihnen reden. Es ist wichtig.«

»Es gibt nichts, was ich von dir oder von sonst wem aus deiner Sippe hören müsste!«, entgegnete Elaines Vater in scharfem Ton.

Es wundert Cole, dass er nicht schrie. Er hatte damit gerechnet, dass er ihn anbrüllen oder dass er zumindest mit erhobener Stimme sprechen würde. Aber er war ganz ruhig. Vielleicht hatte er ja ein Gewehr hinter der Tür stehen und wusste, dass er nur danach greifen brauchte, um Cole wegzupusten. Er könnte verstehen, wenn er das vorhätte.

»Bitte«, sagte Cole noch mal, woraufhin Mr Wigmore abermals versuchte die Tür zuzuschlagen. Aber Cole trug Stahlkappenschuhe und war gut vorbereitet – auf alles gefasst, nach der Sache gestern Abend mit Brendans Gang.

»Es geht um Ihre Tochter«, sagte Cole. Wenn Mr Wigmore bei Lainy nicht einknickte, dann hatte er keine Chance.

»Was hast du mit meiner Tochter gemacht?!«

Jetzt schrie er doch. Das war ihm sehr viel lieber als diese seltsame Gefasstheit, die überhaupt nicht zur Situation passte.

Mein Vater hat sein Leben zerstört. Es ist richtig, dass er mich hasst, hörte er seine innere Stimme sagen.

»Ich habe ihr nichts getan ... so ist es nicht. Hören Sie, ich muss mich bei Ihnen und ihr entschuldigen. Für alles, was meine Familie und ich Ihnen angetan haben. Ich weiß, es gibt nichts auf der Welt, was das je wiedergutmachen könnte.« Cole stockte, während er in seine Innentasche griff. »Aber vielleicht nehmen Sie ja trotzdem das hier. Bitte!«

Langsam überreichte er Mr Wigmore den Briefumschlag, doch der schlug ihn ihm aus der Hand.

»Mach, dass du hier wegkommst, sonst vergesse ich mich!«

Das war deutlich gewesen. Cole nahm den Fuß aus der Tür, sodass er sie schließen konnte. Er hob den Briefumschlag vom Boden auf und warf ihn in den Briefkasten. Dann stieg er in sein Auto. Gerade als er losfahren wollte, sah er Elaine im Wagen ihres Dads auf der anderen Straßenseite parken. Sein Puls raste. Es vergingen keine zwanzig Sekunden, da hatte sie ihn auch schon entdeckt.

Er war wie erstarrt, als sie plötzlich an sein Fenster klopfte. Er konnte sie nicht ansehen, wollte es nicht noch einmal ertragen, von ihr mit einem Blick so voller Kälte und Hass bedacht zu werden.

Sie klopfte erneut – es gab kein Entkommen.

Cole biss die Zähne aufeinander, als er ausstieg. Er fühlte sich dabei wie ein Roboter, der von irgendwem außerhalb gesteuert wurde. Als er Lainys gerötete Augen sah, fragte er sich, ob sie geweint hatte.

»Wie kann es eigentlich sein, dass du manchmal so ein unglaublich großartiger Mensch bist, und dann, nur einen Moment später, bist du wieder das größte Arschloch auf Erden? Erklär mir das doch bitte mal! Ich kann das einfach nicht begreifen!« Da war etwas in ihren Augen ... Keine Verachtung, eher ... ein Funken. Hoffnung?

Oder bildete er sich das bloß ein? »Und was zum Teufel ist mit deinem Gesicht passiert?«, fragte sie aufgebracht.

Das hatte er fast schon wieder vergessen.

»Zweitens«, begann er und rieb sich unsicher über den Nacken. »Brendans Gang hat sich gestern Abend hinter Melodys Rock-'n'-Rolla-Bar bei mir dafür gerächt, dass ich mir Louis die Tage vorgeknöpft habe. Das war zu erwarten, halb so wild.«

Coles Hände schwitzten, er konnte kaum sprechen vor Nervosität. Dass er absichtlich Streit mit ihnen gesucht hatte, sagte er natürlich nicht.

»Und was sagst du zu Erstens?«

Ihre Stimme war barsch. Aber sie lief zumindest nicht weg, ging nicht ins Haus, obwohl sie könnte, wenn sie wollte.

»Erstens: Ich weiß, dass ich zu den Menschen gehöre, die man nur sehr schwer lieben kann, wenn überhaupt. Aber ...« Cole stockte, verlor sich in ihren grünen Augen. Und das war das schönste Gefühl überhaupt. Obwohl sich ihre Körper voneinander fernhielten, waren sie sich nah. Das war mehr, als er noch vor ein paar Tagen je zu träumen gewagt hatte.

»Aber was?«

Ihre Worte waren jetzt lediglich ein Flüstern.

»Die Menschen, die man nur sehr schwer lieben kann, haben es für gewöhnlich am dringendsten nötig«, sagte er leise.

Lainys Augen füllten sich mit Tränen. Seinetwegen?

»Das dachte ich mir schon«, murmelte sie und schenkte ihm den schönsten aller Aufschläge. Zunächst nur an einem Finger, dann an der ganzen Hand, ihrem Arm, der Schulter zog er sie an sich und küsste sie lang und innig.

Es war, als wäre es ihr allererster Kuss. Und dann wieder auch nicht. Denn er kannte sie schon sein ganzes Leben lang. Plötzlich war es wieder da – dieses seltsame Gefühl: Eine leise Stimme in seinem Ohr, die ihm zuflüsterte, dass es falsch war. Er sollte Angst haben, ohne Schutzschild dazustehen und einer anderen Person ausgeliefert zu sein. Aber er wollte nicht hinhören, er wollte auf sein Herz hören, denn das sagte etwas anderes: *Es ist das Richtige.*

33

WIE ALLES ENDETE …

LAINY

»Hast du schon die Zeitung gelesen?«

Marty war vollkommen außer Atem, als er in Lainys Zimmer stürmte.

»Hey, beruhig dich mal!«

»Hast du schon die Zeitung gelesen?!«

»Nein. Du siehst doch, dass ich gerade erst wach geworden bin.«

Sie gähnte, streckte sich und schob ihre Bettdecke ein Stück zurück.

Marty lief aufgeregt im Zimmer auf und ab, die Zeitung fest im Griff.

»Da steht: ›Schwere Straftaten in den obersten Reihen – South Carado. Bürgermeister, Stadtrat und Polizeichef in Untersuchungshaft!‹ Hast du gehört, Lainy? Die haben sie tatsächlich festgenommen!«

Er setzte sich ans Bettende.

»Irre, dass das so schnell ging«, sagte sie. Das erstaunte sie tatsächlich, es waren ja gerade einmal drei Tage vergangen, seitdem sie bei der Zeitung gewesen waren.

»Was noch?«

»Da steht, dass den dreien aufgrund von wieder aufgetauchtem Beweismaterial und der Aussage eines Zeugen der Prozess wegen Mordes an Christina Higson gemacht wird! Außerdem gibt es eine groß angelegte Ermittlung, was die Finanzen von South Carado, die Polizeibehörde, die Kriminalstatistiken und die bisherigen Bürgermeister- und Stadtratswahlen angeht.«

Sie setzte sich auf.

»Was für ein Zeuge?«

Marty klappte die Zeitung auf.

»Steht da nicht.«

Plötzlich sahen sie sich mit großen Augen an.

»Meinst du etwa, der alte Earl ist der Zeuge?«

Lainy überlegte einen Moment.

»Ich wüsste nicht, wer es sonst sein könnte.«

»Wow«, gab Marty zurück. Cole hatte recht gehabt: Manchmal überraschten einen die Menschen tatsächlich!

»Wann ist der Prozess?«, erkundigte sie sich bei Marty.

»Weiß nicht, wird nicht erwähnt.«

»Hm, okay«, murmelte Lainy. »Wir werden es schon noch mitbekommen. Steht noch irgendwas Genaueres zu Christina drin?«

Lainy griff nach der Zeitung und las die ersten beiden Absätze quer, bis sie zu der Stelle kam, an der geschrieben stand:

Auf Wunsch der Familie werden keine weiteren Informationen zu Christina Higson veröffentlicht.

Sie war ein bisschen enttäuscht, denn sie hätte wirklich gern gewusst, was damals genau mit ihr passiert war.

»Nein, habe nichts gefunden. Aber nach der Verhandlung wird man sicher noch Genaueres erfahren«, erklärte Marty.

»Ja, bestimmt«, entgegnete sie.

»Gehen wir nachher zu Cole?«

Marty sprang von ihrem Bett auf und schaute sie erwartungsvoll an.

»Können wir machen. Aber erst am Nachmittag. Ich habe noch was mit meinem Dad zu besprechen«, antwortete Lainy, bevor sie die Decke zurückschlug und aufstand.

»In Ordnung«, stöhnte Marty und ging zur Tür.

»Vor fünfzehn Uhr brauchst du hier nicht aufzuschlagen, kapiert?«

»Dann bin ich um vierzehn Uhr fünfundvierzig bei dir.«

Lainy schnaubte und verdrehte die Augen, als Marty die Tür zuknallte und Treppe hinunterstiefelte.

War ja klar – wie kam sie bloß darauf, irgendetwas anderes von dem Monster zu erwarten?

Schmunzelnd lief sie ins Bad.

***

Als Lainy nach unten kam, saß ihr Dad in der Küche und trank seinen Kaffee. In der Hand hielt er ein Buch von Stephen King.

»Morgen.«

»Morgen.«

Sie zog den gegenüberstehenden Stuhl zurück und setzte sich zu ihm. Ihr Blick fiel auf das Regal – dort lag er.

»Dad?«, fragte sie vorsichtig.

Ihr Vater sah auf.

»Bitte?«

»Wann machst du endlich den Brief auf?«

»Eher friert die Hölle zu, bevor ich den lese.«

Er räusperte sich.

»Darf ich ihn aufmachen?«

Keine Antwort. Das wertete sie mal als ja. Also ging sie zum Regal und holte den Brief. Dann setzte sie sich wieder hin.

Lainy legte ihn auf den Tisch und schaute ihrem Dad in die Augen.

»Ich habe dir noch gar nicht gesagt, wie stolz ich auf dich bin, dass du dein Leben wieder so gut auf die Reihe bekommen hast.«

Er machte eine abwehrende Handbewegung.

»Kein Grund, stolz zu sein, das war das Mindeste.«

»Das ist sehr wohl ein Grund, um stolz zu sein.«

Sie lächelte ihn an.

»Ich liebe dich, Dad.«

»Ich liebe dich auch, meine Kleine.«

Lainy wurde ganz warm ums Herz bei dem Ausdruck in seinem Gesicht. Sie wünschte, ihre Mom könnte sie jetzt sehen.

»Bereit?«, fragte sie und hielt den Brief in die Höhe.

Ihr Vater nickte seufzend.

Lainy überflog die Zeilen. Einmal. Zweimal. Dreimal.

»Es ... es ist ein Geständnis. Cole schreibt, dass er keinen rechtmäßigen Abschluss hat, da seine Noten gefälscht wurden.«

Sie konnte nicht fassen, dass er das getan hatte. Und ... da war noch mehr ...

»Und dann ist hier noch ein Scheck über ...«

Sie schnappte nach Luft – ihre Hände zitterten.

»Hier ist ein Vertrag mit einem Schuldschein über sechs Millionen Dollar.«

Ihr Dad verschluckte sich am Kaffee.

»Zeig mal her!«, rief er und griff hastig nach den Papieren.

»Das darf doch nicht wahr sein«, murmelte er immer wieder.

Am liebsten wäre Lainy jetzt sofort zu Cole gestürmt und hätte ihn gefragt, ob er spinnte. Aber vorher hatte sie noch etwas anderes zu erledigen ...

»Dad – ich schätze, einen günstigeren Zeitpunkt wird es dafür nicht mehr geben, deshalb sage ich es jetzt einfach.«

Ihr Vater legte den Scheck, den Briefumschlag und das Geständnis auf den Tisch und schaute zu ihr. Er sah aus, als stünde er irgendwie unter Schock – im positiven Sinne. Hoffentlich milderte dieser Umstand seine Reaktion auf das, was sie ihm gleich sagen würde, ein wenig ab.

»Ich liebe ihn.«

»Wen?«

Lainy schluckte.

»Cole Cunningham. Ich liebe Cole Cunningham.«

Es vergingen etwa fünf Minuten, in denen ihr Dad sie einfach nur fassungslos anstarrte. Dann stand er auf und verließ ohne ein weiteres Wort den Raum.

Das war besser gelaufen, als sie erwartet hatte ...

Sie redeten den restlichen Tag nicht miteinander und Lainy fand es in Ordnung, weil sie sich schon gedacht hatte, dass er einiges an Zeit brauchen würde, um das zu verdauen.

***

Sie verbrachte den Nachmittag mit Marty und Cole und es war einfach wunderbar. Eigentlich wollte sie Cole sagen, dass sie die sechs Millionen Dollar auf keinen Fall annehmen konnten. Aber er entgegnete bloß, dass er sich keine bessere Verwendung für das Geld vom Verkauf des Anwesens hätte vorstellen können.

»Du hast euer Anwesen dafür verkauft?«

Er lächelte zaghaft.

»Ich weiß, es ist nicht das Unternehmen, aber ... wenigstens etwas.«

»Aber das ist dir doch so wichtig! Es erinnert dich an deine Mutter. Cole ... Das kannst du doch nicht machen!«

Doch er schüttelte bloß den Kopf.

»Ich habe mich viel zu lange der Illusion hingegeben, ich wäre ihr irgendwie näher, wenn ich hier bin. Dabei habe ich mich in diesen Gemäuern schon ewig nicht mehr wohlgefühlt. Und außerdem ...«, er hielt inne und nahm Lainys Hand, »hätte meine Mutter gewusst, was mein Vater angerichtet hat, hätte sie alles darangesetzt, das wiedergutzumachen. Denn so war sie einfach. Ich bin sicher, sie wäre einverstanden gewesen.«

Sanft strich er über ihren Handrücken, während seine blauen Augen in ihren verharrten.

Lainy wusste mittlerweile, dass Cole nicht einmal eingeweiht gewesen war, als sein Vater seine Noten hatte frisieren lassen. Er hatte es erst viel später – während eines Streits mit ihm – erfahren.

Heutzutage wusste sie besser denn je, wie sehr man sich von Zeit zu Zeit in Menschen täuschen konnte – und zwar im positiven Sinne.

***

Als Lainy am Abend nach Hause kam, nahm ihr Dad sie in den Arm.

»Ich will doch bloß, dass du glücklich bist, Mädchen«, sagte er und strich über ihr Haar.

»Danke, Dad«, entgegnete sie und drückte ihr Gesicht an sein weiches Flanellhemd.

»Wenn er dir wehtut, bringe ich ihn um«, knurrte ihr Vater.

MARTY

Lainy, Cole und Marty würden Lainys restliche Semesterferien auf Bali verbringen, weil man dort angeblich wunderbar Urlaub machen und Erfolge feiern konnte …

Und Lainy meinte, dass sie diesen Urlaub ja damit verbinden konnten, ihr Handy von irgendeinem mysteriösen blonden Surfer-Typen wiederzuholen.

Marty hoffte sehr für die beiden, dass sie ihm tatsächlich einen Fensterplatz gebucht hatten. Wahrscheinlich sollte er sie noch mal fragen, nur um ganz sicherzugehen.

»Und es steht wirklich fest, dass ich einen Fensterplatz habe?«

Er sah erst zu Lainy, dann zu Cole. Sie lachten im Gleichklang und wirkten gut gelaunt, so als ob es ihnen gar nichts ausmachen würde, in dieser endlos langen Schlange zu warten, bis sie drankamen. Das konnte er beim besten Willen nicht nachvollziehen.

»Ja, Marty. Keine Sorge. Du hast einen Fensterplatz!«, versicherte ihm Lainy und er fühlte sich gleich ein bisschen ruhiger.

Hoffentlich war der Flughafen auf Bali nicht auch so voll. Und die Toiletten im Flugzeug … hoffentlich wurden die nach jeder Benutzung wieder einwandfrei gesäubert.

Marty sah sich um und zählte alle Ecken, die er in der monströsen Wartehalle finden konnte.

Hauptsache, Lainy und Cole hatten nicht gelogen und er hatte *wirklich* einen Fensterplatz.

Epilog

LAINY

»Du weißt aber schon, dass du zu mir gehörst, oder?«

Coles Flüstern an ihrem Ohr, zusammen mit seinem warmen Atem auf ihrer Haut, bescherte Lainy eine Gänsehaut am gesamten Körper, während sie mit dem Rücken zur Wand in der balinesischen Tikki-Bar stand und beobachtete, wie sich ein Haufen einheimischer Jugendlicher, der Surfer-Boy und Marty (!) auf der Tanzfläche vollkommen zum Affen machten.

Einzig das Klingeln ihres Wegwerfhandys störte den Moment. Obwohl Lainy nun dank des blonden Schönlings wieder im Besitz ihres richtigen Handys war, hatte sie vor lauter Ankunftstrubel ganz vergessen den klobigen schwarzen Elektroklotz loszuwerden.

Sie zog ihn aus der Tasche und überprüfte das Display.

Nummer: Unbekannt.

»Hallo?«

»Spreche ich mit Elaine Wigmore?«

»Ja. Wer ist denn da?«

»Hank Barney. Sie hatten sich vor einer Weile um eine Stelle hier beworben.«

Lainy schlug sich die Hand vor den Mund, um ihr Lachen zu unterdrücken.

»Alles in Ordnung?«, formten Coles Lippen.

Sie nickte und warf ihm eine Kusshand zu.

»Entschuldigen Sie – ich hatte ganz vergessen abzusagen. Ich bin momentan noch eine Woche außer Landes und danach habe ich wieder Uni«, erklärte sie und bemühte sich die irrwitzige Darbietung auf der Tanzfläche nicht weiter zu beachten. »Ich werde erst um Weihnachten wieder in South Carado sein. Suchen Sie vor oder nach Weihnachten vielleicht noch jemanden?«

»Immer!«, bestätigte der Ladenbesitzer. »Melden Sie sich eine Woche vorher noch mal bei mir.«

Hank Barney hustete.

»Mache ich. Danke!«

»Ach, da fällt mir ein, wenn Sie über Weihnachten aushelfen, haben Sie auch die Möglichkeit, an der Mitarbeiter-des-Jahres-Wahl teilzunehmen.«

»Hört sich gut an«, erwiderte Lainy und legte schmunzelnd auf.

***

»Bali war wunderbar. Ich wünschte, wir hätten noch länger bleiben können.«

Lainy seufzte gedankenversunken, als sie sich an den Abend in der Tikki-Bar zurückerinnerte.

So glücklich war sie lange nicht mehr gewesen.

Cole drückte ihre Hand.

»Wer sagt denn, dass es der letzte Urlaub dort war? Wir können jederzeit wieder hinfliegen, wenn du Semesterferien hast. Allerdings dann vermutlich Economy- statt Businessclass.«

»Weißt du eigentlich, wie egal mir das ist?«, entgegnete sie lächelnd. »Du und ich nachts am Strand, über uns der Sternenhimmel, das Rauschen der Wellen – das ist alles, was ich für einen Moment der Ekstase brauche«, lachte sie.

»Tatsächlich? Das ist alles?«, flüsterte Cole und fuhr mit seiner Hand langsam ihren Oberschenkel hinauf.

»Du solltest das lassen«, grinste Lainy, »sonst baue ich noch einen Unfall. Ich kann mich nicht konzentrieren, wenn du das machst.«

Cole lachte dunkel.

»Du wirst mir fehlen«, sagte sie und versuchte nicht an die vielen Tage zwischen jetzt und den Weihnachtsfeiertagen zu denken.

»Ich werde dich besuchen, so oft ich kann. Mein College ist zwar nicht gerade um die Ecke, aber wo ein Wille ist …«

»Das ist ein blöder Spruch«, neckte sie ihn, um sich von dem Schmerz in ihrer Brust abzulenken. Ein Teil in ihr konnte es noch immer nicht fassen, dass sie sich dermaßen verliebt hatte. Wie war es möglich, solch starke Gefühle für jemanden zu entwickeln, mit dem man nur einen einzigen Sommer verbracht hatte?

»Aber er ist wahr«, antwortete Cole und steckte ihr eine verirrte Haarsträhne hinters Ohr.

***

Als sie schließlich am Gladwell Hills ankamen, fühlte es sich so an, als wäre Lainy eine halbe Ewigkeit nicht mehr hier gewesen. Wenn sie an Megan, Elizabeth und Cathy dachte, wurde ihr ganz mulmig zumute. Vermutlich weil sie mittlerweile wusste, dass wahre Freundschaft nicht das war, was sie sich während ihrer bisherigen Studienzeit vorgegaukelt hatte.

Richtige Freunde akzeptierten einen, wie man war, ohne einem das Gefühl zu geben, man müsste sich verstellen, um zu ihnen zu gehören. Das wusste sie jetzt.

Im kommenden Semester würde sich einiges ändern. Sie konnte nicht mehr in ihre alte Rolle zurück, dafür war zu viel passiert. Lainy war jetzt eine andere – und das hatte nichts, aber rein gar nichts mit dem Geld zu tun, das ihr Dad von Cole erhalten hatte.

Sie wusste jetzt endlich, worauf es im Leben wirklich ankam: Freunde, Liebe und Familie.

Sometimes in the waves of change we find our true direction.
– Unbekannt

PLAYLIST

LAINYS & COLES SOUNDTRACK

COLTER WALL – SLEEPING ON THE BLACKTOP
THE CURE – LOVESONG
EDITORS – SALVATION
TYLER CHILDERS – NOSE ON THE GRINDSTONE
EDITORS – OCEAN OF NIGHT
EDITORS – COLD
TYLER CHILDERS – COAL
EDITORS – ALTERNATIVE: OUR #LOVE
TYLER CHILDERS – LADY MAY

Lies dich rein!

Leseprobe aus »Kiss Me Never«, dem ersten Band der »Crushed-Trust-Reihe« von Lana Rotaru

246 Seiten
ISBN 978-3-551-30278-6

Niemals gehört dir mein Herz

Andrew King starb vor sechs Monaten bei einer Fahrt mit seinem Motorrad. Alle glauben an einen Unfall. Nur seine Schwester Amanda ist sich sicher: Es war Mord. Und ganz oben auf ihrer Liste der Verdächtigen steht der selbstverliebte und arrogante Frauenheld Dante. Auf der Suche nach Beweisen versucht sie in den Kreis der Zetas zu gelangen, der Studentenverbindung ihres Bruders. Doch dabei kommt sie dem attraktiven Dante gefährlich nahe …

»Es tut uns wirklich sehr leid, Madam, aber als wir den Unfallort erreichten, konnten wir nichts mehr für Ihren Sohn tun. Der Sturz mit dem Motorrad …« Der Größere der beiden Polizisten, dessen fettes Doppelkinn auffallend war, senkte betroffen den Kopf, was seinen Hals nur noch dicker erscheinen ließ. »Andrew war bereits tot, als wir ankamen.« Auch sein kleinerer und wesentlich schmächtigerer Kollege blickte verlegen zur Seite, anstatt uns anzusehen.

Ich stand neben Mom im Hausflur und zupfte an meinen weißen Baumwollshorts, in denen ich immer schlief. Einen kurzen Augenblick lang fragte ich mich, wieso ich noch meine Schlafsachen trug, obwohl wir längst beim Frühstück gesessen hatten. Meine Eltern hassten es, wenn wir nicht richtig angezogen zu Tisch kamen. Und noch mehr hassten sie es, wenn wir beim Essen gestört wurden. Wie in diesem Moment.

Ich sah die beiden Polizisten mit schräg gelegtem Kopf an. Anstatt über die Worte nachzudenken, die meine Welt ins Chaos stürzte, wunderte ich mich über die Art, mit der wir informiert wurden. Man sollte meinen, dass die hiesigen Polizisten mit einer solchen Situation umgehen konnten. Wurden sie nicht für diese Gespräche geschult? Doch als Mom zu zittern begann und kurz darauf mit einem markerschütternden Schrei an Dads Brust zusammenbrach, blieben sie stumm und schauten betreten zu Boden. Selbst mich blickten sie nicht an, obwohl jeder in unserer Kleinstadt Natchez wusste, wie nah ich meinem Bruder stand – gestanden hatte. Sie hätten wissen müssen, wie sehr mich die Nachricht über Andrews Tod treffen und wie sie mein Leben für immer verändern würde.

»Es tut uns sehr leid, dass das neue Jahr so schmerzhaft für Sie beginnt.«

Ach ja. Heute war der erste Januar.

Gestern war Jennys Silvesterparty gewesen. Eine der wenigen Feiern, zu denen Andrew und ich gemeinsam eingeladen worden waren.

Der dickliche Polizist sah endlich auf und blickte mich aus kleinen, dunklen Schweinsäuglein an. Er öffnete den Mund, um etwas zu sagen, entschied sich aber dagegen und schloss ihn wortlos. Mit einer fahrigen

Bewegung fuhr er sich durch das schüttere graue Haar, um wenig später seine Wurstfinger an der schiefergrauen Uniform abzuwischen.

War das eine nervöse Geste?

Ich wusste es nicht, aber in diesem Augenblick wollte ich nicht darüber nachdenken. Der Kloß in meinem Hals und die Last auf meiner Brust drohten mich zu ersticken. Gerade als ich dachte in Ohnmacht zu fallen, weil kein Sauerstoff mehr in meine Lungen gelangte, mischte sich unbeschreibliche Wut in den Schmerz und half mir wieder klarer zu denken. »Das ist nicht wahr! Andrew hatte keinen Unfall! Er wurde umgebracht!« Ich wusste es genau! »Sein Motorrad wurde manipuliert!« Der Zorn ließ meine Stimme laut und selbstsicher klingen, auch wenn ich mich völlig anders fühlte.

Meine Worte verhallten, ohne dass sie jemand beachtete. Mit jeder Sekunde, die ich ignoriert wurde, rannen mir immer mehr brennende Tränen über die Wangen und meine Fingernägel bohrten sich schmerzhaft in meine Handflächen. »Wieso hört mich keiner?! Das waren Van Mason und Dante Hawk!« Ich stapfte wie ein Kleinkind mit dem Fuß auf den Boden, aber die beiden Polizisten nickten uns nur ein letztes Mal stumm zu, ehe sie schweigend das Haus verließen und uns mitten in den Trümmern dieser Neuigkeit zurückließen.

***

Ein lautes Schrillen durchdrang das Gefühl von Trauer und Schmerz, das mich wie ein Kokon umhüllte. Langsam verblasste das Bild vor meinem inneren Auge und mein Bewusstsein kehrte zurück an die Oberfläche.

Ich hab nur geträumt.

Für einen winzigen Augenblick durchströmte mich Erleichterung, ehe das Gefühl von der Realität gedämpft wurde. Ich seufzte resigniert. Obwohl es nur ein Traum gewesen war, blieb das Ergebnis dasselbe: Mein großer Bruder war tot. Er hatte in der Silvesternacht einen Motorradunfall gehabt und war seinen Verletzungen erlegen, noch bevor die Rettungskräfte zur Stelle waren. An diesem Umstand würde sich nichts ändern, egal wie oft ich den grauenvollen Albtraum noch durchleben musste.

Mein Herz raste. Ich war nassgeschwitzt und meine Hände zitterten, als ich mir über das Gesicht rieb. Mühsam öffnete ich die Augen und sah mich nach der Quelle des Geräusches um, das mich erlöst hatte. Durch den Vibrationsalarm zum Leben erwacht, tanzte mein Handy auf meiner weißen Nachttischkommode. Ich griff danach und stellte den Alarm aus. Lustlos ließ ich das Handy zurück auf das Möbelstück fallen und setzte mich auf. Tage, deren Morgen mit diesem Albtraum begann, konnten nur ätzend werden. Am liebsten hätte ich mir die Decke über den Kopf gezogen und wäre den ganzen Samstag im Bett geblieben. Aber meine Eltern würden früher oder später nach mir sehen und da ich ihre Art von Unterhaltung und ihre Fragen nach meinem Befinden unbedingt vermeiden wollte, musste ich aufstehen. Ob ich wollte oder nicht.

Mit hängenden Schultern und mattem Verstand sah ich mich in meinem Zimmer um, bis mein Blick am Wandspiegel gegenüber meinem Bett hängen blieb. Ich sah mich selbst aus aufgedunsenen Augen an. Meine langen blonden Haare, die im Sonnenlicht rötlich schimmerten, standen mir unordentlich vom Kopf ab. Die Träger meines weißen Spitzentops waren mir von den Schultern gerutscht. Ich sah ziemlich zerknautscht aus, was mich nur noch schmaler und zierlicher wirken ließ.

Meine Friseurin sagte zwar immer, dass sie mich um meine erdbeerblonden Strähnen und die stahlgrauen Augen beneidete, aber ich teilte ihre Meinung nicht. Mit meiner blassen Haut und den zu vollen Lippen sah ich aus wie eine Puppe. Natürlich barg mein Aussehen gewisse Vorteile, das wollte ich nicht abstreiten, aber der größte Nachteil, der alle Vorteile überwog, war nun einmal, dass man mich nie ernst nahm. Ich war stets nur die kleine, süße, brave Tochter von Jim und Kimberly King. Und die Schwester des verstorbenen Andrew King. Diesen Stempel würde ich mein Leben lang tragen, egal wie gut meine Schulnoten waren, wie viele Trophäen ich beim Sport gewann oder wie sehr ich mich ehrenamtlich in der Gemeinde engagierte.

Ich stöhnte genervt, schnitt meinem Spiegelbild eine hässliche Grimasse und verdrehte die Augen, bevor ich seufzend die Bettdecke zurückschlug. Heute war einer dieser Tage, an denen ich mich selbst nicht leiden konnte. Und auch heute wieder musste ich meine tägliche Show spielen, damit niemand etwas davon mitbekam.

Ich schwang meine Beine aus dem Bett und stand auf. Meine Klamotten klebten an meinem Körper und ich sehnte mich nach einer Dusche. Selbst die Sonne, die durch das Fenster schien und mein Mädchenzimmer mit den weißen Möbeln und den rosafarbenen Dekorationsgegenständen in ein sanftes Licht tauchte, konnte meine Laune nicht heben. Während ich mich ausgiebig reckte, knackte es in meinem Rücken. Vielleicht sollte ich mal wieder zum Sport fahren? Meine eingerosteten Muskeln würden es mir danken. Aber eigentlich hatte ich dazu überhaupt keine Lust.

Ich hatte zu gar nichts mehr Lust, seit Andrew tot war.

Ganz in mein morgendliches Ritual vertieft, tapste ich wie gewohnt ins Bad, um mit einer langen heißen Dusche in den Tag zu starten. Vielleicht würde diesmal mein nach Rosen duftendes Shampoo die Erinnerung an den schlimmsten Tag in meinem Leben ausradieren. Immerhin keimte diese Hoffnung jeden Morgen auf. Irgendwann musste es doch mal funktionieren.

***

Eine halbe Stunde später ging ich in die Küche und traf auf meine Eltern, die am Frühstückstisch saßen. Es war gerade mal halb neun an einem Samstag und normalerweise schliefen wir alle am Wochenende gern etwas länger, aber inzwischen hatte ich mich daran gewöhnt, dass meine Eltern auch an den Wochenenden arbeiten mussten, weshalb es mich nicht überraschte, ihnen so früh in der Küche zu begegnen.

Umgekehrt war das schon eher der Fall. Schließlich hatte ich erst vor Kurzem meinen Highschool-Abschluss gemacht und wollte die letzten freien Tage genießen, bevor ich in die Knechtschaft meines Ferienjobs gezwungen wurde. Da ich direkt im Anschluss mein erstes Semester an der MSU – der Mississippi State University – beginnen würde, wollte ich meinen Biorhythmus nicht aus dem Takt bringen und stellte mir für jeden Morgen um acht Uhr meinen Handywecker.

»Guten Morgen, Schatz. Du bist aber früh auf.« Mom schenkte mir ein liebevolles Lächeln, ehe sie an ihrem O-Saft nippte. Sie hatte strahlend goldblonde Haare und blaue Augen. Die meiste Zeit trug sie einen Pferdeschwanz, der zu ihrem Job als Fitnesstrainerin passte, aber heute fiel ihr das Haar offen über die Schultern und die Enden kringelten sich nach außen. Genau wie ich hatte auch sie einen schrägen Pony, der ihr bis zu den Augenwinkeln reichte.

Mein Dad versteckte sich hinter der Zeitung und schlürfte geräuschvoll seinen Kaffee. Wie immer trug er einen dunklen Anzug. Vermutlich mit einem weißen Hemd und einer dezenten Krawatte – beides konnte ich wegen der Zeitung nicht sehen. Dad war Anwalt und hatte kürzlich einen neuen Fall übernommen, der ihn voll und ganz beanspruchte, weshalb ich es ihm nicht übel nahm, dass er morgens in Ruhe frühstücken wollte. Genauso wie ich.

Anstatt zu antworten, beugte ich mich zu Mom runter und gab ihr einen Kuss auf die Wange. Ich umrundete den Tisch und begrüßte Dad auf die gleiche Art, was ihm ein liebevolles Lächeln entlockte, als er für einen kurzen Augenblick die Zeitung senkte. »Guten Morgen, Spätzchen.« Mehr würde ich an diesem Morgen nicht von ihm zu hören bekommen.

Ich trat an die Küchentheke und stellte mir mein Frühstücksmüsli zusammen: Haferflocken, gehackte Nüsse, Rosinen.

»Ich habe schlecht geschlafen.« Mehr musste ich nicht sagen. Meine Eltern wussten, was das bedeutete. Schließlich hatten sie ebenfalls seit Monaten Albträume und versuchten den Verlust ihres erstgeborenen Kindes und gleichzeitig einzigen Sohnes zu verarbeiten.

»Und? Was hast du heute vor?« Mom war noch nie gut darin gewesen, geschickt das Thema zu wechseln. Und obwohl ich ihr den Rücken kehrte, spürte ich ihr künstliches Lächeln im Nacken. Innerlich seufzte ich. Diese falsche Fröhlichkeit war die reinste Farce und anstrengender als ehrliche Trauer, die wir alle nach sechs Monaten in unserem tiefsten Innern noch deutlich spürten. Manchmal glaubte ich, dass selbst sechs Jahre nicht ausreichen würden, um Andrews Verlust zu verarbeiten.

»Ich wollte mich ein bisschen in die Sonne legen, bevor ich zu Mrs James muss. Und später fahre ich zu Jenny.« Mit meinem Frühstück in der Hand setzte ich mich an den Tisch und streute klein geschnittenes Obst auf meine Flocken, um anschließend alles in Orangensaft zu ertränken.

»Ach ja, heute ist deine letzte Sitzung, stimmt's?« Moms Tonfall ärgerte mich. Sie klang so erfreut, als endete an diesem Tag eine Haftstrafe und nicht meine halbjährige Therapie, zu der sie und Dad mich gezwungen hatten. Immerhin waren sie der Meinung gewesen, dass ich nach Andrews Tod professionelle Hilfe bräuchte, um meine Trauer zu verarbeiten. Und vielleicht hatten sie damit auch nicht ganz unrecht gehabt, denn inzwischen ging ich gern zu Mrs James. Sie war eine tolle Frau, die mich und meine Gedanken ernst nahm. Deswegen war sie auch die einzige Person, mit der ich über Andrews Tod sprechen konnte. Im Speziellen darüber, dass ich immer noch felsenfest davon überzeugt war, dass mein Bruder keinen einfachen Motorradunfall gehabt hatte, wie alle behaupteten, sondern dass er umgebracht worden war. Und zwar von seinen beiden besten Freunden.

Leider fehlten mir die Beweise, daher war es bei der bloßen Anschuldigung geblieben. Die Polizei hatte nichts davon hören wollen und hatte ihre Ermittlungen bereits wenige Tage nach dem schlimmen Ereignis abgeschlossen, sodass wir Andrew beerdigen konnten. Doch für mich war das Ganze viel zu schnell gegangen. Mrs James meinte, dass dies auch der Grund sei, weshalb ich mich so sehr an diesen Vorwurf klammerte und in meinem Trauerprozess über den Punkt der »intensiv aufbrechenden Emotionen« nicht hinauskam.

»Montag beginnt dein neuer Job.« Wieder dieser abrupte Themenwechsel. Meine Eltern, besonders Mom, versuchten Gespräche zu vermeiden, die auch nur im Entferntesten mit Andrew zu tun hatten.

Ich stockte kurz, nickte stumm und aß weiter. *Verdammt! Muss sie dieses Thema jetzt anschneiden?* Ich hatte überhaupt keine Lust, darüber zu reden, geschweige denn daran zu denken. Immerhin war es nicht meine Idee gewesen, mir einen Ferienjob zu suchen. Aber Mrs James und meine Eltern hatten darauf bestanden. Sie nannten es die perfekte Rehabilitationsmaßnahme zum Abschluss meiner Therapie. Dadurch sollte ich die Chance erhalten zu beweisen, dass ich in der Lage war, mein Leben ordentlich zu führen und nicht meine freie Zeit mit »sinnlosen Partys« zu vergeuden. Ich sollte »reif genug« sein, um wie eine Erwachsene behandelt zu werden. Natürlich war mir klar, dass die Idee von Mrs James kam. Meine Eltern sahen mich lieber auf einer Party mit Gleichaltrigen als allein in meinem Zimmer, in das ich mich während der ersten Wochen nach Andrews Tod eingesperrt hatte, um nichts weiter zu tun, als apathisch aus dem Fenster zu starren.

Mom hatte mir sogar angeboten bei ihr im Fitnesscenter hinter der Theke zu arbeiten – wahrscheinlich damit sie mich rund um die Uhr im Blick hatte. Denn auch wenn ich am Ende des Jahres bereits neunzehn Jahre alt werden würde, benahmen sie und Dad sich, als wäre ich zwölf. Okay, zu ihrer Verteidigung musste ich gestehen, dass ich mich die erste Zeit nach Andrews Beerdigung wirklich wie eine suizidgefährdete Verrückte aufgeführt hatte. Aber dank der Therapie war das nun kein Thema mehr. Und da ich einen Job in der hiesigen Buchhandlung hatte ergattern können, erfüllte ich alle Bedingungen, um gemeinsam mit meiner Freundin Jenny nach dem Sommer auf den Campus der MSU zu ziehen, wo ich gedachte mein Studium im Bereich Wirtschaft zu beginnen. Genau wie Dad und Andrew zuvor.

Ich hoffte nur, dass Jenny es sich nicht kurzfristig anders überlegte und wie ihre beiden älteren Zwillingsschwestern Fabienne und Florentine lieber ins Ausland zog, um dort zu studieren. Die beiden waren im letzten Sommer spontan nach Europa geflogen, hatten sich in Land und Leute verliebt und kurzerhand beschlossen ihr Studium dort zu beenden. Aber auch wenn Jenny mich hängen ließ, würde ich es durchziehen. Denn ich wollte endlich raus aus Natchez. Jeder Winkel in diesem Ort erinnerte mich an Andrew. Deswegen war ich auch so versessen darauf, diesen Deal zu erfüllen. Wenn ich nach sechs Monaten eine abgeschlossene Therapie vorweisen konnte – zu der dieser ätzende Job gehörte –, war ich endlich frei!

»Okay.« Mom hatte meinen stummen Wink verstanden. »Dann viel Spaß auf der Party! Und grüß Jenny von uns.« Sie strich mir über das Haar und ich blickte auf. Ihre blauen Augen wirkten leblos. Ihr sonst sonnengebräuntes Gesicht war fahl und ihr normalerweise perfektes Make-up leicht schief geraten. Früher wäre sie so niemals aus dem Haus gegangen. Nur weil Dad darauf bestanden hatte, bereits wenige Monate nach Andrews Tod zur Normalität zurückzufinden, weil er vor den Nachbarn nicht als schwach und mitleiderregend gelten wollte, sahen wir uns zu dieser Show gezwungen. Dabei gab sich Mom besonders viel Mühe, weil sie stark und tapfer sein wollte. Eben ein perfektes Vorbild für mich und eine

Vorzeigeehefrau für ihren Mann. Leider hatte sie bei dem Versuch sich selbst verloren.

»Mach ich.« Ich zwang mich zu einem Lächeln, ließ aber gleichzeitig den Löffel in die halbvolle Müslischale gleiten, griff nach der Schale und stand auf. Mir war der Appetit vergangen. »Ich geh ein wenig raus. Wahrscheinlich bin ich schon bei Jenny, wenn ihr von der Arbeit kommt. Also sehen wir uns erst morgen früh wieder.« Ich kippte den Rest meines Frühstücks in den Müll, stellte das Geschirr ins Waschbecken und ging hinaus in den Garten.

***

Mit einem lauten Seufzen schloss ich die Terrassentür hinter mir. Die drückende Hitze eines typischen Südstaatensommers war bereits in den frühen Morgenstunden zu spüren und spätestens in ein paar Stunden würde die brennende Luft in sirrenden Wellen über den Straßen liegen und jede Bewegung unerträglich machen. Deshalb gönnte ich mir lieber jetzt schon ein Bad in der Sonne. Das verheißungsvolle Sonnenbad und die ständige Sorge meiner Eltern hatten mich ins Freie gelockt. Sowohl Moms und Dads künstliche Fröhlichkeit als auch ihre krampfhafte Verdrängung der traurigen Tatsachen waren einfach zu viel für mich. Während der Schulzeit war es mir nicht schwergefallen, mich ihnen zu entziehen, und wenn ich frei gehabt hatte, war ich die meiste Zeit bei Jenny gewesen. Diese Zufluchtsstätte war mir nun genommen, denn Jennys Bruder Van verbrachte den Sommer in der Stadt, anstatt wie die vorherigen Monate auf dem Campus zu bleiben. Und da ich nicht bereit war dem Mörder meines Bruders – ich war sicher, dass er schuld an Andrews Tod war – in die Augen zu sehen, musste ich mich von dem Haus der Masons fernhalten.

Mit dem Vorsatz, mich trotz dieses schlechten Starts in den Tag nicht unterkriegen zu lassen, holte ich eine Liege und eine Auflage aus dem Gartenhäuschen. In weiser Voraussicht hatte ich meinen liebsten Bikini – den weißen mit rosa Blumenprint – bereits heute Morgen angezogen, sodass ich jetzt nur noch aus meinen Shorts und dem Tanktop schlüpfen musste, um mich in der Morgensonne entspannen zu können. Meine Sonnenbrille lag oben in meinem Zimmer, aber ich wollte nicht zurückgehen und sie holen. Solange meine Eltern im Haus waren, würde ich mich, so gut es ging, unsichtbar machen, um weiteren unangenehmen Gesprächen aus dem Weg zu gehen. So sehr ich meine Eltern auch liebte, aber unsere Beziehung hatte sich mit Andrews Tod verändert. Wir alle hatten uns verändert.

Ich fischte mein Handy aus der Hosentasche, um mir eine langweilige, oberflächliche Portion Klatsch und Tratsch über die Promiwelt zu gönnen, als mir eine Schlagzeile meines Newsfeeds ins Auge fiel.

Clary Hilton seit Tagen vermisst. Polizei bittet um sachdienliche Hinweise.

Darunter prangte das Bild eines jungen Mädchens. Clary. Sie hatte helle Haare und dunkle Augen. Ihre Nase war etwas zu groß für ihr Gesicht und ihre Lippen zu dünn. Ansonsten war sie recht hübsch. Durchschnittlich, nichts wirklich Besonderes.

Auch ohne den Text zu lesen, wusste ich, was darin stand. Diese Clary war bereits das sechste Mädchen in diesem Jahr, das spurlos verschwunden war. Etwa alle vier Wochen erwischte es eines, ohne dass die Polizei eine Verbindung zwischen den Fällen ausmachen konnte. Von einer Spur zu den Tätern oder zumindest einem Lebenszeichen der Mädchen war nichts bekannt. Es schien, als würden sie sich in Luft auflösen.

Natürlich sollte mich dieses Schicksal berühren. Clary war ungefähr in meinem Alter und da sich die Vermisstenmeldungen in letzter Zeit häuften, konnte es auch mich jederzeit treffen. Aber, so traurig es auch klang, es war mir egal. Ich hatte im Januar einen Teil meiner Seele beerdigen müssen und seitdem fiel es mir schwer, mit anderen Personen Mitleid zu empfinden.

Ich schloss die Nachricht und öffnete eine andere, als ein lauter Ruf mich zusammenzucken ließ.

»Bis heute Abend, Baby!«

Neugierig setzte ich mich auf und blickte hinüber zum Nachbarhaus, wo auf der Veranda eine Frau mit pechschwarzen langen Haaren stand. Sie trug knappe sexy Jeansshorts, die kaum ihren Po bedeckten. Ein leuchtend rotes Top betonte ihre üppigen Brüste und eine schmale Taille. Auch ohne sie zu kennen, verspürte ich Neid. Die Frau hauchte eine Kusshand in Richtung Hauseingang und ich folgte der Bewegung mit meinem Blick.

Vor der geöffneten Tür des Nachbarhauses stand ein Mann in hellblau karierten Boxershorts und fuhr sich mit der Hand durch die dunklen Haare, die ihm wirr ins Gesicht fielen. Sein Körper war definiert, aber nicht mit übermäßig starken Muskeln bestückt. Dennoch war die Statur breiter, als ich sie in Erinnerung hatte. Um die Arme und die Schultern des Mannes wanden sich Tattoos, die neu sein mussten. Zumindest waren sie mir früher nie aufgefallen. Auch das Brustwarzenpiercing, das in der Sonne glänzte, war mir fremd. Und trotz all dieser Veränderungen erkannte ich den Mann sofort.

Es war Dante Hawk.

***

Dante erwiderte nichts auf den Gruß der Frau. Wortlos winkte sie ihm noch einmal zu, dann stieg sie in ihren roten Mini Cooper und fuhr davon.

Ich wollte nicht so offensichtlich glotzen, aber Dantes Anblick hatte mich in eine Schockstarre versetzt.

Was machte er hier?

Sollte er nicht an der Uni sein?

Auf dem Campus?

Egal wo, aber nicht hier in Natchez!

Und was hatte er überhaupt in dem Haus der Potters zu suchen? Unsere Nachbarn nämlich waren ein älteres, kinderloses Ehepaar, das normalerweise jeden Sommer nach Martha's Vineyard flog. Waren sie dieses Jahr hiergeblieben? Und selbst wenn, beantwortete das nicht die Frage, weshalb Dante halb nackt aus ihrem Haus spazierte, um ein Flittchen zu verabschieden.

Ehe ich mir Gedanken über mögliche Antworten machen konnte, trat ein älterer Mann aus dem Haus. Die Ähnlichkeit zu Dante war nicht von der Hand zu weisen. Er hatte ebenfalls dunkles Haar, das kurz geschnitten und an den Schläfen bereits ergraut war. Der Mann trug ein verschmutztes T-Shirt und einen Blaumann. Sein Gesicht war unrasiert und er sah müde aus, dennoch lächelte er herzlich und klopfte im Vorbeigehen seinem Sohn auf die Schulter, ehe er in einen vor dem Haus geparkten Toyota Corolla stieg und davonfuhr. Ja, es war Bart, Dantes Vater.

Seit wann wohnten die Hawks in diesem Haus? Das Szenario erschütterte mich dermaßen, dass ich weiterhin unverhohlen auf das Nachbargrundstück starrte und zunächst nicht mitbekam, dass Dante meinen Blick erwiderte. Erst als er die Hand zum Gruß hob, erwachte ich aus meiner Trance. Für einen Moment sahen wir uns an, ehe ich mich ruckartig abwandte. Vielleicht würde er wieder ins Haus gehen, wenn ich mich schlafend stellte.

Kaum hatte ich mich hingelegt und die Augen fest zusammengepresst, hörte ich bereits schwere Schritte, die über den Kiesweg auf mich zukamen.

»Na, wenn das nicht die kleine Amy ist.« Dantes tiefe Baritonstimme ertönte nur wenige Meter neben mir. Bestimmt stand er an dem hüfthohen weißen Lattenzaun, den meine Eltern als Dekoration angebracht hatten.

Ich konzentrierte mich auf meine Atmung und meinen rasenden Puls, denn ich war mir sicher, dass man meinen pochenden Herzschlag in ganz Mississippi hören konnte. Dantes überraschendes Auftauchen warf mich völlig aus der Bahn. Ich hatte nicht im Traum damit gerechnet, dass er jemals zurückkehren würde.

Und selbst wenn, hätte ich niemals gedacht ihn als neuen Nachbarn ertragen zu müssen.

»Hast du in einen vergifteten Apfel gebissen und bist plötzlich eingeschlafen?« In Dantes Stimme schwang wie immer ein Hauch Spott mit, als wüsste er etwas, was der restlichen Menschheit verborgen blieb. »Vielleicht erweckt dich ja ein Kuss?!«

Am liebsten hätte ich ihn ignoriert. Wenn ich lange genug den Mund hielt, würde er womöglich verschwinden. Aber wenn er den ganzen Sommer blieb, würde ich ihn zwangsläufig irgendwo wiedersehen. Natchez war einfach zu klein, um jemandem erfolgreich aus dem Weg zu gehen.

»Dante.« Ich öffnete meine Augen und zwang mich zu einem neutralen Ton, auch wenn ich mir lieber die Zunge abgebissen hätte. Mit großer Kraftanstrengung überwand ich den Wunsch, ihn anzugreifen und gleichzeitig wegzulaufen, und sah ihn stattdessen an.

Seine Gesichtszüge hatten sich, ebenso wie sein Körper, verändert. Sie wirkten härter als früher. Seine hohen Wangenknochen traten deutlicher hervor und seine Koteletten mündeten in einen ordentlich getrimmten Dreitagebart. Die vollen Lippen waren zu einem Lächeln verzogen und diese einmalig stechenden eisblauen Augen, die immer ein gewisses Funkeln ausstrahlten, fokussierten mich.

Ich riss meinen Blick von seinem Gesicht und sah automatisch auf seine Brust. Auf der rechten Seite waren in einer verschnörkelten Schrift, die ich nicht entziffern konnte, drei Textzeilen eintätowiert. Auf der anderen Seite, über dem Brustwarzenpiercing, das sich als unauffälliger kleiner Ring herausstellte, entdeckte ich eine Taube, die aus einem Gewitter herausflog und einen Rosenkranz im Schnabel hielt. Die Wolke zog sich über seine Schulter, bis sie zu einem Flügel wurde, der den halben Oberarm bedeckte. Die Federn der Taube waren so detailliert gearbeitet, dass ihr Anblick in mir den Wunsch weckte, sie zu berühren, nur um zu testen, ob sie so weich waren, wie sie aussahen.

»Wie geht's dir, Amy Rose?« Dante nutzte meinen alten Spitznamen, den Andrew mir als Kind verpasst hatte, weil mein Bruder es geliebt hatte, mich mit meiner Obsession für Rosen und Pastellfarben aufzuziehen. Dante wusste genau, was mir dieser Name bedeutete und wie taktlos es war, wenn er ihn in den Mund nahm. Mein Bruder war der Einzige gewesen, der mich so genannt hatte. Das war etwas Persönliches zwischen uns gewesen.

Ich blickte von dem Tattoo auf und sah wieder in diese eisblauen Augen, die tausend kleine Ameisen durch meine Adern jagten. Zumindest fühlte sich so das Kribbeln an, mit dem meine Wut auf diesen Kerl in brennenden Hass umschlug. Es war schlimm genug, dass er so dreist war und mich überhaupt ansprach, aber mich dann auch noch mit diesem Spitznamen zu verhöhnen ging definitiv zu weit.

Als ich nicht sofort antwortete, lehnte sich Dante mit der Hüfte gegen den Zaun und verschränkte lässig die Arme vor der Brust. Undefinierbar blitzten seine Augen auf. Seine Mundwinkel waren zu einem spöttischen Grinsen verzogen.

Mich überkam der unstillbare Drang aufzuspringen und ihm an die Gurgel zu gehen. Aber wenn meine Eltern mitbekamen, wie ich mich mit ihm stritt, würden sie wahrscheinlich das Ende der Therapie anzweifeln und ich könnte mir den Auszug abschminken. Außerdem wollte ich Dante nicht die Genugtuung geben und auf seine Provokation eingehen. Stattdessen atmete ich tief durch. »Bis gerade ging es mir gut. Doch dann habe ich gesehen, dass du wieder da bist.« Ich gab mir keine Mühe, meine Feindseligkeit zu verbergen. Er konnte von Glück reden, dass ich ihn nicht mit einem Küchenmesser angriff!

»Ach, wirklich? Normalerweise bewirke ich bei Frauen genau den gegenteiligen Effekt.« Sein Grinsen wurde zu einem Lächeln und nun glänzten auch seine Augen. Früher, so musste ich mir zu meiner Schande eingestehen, war ich völlig verrückt nach diesem Lächeln gewesen. Und ich hätte alles dafür getan, ihm stundenlang in die Augen blicken zu dürfen. Lange Zeit war ich heimlich in den besten Freund meines Bruders verknallt gewesen, doch ebenso wie Andrews andere Freunde hatte auch er in mir immer nur die anhängliche kleine Schwester gesehen. Das war jedoch Schnee von gestern, denn im Moment konnte ich kaum an diesen Mann denken, ohne den Wunsch zu verspüren, ihn lebendig begraben zu wollen.

»Und wie vielen dieser Frauen hast du dasselbe angetan wie mir? Oder sollte ich mich geehrt fühlen, dass du nur *meinen* Bruder umgebracht hast?« Die Worte entflohen meinem Mund, ehe ich sie zurückhalten konnte, und die Sorge, dass Dante eine potenzielle Gefahr für meinen Therapieabschluss darstellte, ging mir nicht aus dem Kopf. Musste er ausgerechnet jetzt zurückkommen?

Dantes Lächeln erstarb auf der Stelle. Seine Lippen bildeten nun eine dünne Linie und seine Augen wurden eine Spur dunkler. Mit den Fingern umklammerte er seine Oberarme und sein Bizeps schwoll an. Als er sprach, war seine Stimme kalt und schneidend. »Ich dachte, inzwischen hättest auch du eingesehen, dass Andrews Tod ein Unfall war. Er ist mit der Maschine auf dem glatten Eis ausgerutscht. Wir hatten nichts damit tun.«

Sprachlos starrte ich Dante an. Das war zu viel! Vergessen war meine Selbstbeherrschung. Mit einer hektischen Geste sprang ich von meiner Liege und stellte mich dicht vor ihn an den Zaun. Ich musste zwar den Kopf in den Nacken legen, um ihn ansehen zu können, aber dafür erkannte ich aus dieser Perspektive eine dünne Narbe an seiner rechten Augenbraue, die möglicherweise von einem alten Piercing stammte. Eine weitere kleine Narbe befand sich unter seinem Mundwinkel. Aber das alles fiel mir nur auf, weil ich krampfhaft versuchte ihm nicht in die Augen zu sehen.

Meine nackten Arme berührten seinen Oberkörper und ich spürte Wärme, die so viel heißer brannte als die Sonnenstrahlen, die uns beschienen. Das Kribbeln unter meiner Haut verstärkte sich, aber ich schenkte ihm ebenso wenig Beachtung wie dem Zaun, der sich unangenehm gegen meine Hüften presste. Dante war vielleicht einen Kopf größer als ich und wesentlich breiter, aber er schüchterte mich nicht mehr ein. Die Zeit des Schmachtens und Anhimmelns war ein für alle Mal vorbei!

»Ich weiß genau, was in der Silvesternacht passiert ist, Dante! Vielleicht habt ihr es geschafft, die Polizei zu verarschen, aber ich glaube euch diese lächerliche Geschichte nicht eine Sekunde lang!« Hass und Zorn brandeten in tosenden Wellen durch meinen Körper und brachten mich zum Zittern. Einen winzigen Augenblick lang fiel mir auf, dass ich derart starke Emotionen seit dem Neujahrsmorgen nicht mehr gespürt hatte. Die Trauer um meinen Bruder hatte mich stumpf werden lassen, aber jetzt hatte ich das Gefühl, vor Kraft und Energie zu platzen.

Dante verengte die Augen und beugte sich zu mir herab. Beinahe berührten sich unsere Nasenspitzen. »Du *glaubst* zu wissen, was passiert ist. In Wahrheit hast du keine Ahnung und redest dir Dinge ein, die nie geschehen sind!« In seinen nun kobaltblauen Augen leuchteten zwei weiße Sprenkel auf, die mir zuvor noch nie aufgefallen waren. Das lag daran, dass wir uns bisher auch noch nie so nah gewesen waren. Dafür nahm ich seinen undefinierbar herben Duft wahr, der gleichzeitig ein wenig nach Süßholz roch.

»Ich weiß doch, was ich gehört habe!«, ereiferte ich mich. »Halt mich also nicht für dumm!«

»Und was meinst du gehört zu haben?« Fragend zog er die vernarbte Augenbraue in die Höhe.

»Ihr drei habt euch gestritten. Du und Van wolltet irgendwo hin. Andrew sollte aber nicht mitkommen, weil du meintest, es sei zu gefährlich. Erst als er sich weigerte im Haus zu bleiben, hast du ihm gedroht, dass du ihn daran hindern würdest, euch zu folgen. Im Notfall würdest du einfach seine Maschine lahmlegen.« Ich hatte mich derart in Rage geredet, dass ich erst einmal tief Luft holen musste, nachdem die Worte meinen Mund verlassen hatten. Mein Herz pochte schmerzhaft in meiner Brust und um meine zitternden Hände zu verbergen, verschränkte ich die Arme vor dem Körper.

Dantes Kiefermuskeln zuckten und er antwortete nicht sofort. Stattdessen verengte er die Augen noch eine Spur und als er sprach, war seine Stimme so scharf wie eine Schwertklinge. »Das habe ich nie gesagt! Du hast dir diesen Scheiß in deinem Suff eingebildet. Wir wissen beide, dass ihr, du und Jenny, an dem Abend völlig blau wart. Deswegen hat dir die Polizei auch nicht geglaubt, als du versucht hast uns an den Pranger zu stellen.« Dante beugte sich weiter vor und seine Nasenspitze presste sich unangenehm gegen meine. Sein Atem strich über mein Gesicht und verursachte mir eine Gänsehaut. Am Rande meines Bewusstseins nahm ich wahr, wie intensiv seine Augen leuchteten, wenn er sauer war. Bisher hatte ich immer nur den Aufreißer und Frauenheld in ihm gesehen. Den Typen, der mich frech angrinste und mir zuzwinkerte, wenn wir allein waren. Und ich dummes Ding hatte anschließend tagelang Herzklopfen gehabt, wenn ich daran zurückdachte. Nachts hatte ich sogar davon geträumt, wie wir am Strand spazieren gingen, während die Sonne langsam hinter dem Horizont verschwand. Ging es noch erbärmlicher?

Als Dante weitersprach, klang seine Stimme zwar ruhiger, sie war jedoch wieder so überheblich und arrogant, dass ich ihn auf der Stelle schlagen wollte. »Du solltest endlich aufhören dir diesen Mist einzureden, Amy Rose. Es ist besser, wenn du Andrews Tod endlich akzeptierst. Er hätte nicht gewollt, dass du deine Nase in Dinge steckst, die dich nichts angehen!« In seinem letzten Satz schwang eine Spur Schmerz mit, was mich überraschte. Aber vielleicht bildete ich es mir auch nur ein und es war ein verzweifelter Versuch, in ihm mehr als nur den arroganten Kotzbrocken zu sehen, den er mir gerade präsentierte. Immerhin war Andrew mit ihm befreundet gewesen und mein Bruder hatte eigentlich immer eine gute Menschenkenntnis besessen. *Eigentlich.*

»Vergiss es, Dante. Den Gefallen tu ich dir und Van nicht!« Meine Stimme zitterte vor unterdrückter Wut und Schmerz. Aber ich genoss das Gefühl. Es war berauschend und verlieh mir einen Anflug von Größenwahn. In diesem Augenblick traf ich eine Entscheidung. Viel zu lange war ich im Tal der Trauer gefangen gewesen, doch jetzt verspürte ich nur noch den Wunsch nach Rache und Gerechtigkeit! Und beides würde sich erfüllen, was auch immer das bedeutete. »Ich werde alles dafür tun, dass ihr für Andrews Tod bestraft werdet. Und wenn es die letzte Tat in meinem Leben sein wird!«

Dante presste seine Lippen fest zusammen und seine Augen funkelten gefährlich. Eine Ader an seinem Hals verriet seinen schnellen Pulsschlag. »Dann hoffe ich, dass dein Starrsinn nicht die gleichen Folgen hat wie bei Andrew.« Eine weitere Sekunde lang erwiderte Dante meinen Blick, ehe er sich von mir abwandte und ins Haus zurückging, ohne sich noch einmal umzudrehen.

Fassungslos sah ich ihm hinterher. Ich war so auf meine Wut konzentriert, dass ich dem Tattoo auf seinem Schulterblatt keinerlei Beachtung schenkte. *Er lässt mich einfach hier stehen, nachdem er mich bedroht hat?* Entweder war der Typ verrückt oder verdammt selbstsicher. Doch egal was es war, ich würde es nutzen, um ihm das Genick zu brechen!

Ende der Leseprobe

DIE MACHT DER GEFÜHLE
TAUCH EIN IN ROMANTISCH-FANTASTISCHE GESCHICHTEN.
#IMPRESSBOOKS
ALLES VON IMPRESS HIER:
IMPRESSBOOKS.DE

Impress
Die Macht der Gefühle

Impress
Ein Imprint der CARLSEN Verlag GmbH
September 2020

Lektorat: Rebecca Steltner
Umschlagbild: shutterstock.com / © Roman Samborskyi / © CARACOLLA
Umschlaggestaltung: formlabor, Ria Raven Coverdesign
Satz und Umsetzung: readbox publishing, Dortmund
Druck und Bindung: CPI Books GmbH, Birkach
ISBN 978-3-551-30303-5
Printed in Germany
www.carlsen.de/impress

Alle Bücher im Internet: www.carlsen.de